Charlotte Bousquet

SANG-DE-LUNE

DU MÊME AUTEUR

Là où tombent les anges

Direction éditoriale : Paola Grieco
Conception graphique : Jeanne Mutrel
Couverture : Tiphaine Rautureau
Maquette et relecture éditoriale : Nadia Humbert
Correction : Romain allais et Maud Bataille

WWW.GULFSTREAM.FR

ISBN : 978-2-35488-416-1

Gulf stream éditeur

Charlotte Bousquet

SANG-DE-LUNE

ÉLECTROGÈNE
DYSTOPIE

Il est évident que la femme par nature est destinée à obéir. Et la preuve en est que celle qui est placée dans cet état d'indépendance absolue contraire à sa nature s'attache aussitôt à n'importe quel homme par qui elle se laisse diriger et dominer, parce qu'elle a besoin d'un maître.
Arthur Schopenhauer, *Essai sur les femmes*

Alors, un jour, j'ai soufflé sur la vitre de la fenêtre,
j'ai dessiné une porte sur le carreau embué
et j'en ai franchi le seuil.
Pino Cacucci, *Viva la vida !*

Le renoncement est la première victoire sur les Ténèbres.
Livre du Soleil

Les ombres s'estompent, chassées par le matin. Dans la cour du temple, deux stalagmites grumeleuses dressées vers la lumière. Au milieu, une femme vêtue de blanc, bras en croix, attachée. Ses cheveux noirs ont été taillés à quelques centimètres de son crâne. Son menton est fier. Ses yeux, creusés de cernes, fixent un point vague et lointain.

Bruissement, tout autour d'elle. Des murmures, des grondements. Des formes qui se précisent, une foule qui s'anime, se déploie, se rapproche, vrombissante et avide…

J'inspire brutalement. Mes oreilles bourdonnent. Mon cœur bat à tout rompre. J'ai soif et froid, pourtant je suis en sueur. C'est à cause de ce rêve qui m'échappe déjà, ce rêve dont les images fuyantes me transpercent comme des pointes acérées, ce rêve que je connais bien, puisqu'il revient régulièrement me hanter.

Près de moi, je perçois la tiédeur d'Arienn, ma petite sœur ; son souffle régulier s'élève dans la cellule que nous partageons au sein du gynécée. Son innocence me rassure. Elle est encore trop jeune pour être la proie de la noirceur et connaître son étreinte poisseuse, qui altère nos âmes et nos corps. Normalement, nous sommes épargnées jusqu'à la puberté, mais mon père, Caspian, qui travaille pour les Sept, dirigeants de notre cité, dit que les Ténèbres [1] se manifestent parfois plus tôt, de manière sournoise. La curiosité et la dissimulation en sont les premiers signes. Un jour, je m'en souviens, il a comparé ces souillures précoces aux parasites qui croissent dans l'estomac des bêtes et les empoisonnent. Si nul ne perçoit leur présence et n'élimine l'animal responsable, le mal se propage et le troupeau entier risque la mort.

Selon lui, il en va de même avec nous autres, sang-de-lune : il faut nous surveiller étroitement, et ce depuis notre plus jeune âge, pour éviter que nous ne pourrissions et infections les autres avec nos idées.

Cela me trouble.

Arienn n'est qu'une enfant. Soupçonner qu'elle porte en son sein le germe de l'obscurité, ou qu'il est déjà trop enraciné pour la guérir, me semble inconcevable. Et pourtant…

Ma petite sœur ne serait pas la première à être pendue ou exposée dans les tunnels sombres, malodorants et à mourir de faim, proie de l'obscurité et des monstres qui s'y terrent, victime de la barbarie des hordes qui rôdent à la lisière de la cité. Comment réagirais-je, si Arienn était jugée trop dangereuse pour la communauté ? Je pleurerais beaucoup, j'imagine. Mais je finirais par m'incliner et accepter le verdict et le châtiment. Parce que je n'ai pas le choix. Parce que c'est écrit dans les Lois d'Alta, qui définissent les règles de notre société.

Sans la justice des hommes, les femmes se laissent aller à

[1] Un glossaire en fin d'ouvrage permet d'expliciter certains termes.

leur instinct et à la fourberie de leur nature impure. Ainsi, elles permettent aux Ténèbres de croître en elles et de corrompre leur âme.

J'ai beau connaître les traditions et leur raison d'être, pour Arienn, je me demande si je n'aurais pas la tentation de me dresser contre les autorités pour la défendre, la protéger.

Tentation ? Courage ? La frontière me semble bien fragile, cette nuit.

En frissonnant, je remonte le drap de toile jusqu'au bas de mon visage et je ferme les yeux. Je me bats contre ces idées folles, ces pensées impossibles qui me sont soufflées par les ombres qui m'habitent. Instinctivement, je presse le pouce contre le glyphe qui a été tatoué à la naissance de mon épaule pour les emprisonner. C'est une spirale formée de sept cercles noirs. En son centre, une minuscule perle de cuivre qui représente le soleil, mais également l'autorité paternelle. Lors de mes noces, celle-ci me sera arrachée par l'homme qui me prendra comme épouse. Un autre piercing ou une scarification la remplaceront s'il choisit de me garder dans sa maison.

Je me souviens de la cérémonie durant laquelle a été réalisé mon tatouage. Elle s'est déroulée dans cette demeure. Mon père et ma grand-tante, Vania, ont officié. À mes côtés se tenaient ma cousine Rozenn et Cora, une voisine devenue féconde en même temps que nous. Vania a préparé l'encre et les aiguilles. Mon père les a plongées dans les flammes ardentes d'un brasier afin de les purifier. Vania s'est mise au travail. Brûlures, picotements ; au bout d'un moment, la sensation que ma peau était une plaie à vif, sans toutefois ressentir la douleur comme mienne ; puis, les dernières paroles d'une longue prière et l'épingle de métal enfoncée d'un coup sec dans ma chair.

Un éclat de feu
Pour repousser les Ténèbres
Au cœur de la chair
De celle qui les accueille
De celle qui les nourrit
Faible par nature

J'ai crié. Par ma voix, les échos du mal, qui s'étaient multipliés avec mon premier sang, ont exprimé leur rage et leur impuissance. La perle d'or roux a scellé le rituel.

La fièvre a duré une semaine. La souffrance, d'autant plus longtemps que je touchais sans arrêt le glyphe, redoutant la peine, ne pouvant m'empêcher de la rechercher. Aujourd'hui, près d'une année s'est écoulée, mais je continue d'éprouver une gêne imperceptible à ce contact. Une gêne familière et rassurante : tant qu'elle est là, rien de mauvais ne peut s'échapper de moi ou me contrôler. Du moins, j'aime à le croire.

De nouveau, mes yeux se ferment. Je pars à la dérive, sombre dans un sommeil agité.

*

Dans la cuisine où nous sommes rassemblées pour préparer le déjeuner flottent des odeurs de pain chaud et d'épices. Nous sommes sept – Arienn et moi, notre mère et sa sœur Irina, ses filles Dana et Rozenn, ainsi que Vania.

— Genna, Irina, voici cinq galettes de plus, déclare cette dernière en leur désignant des cercles de pâte luisantes de graisse.

— Je m'en occupe, opine ma mère, laissant à sa cadette le soin de préparer les infusions.

De notre côté, nous avons pour tâche de nettoyer les plats et de récurer. D'habitude, ma tante Irina et Dana, son aînée, ne cessent de bavarder - rumeurs, ragots, railleries se déversent sur nos têtes jusqu'à ce que le moment soit venu de porter leur repas aux hommes. Mais ce matin, toutes deux sont silencieuses et tendues.

À la fin de la semaine, Dana quittera définitivement la maison pour rejoindre celle de son époux. Celui-ci, Tobian, un officier au front strié de rides et à l'expression sévère, est un ami de notre famille. Il dirige une unité spécialisée dans la traque des hordes. Père de trois filles, il est âgé de quarante ans. Tobian a répudié sa femme à la naissance de la quatrième, une frêle enfant qui n'a pas survécu plus de quelques jours. Il veut un fils, espère que Dana sera celle qui le lui donnera. Alors, il se débarrasse de sa première épouse. Il la met au rebut. Elle passera le restant de ses jours dans un couvent lunaire, édifice austère, sans autre ouverture sur notre monde déjà clos que trois fenêtres percées dans le toit de pierre brune.

C'est dans ces prisons confinées que finissent les « femelles indignes », les rebelles qui défient la volonté de leurs aînés. En refusant le mari qu'on a choisi pour elles, par exemple. Ou en le décevant. Si Dana ne parvient pas à satisfaire Tobian, elle aussi sera cloîtrée là-bas.

Discrètement, je l'observe. Les yeux battus, les lèvres pâles, elle semble au bord de l'évanouissement. D'une main tremblante, elle saisit une écuelle sale. L'objet lui échappe. Se brise avec fracas sur le sol. Dana s'affaisse, en larmes. Irina la retient, la serre contre son cœur.

— J'ai si peur, mère ! Si peur !

Genna et ma tante échangent un coup d'œil résigné.

— Ça ira, souffle Irina. Ça ira.

Non, ça n'ira pas. Tobian désire un ventre, rien de plus. Il éprouvera du respect pour Dana si, et seulement si, elle accouche d'un garçon. Dans le cas contraire…

— Gia, Rozenn, portez ces plateaux dans le salon des hommes, ordonne tante Vania.

Nous obéissons. À pas feutrés, ma cousine et moi quittons la cuisine du gynécée, traversons la cour intérieure et pénétrons, silencieuses, dans la pièce rectangulaire où sont installés les hommes de la famille : mon père, mon oncle Vari, officier dans la garde d'Alta, ainsi que mes deux frères : Lucian et Siri.

Ce matin, un invité de marque les a rejoints : Horian, l'un des gardiens spirituels de notre cité. Vieillard à la peau blafarde et parcheminée, il flotte dans ses vêtements clairs et le disque de cuivre qui orne sa poitrine paraît trop lourd pour lui.

— C'est vraiment préoccupant, déclare mon père sans nous prêter attention, pendant que je verse dans les tasses l'infusion épicée. C'est la troisième fois que l'on nous vole des bêtes.

Pendant ce temps, Rozenn s'occupe des galettes et du lait de brebis bleue. Aussitôt notre tâche accomplie, nous reculons contre le mur, prêtes à les resservir.

— Il serait temps de prendre des mesures contre cette vermine, poursuit-il.

— C'est le cas, répond mon oncle. Mais le problème, c'est que nous sommes débordés. Avec les recrudescences d'attaques, ces dernières semaines, et l'explosion de la passerelle numéro 3…

— Une idée des coupables ?

— Des témoins ont aperçu plusieurs individus près de l'arche, un peu avant l'aube. D'après les informations recueillies, ils étaient quatre et l'un d'eux, au moins, avait les cheveux clairs.

— Un Nocte, crache mon père.

Cela s'est passé la semaine dernière, juste avant le salut au Soleil. Un choix symbolique qui a coûté la vie à deux sages et à leurs novices.

Les agressions des hordes se multiplient depuis plusieurs mois : sabotages, vols de biens et de vivres à destination de Nova et Tertia, nos deux enclaves. Enlèvements – en particulier de femmes et d'enfants. Le dernier a eu lieu à proximité d'un couvent lunaire, je crois. Les autorités déploient toutes leurs forces pour contrer ces attaques ; les coupables, une fois capturés, sont publiquement exécutés, mais rien ne les arrête.

D'après mon père, les Sept sont de plus en plus inquiets.

— Tobian pourrait peut-être vous aider, intervient Horian. N'est-il pas, comme toi Vari, en charge de plusieurs troupes ?

— Les Sept l'ont nommé à la tête d'une unité spéciale. Les hordes compteront bientôt quelques nouveaux membres… tous dévoués à la sécurité d'Alta.

Le Solaire plisse les yeux. Un sourire étire ses lèvres minces.

— Je suis honoré que tu aies accepté de mener la cérémonie, Horian, reprend Vari après un silence.

— Je suis heureux que tu me l'aies demandé, répond le vieillard. J'ai béni l'union de ton fils et serai ravi de présider à celle de Tobian et de ton aînée. Quand t'occuperas-tu de marier la tienne, Caspian ?

La sienne : moi.

Les battements de mon cœur s'accélèrent. J'ose à peine respirer.

— Pas avant plusieurs années. Elle n'est pas féconde depuis assez longtemps pour être intéressante. Je préfère, pour le moment, me consacrer à l'avenir de mes deux fils, répond-il, posant une main sur le bras de chacun d'eux.

Lucian et Siri se redressent avec fierté.

Ma cousine remplit de nouveau leur tasse.

Je dispose une dernière galette dans leur assiette, puis Rozenn et moi retournons sans un bruit dans la cuisine.

Nous marchons, épaules voûtées. Arrivées au seuil de la pièce, nous nous arrêtons, osant enfin lever la tête.

Dana n'a pas bougé. Elle sanglote, recroquevillée sur elle-même. Ma tante s'est assise derrière elle et la tient dans ses bras. La console, autant qu'elle l'empêche de céder à la panique. Ma mère, qui s'affaire à terminer la préparation de grosses écrevisses à chair blanche, pêchées dans l'un des réservoirs du quartier, les ignore. À l'expression sévère de son visage, je devine qu'à présent elle désapprouve leur attitude, indigne de leur rang. Membres de la famille de l'un des principaux notables d'Alta, elles devraient montrer l'exemple et maîtriser leurs émotions au lieu de s'épancher. Se doute-t-elle que sa nièce espérait naïvement une autre union ? A-t-elle surpris les sourires timides que Dana lance à Simon, le jeune scribe chargé de consigner les jugements rendus par mon père ? Probablement. Mais cela l'indiffère. À nous, sang-de-lune, l'amour est généralement refusé. Parce qu'il se teinte trop souvent de chaos. Parce qu'il est une porte ouverte sur les Ténèbres.

Nous sommes nées pour obéir. Si l'époux qui nous choisit

se montre bon avec nous et nous manifeste attachement et respect, c'est une chance. Sinon, nous n'avons qu'à accepter notre sort et accomplir au mieux notre devoir.

Accomplir son devoir.

Se résigner.

Accepter sans broncher le poids d'un homme sur soi, en soi. Porter ses enfants. Prier le Soleil pour que ce soient des mâles. Tel est notre destin, à nous femmes d'Alta. Tel est celui de Dana. Tel sera le mien lorsque mon père le voudra.

Tel sera celui d'Arienn, si le mal qui couve en chacune de nous ne gangrène pas entièrement son âme.

*

Cinq jours ont passé depuis la cérémonie. Ma cousine était vêtue de gris, Tobian d'ocre clair. Tous deux ont été bénis par Horian. Tobian a arraché le piercing de Dana et l'a jeté dans le brasier du sanctuaire. Elle a étouffé un cri de douleur, mais je crois que cela n'était rien en comparaison de ce que souffraient son cœur et son esprit. Le repas a duré longtemps. Les sang-de-lune d'un côté, les fils-du-soleil de l'autre. Quand Tobian est venu chercher Dana, les filles nées de son premier lit l'ont toisée avec une haine chargée de noirceur.

J'ai frissonné.

Ni ma tante ni Rozenn n'ont de nouvelles de Dana depuis les noces. Si mon oncle en a reçu, il n'a pas estimé bon d'en donner. Irina renifle beaucoup et se raccroche à sa cadette, la touchant sans cesse, comme pour s'assurer de sa présence.

Ma mère se montre de plus en plus agacée par son attitude. Et Vania, ma grand-tante, observe, silencieuse et paisible.

— Je me marierai pas.

Je sursaute, surprise par la fermeté d'Arienn. Assise près de moi, elle tient dans ses bras un agneau dont la laine claire se pare de reflets d'azur. Elle foncera lorsque l'animal cessera de téter et commencera à brouter les mousses bleues dont se nourrissent les troupeaux.

— Je me marierai pas, répète-t-elle d'un ton décidé.

Je devrais lui dire qu'elle n'aura pas le choix, la sermonner, mais je n'en ai pas le courage. Et puis, elle n'a que sept ans.

— Tu feras quoi, alors ?

— Je nous fabriquerai des ailes pour qu'on s'en aille d'ici.

À son âge, on a le droit d'espérer, de rêver. Après, la réalité reprend ses droits ; la société se charge de rappeler à ses femelles ce qu'elles sont. Des êtres dénaturés. Toujours condamnables. Contrôlables.

Je dépose un baiser sur le front de ma petite sœur et je me lève. Besoin de m'éloigner. D'étouffer les sanglots qui montent en moi, me coupent le souffle.

J'avais son âge quand mes illusions sont devenues sang et larmes. La plupart du temps, j'arrive à enfouir ces souvenirs au plus profond de moi. Aujourd'hui, peut-être parce que mes nuits sont peuplées de cauchemars, peut-être parce qu'Arienn est ce que j'ai de plus précieux au monde et qu'imaginer son avenir me terrifie, ils resurgissent en moi et, avec eux, la douleur, la culpabilité.

CINQ ANS PLUS TARD

I

Le Soleil décida d'engendrer des êtres à son image : les hommes. Voyant cela, la Lune fut jalouse et donna naissance aux femmes pour l'imiter. Les Ténèbres voulurent elles aussi façonner des êtres à leur ressemblance. Trop faibles, elles ne purent créer que les ombres, les reflets.

Livre du Soleil.

— Arienn !

La voix maternelle claque sèchement, rappelant aussitôt ma petite sœur à l'ordre. Celle-ci se fige, coupée dans son élan, et baisse la tête, dissimulant son impatience sous une apparente docilité.

— Viens ici. Tout de suite.

Elle obtempère avec lenteur. Affronte, sourcils froncés, les réprimandes et les menaces voilées. Claustration. Couvent lunaire, même. J'ai peur pour elle. En permanence. Jusqu'à présent, je suis parvenue à contenir ses élans de révolte. Mais j'ignore combien de temps cela durera. Arienn a douze ans. Bientôt, elle subira la cérémonie qui fera d'elle une femme ou la condamnera. Que ferai-je, si c'est le cas ? La question me tourmente d'autant plus que la réponse décente – reniement et soumission à l'autorité – me le semble de moins en moins. Je sens la colère gronder en moi chaque fois que j'y pense.

C'est une porte ouverte à la tentation, aux Ténèbres, je le sais ; pourtant, je ne peux m'en empêcher. Pire, je doute sans oser le reconnaître des enseignements du *Livre du Soleil* et des lois d'Alta.

J'observe notre mère, très droite dans ses vêtements bleu sombre, occupée à trier les toisons mousseuses récupérées sur nos troupeaux. Les monceaux de laine les moins souillés sont directement placés dans de gros sacs qu'Arienn et moi porterons aux bacs afin de les laver. Les autres, après trempage et récupération de la graisse, serviront à rembourrer les matelas et les coussins.

Si Irina, sa sœur, était jugée trop corrompue pour mener une existence normale ou survivre, elle accepterait la sentence sans broncher. Non par souci de préserver l'honneur de notre famille, mais par réelle indifférence. Ce calme, autrefois, m'impressionnait. À présent, il m'effraie.

À l'autre bout de la pièce, tante Vania tisse une pièce destinée à mon trousseau. Un grand tapis rouille et gris, que j'emporterai dans ma nouvelle demeure une fois que mon père aura décidé d'un époux pour moi. J'ai bientôt dix-huit ans. Ce n'est plus qu'une question de mois, de semaines même. Il aura pris son temps. Non par affection, mais par intérêt politique. Hitor ayant annoncé qu'il se retirait du conseil des Sept, mon père aspire à prendre sa place et à devenir l'un des dirigeants d'Alta. Pour cela, il a besoin d'appuis et n'hésitera pas à me donner à une brute ou à un vieillard si cela peut servir sa cause.

Rozenn et Irina ne sont pas là. Ma cousine a quitté notre demeure pour une nouvelle vie. Elle a eu plus de chance que Dana, puisque Simon l'a remarquée et l'a négociée auprès de mon oncle. Irina se console de la perte de ses deux aînées avec

Joan, son dernier-né. Celui-ci accapare toute son attention. L'accouchement a été effroyable. Vania, ma grand-tante, a dû lui ouvrir le ventre pour sortir le bébé.

Sans son intervention, Joan serait mort, et Irina ne lui aurait certainement pas survécu.

Les sacs sont pleins, maintenant. Arienn et moi les chargeons dans une charrette à laquelle est attelé un gros mouton, puis nous prenons, en silence, le chemin des cuves.

Une fois sorties de la maison, nous clignons des yeux pour nous habituer à la clarté d'Alta. Loin au-dessus de nous, les puits solaires déversent une lumière poussiéreuse sur la ville, nimbant ses parois brunes, ses escaliers, ses arches, ses maisons aux toitures vert-de-gris, d'éclats couleur de rouille. Prudentes, nous guidons l'animal sur l'étroite rampe métallique qui mène au cœur de notre quartier, un entrelacs de ponts et de plateformes taillés dans la pierre, de tunnels ornés de symboles, de cavernes et d'habitations troglodytes.

Croisant une unité de soldats, nous nous décalons pour leur permettre de passer.

Ils sont nombreux ces derniers temps : une épidémie s'est déclarée parmi les plus pauvres habitants de Nova. Affolés, les autres ont voulu fuir, en masse, leur enclave. La panique a provoqué plusieurs émeutes : il a fallu la destruction par les flammes du quartier contaminé pour les apaiser. D'après mon père et mon oncle, cette violence, pourtant nécessaire, a profondément remué la population.

Des esprits rebelles, qui ont traité les Sept de meurtriers, ont été arrêtés. Les Solaires eux-mêmes ont exhorté la foule au calme, expliquant que l'origine du mal était liée aux Ténèbres. À présent, les autorités craignent que les espions des hordes tirent parti de cette instabilité pour créer le chaos. Alors, elles multiplient les patrouilles.

J'ai remarqué qu'il y a de plus en plus d'inscriptions sur les parois des grottes, les façades des maisons. Certaines, blasphématoires, se moquent des fresques pariétales dédiées au soleil et à l'histoire d'Alta. Mais il s'agit le plus souvent d'appels à la révolte – et non à la destruction. Comme celui-ci, gravé dans la roche, partiellement visible encore, même s'il a été martelé :

LA LUMIÈRE… EN CHAC… DE VOUS…

Nous passons à proximité des mousses bleues où pâture l'un de nos troupeaux ; fermement, je saisis le mouton par sa corne annelée pour l'empêcher de rejoindre ses congénères et le mène vers un souterrain où se devinent, sur le sol, les traces d'anciens rails.

— Tu crois qu'il y a quoi de l'autre côté ? murmure soudain Arienn, levant la tête vers les rayons du jour.

— Les créatures que le Soleil a réussi à sauver de la corruption.

— Et elles sont libres ?

— Je ne sais pas, dis-je d'un ton bas, inquiète à l'idée que l'on puisse nous entendre. Tu ne devrais pas parler de ça. Pas ici.

— J'ai découvert un secret, chuchote Arienn. Gia, tu me promets de ne rien dire si je te montre ce que c'est ?

Son petit visage est grave ; ses yeux noirs brillent dans la pénombre. Je ralentis, gorge nouée, partagée entre mon amour et la crainte de faire, par faiblesse, le jeu des Ténèbres. Mes sentiments l'emportent. J'acquiesce d'un signe de tête. Arienn hésite un instant, puis m'entraîne dans un renfoncement, entre deux habitations creusées dans la pierre. Elle vérifie que nul ne nous voit, se tortille, tire une feuille épaisse, pliée et jaunie de sa robe indigo – la même que la plupart des filles n'ayant pas encore subi la cérémonie du passage à l'âge adulte. Le poil sur ma nuque se hérisse. Intuition que, si je la prends, si je la déplie, mon existence basculera. Mais j'ai – je veux avoir – confiance en Arienn. Alors, je la saisis et je l'ouvre.

À l'intérieur, une carte aux teintes passées. Je l'examine avec attention. En haut, trois ouvertures circulaires. Au centre, un ensemble de pitons rocheux reliés par des câbles et des passerelles, sur lesquelles on discerne des chariots. À leur sommet, des blocs rectangulaires, que je suppose être des bâtiments. De chaque côté, des segments figurant des tunnels. Je reconnais Alta et les voies conduisant aux enclaves. Mes yeux s'habituant aux gribouillis et aux imprécisions, je distingue également les strates inférieures de la cité. Ce sont les moins fréquentées. Les plus dangereuses aussi, parce que leurs frontières avec les territoires ennemis sont floues. Plus bas, et de chaque côté, se dessinent des routes anciennes, aujourd'hui plongées dans la nuit, domaine des Noctes. Je sursaute. Près d'un cercle, quelqu'un a dessiné une croix à l'aide d'une mine de crayon. Très récemment.

Je tente de maîtriser le tremblement soudain de mes mains.

— Où as-tu déniché ça ?

— Du côté des champignonnières quand tante Irina a rencontré Hanna. Elles ont commencé à bavarder : et comment va Joan il est si mignon, il a eu un peu de fièvre mais ça va mieux, et toi ton fils aîné, blablabla. J'en avais vraiment assez, et puis j'aime pas trop Hanna, je trouve qu'elle sent mauvais, alors je suis allée me poser sur un tas de pierres et de débris et je suis tombée dessus. Voilà.

Je ferme les yeux, en proie à un étourdissement soudain. Des questions tourbillonnent en moi, s'entrechoquent. D'où vient ce plan ? Pourquoi était-il là ? Qui l'y a déposé, et à quelles fins ? Les Ténèbres ont-elles gangrené ma sœur ? Non. Non, certainement pas. Mais les rebelles d'Alta ou peut-être les envoyés des hordes, ceux-là même qui écrivent ces messages sur les murs, tentent d'attirer du monde de leur côté. Cela m'effraie. Cela m'attire.

Non, je n'ai pas le droit d'avoir de telles pensées.

J'inspire profondément, me force à reprendre mes esprits.

— Tu ne peux pas garder ça, dis-je dans un souffle. C'est trop dangereux.

Avec la chair de poule, je le replie et le glisse dans ma robe. Je frissonne au contact du papier lisse et froid sur ma peau.

— Gia, tu as promis…

— Je ne le montrerai à personne. Mais je refuse que tu te promènes avec ça sur toi. Une fois que nous serons de retour au gynécée, nous trouverons une cachette pour la dissimuler. D'accord ?

Arienn hésite, puis hoche la tête, boudeuse mais vaincue.

Nous reprenons la route du lavoir. Comme d'habitude, les regards que me jettent les hommes, mélange de dédain et d'envie, me mettent mal à l'aise. J'ai l'impression d'être pesée, évaluée comme une pièce de viande sur l'étal d'un boucher. Je déteste ça. J'accélère le pas. Arienn me lance un coup d'œil étonné. Le mouton proteste un peu. Nous nous engouffrons dans un tunnel éclairé par des lampes grésillantes. Ici, l'énergie solaire suffit à peine à les alimenter. Sur une paroi, un autre graffiti :

OUVREZ LES YEUX

LES TÉNÈBRES NE SONT PAS EN VOUS

Peint à la va-vite, celui-ci est encore intact.

Arienn s'arrête, entortille l'une de ses boucles autour de son doigt, ne dit rien.

Un couple de ferrailleurs chemine en sens inverse. Engoncé dans un pourpoint de cuir marron tout rapiécé, l'homme marche en avant, le menton fier, le ventre bedonnant. En remarquant le slogan, il renifle de mépris, crache et poursuit sa route. Son épouse suit, à quelques pas. Elle tient par la corne le gros bélier qui tire sa carriole pleine de morceaux de cuivre et de vieux objets.

Enfin, nous arrivons. Une quinzaine de femmes se pressent autour des grandes cuves d'eau bouillonnante où sont trempés et lavés les monceaux de laine. Parmi celles-ci, je reconnais Cora et Sienn. Ma sœur et moi déchargeons nos sacs, puis nous nous frayons un chemin jusqu'à elles. Nous n'avons pas le choix. J'ai été marquée en même temps que Cora. Cette cérémonie de passage à l'âge adulte nous a rapprochées, même si nous demeurons très différentes. Elle ne se pose jamais de questions, Cora. Ni sur son avenir ni sur son statut. Aucune remise en cause, aucune terreur cachée. Elle est lisse. Calibrée pour une vie de soumission, de paupières baissées. Quant à Sienn, je la connais depuis plus longtemps. Petites, nous jouions ensemble, même si nous n'étions pas amies. Elle s'intéressait à Siri, mon frère aîné.

Puis il y a eu Valli.

Nous nous sommes battues. Nous sommes devenues ennemies.

Valli…

À ce souvenir, je sens une boule de tristesse et de regrets

m'enserrer.

— Tu tombes bien ! me lance Cora, grasse et ronde dans sa tunique gris-bleu. Tu vas peut-être pouvoir nous répondre !

— À propos de quoi ?

— Ta cousine Rozenn ! Il paraît qu'elle est déjà enceinte. C'est vrai ?

— Je crois, dis-je en haussant les épaules. Je ne l'ai vue qu'une fois depuis qu'elle a quitté la maison.

Calant une mèche épaisse et brune derrière son oreille, Sienn me décoche un regard de biais.

— Quoi ?

— Rien, répond-elle avec un drôle de sourire, à la fois moqueur et plein de fiel. Je pensais juste... Tu n'es pas trop déçue ?

— Pourquoi je le serais ?

— Simon n'était pas un mauvais parti. Et puis, il est plutôt bel homme. Ça ne t'ennuie pas qu'il ait pris Rozenn, et pas toi ?

Sous-entendu : j'espère que tu es jalouse et que tu as pleuré, le soir de ses noces, dans le gynécée, parce qu'il ne t'a pas choisie ; j'espère que tu t'es sentie laide et impuissante cette nuit-là.

Désolée, Simon m'indiffère et je n'ai aucune envie de me marier, même si je le dois.

— Pas vraiment. Tu vois, Sienn, mon père a d'autres ambitions que de céder sa fille à un simple subordonné.

Cora plaque une main sur ses lèvres. Impossible de savoir si elle réprime un gloussement ou si elle est choquée. Sienn se détourne avec une moue pincée.

Quelques minutes plus tard, Arienn et moi déversons la laine de nos sacs dans une cuve vacante. Les mèches épaisses et rêches se gorgent d'eau. Ma petite sœur relève sa jupe et pénètre dans le bassin. Je l'imite. Ensemble, nous piétinons les monceaux trempés. Particules de mousse, débris de terre remontent rapidement à la surface.

— J'aime pas Sienn, souffle soudain Arienn.

Sienn me déteste depuis longtemps. Sienn me déteste depuis...

— Elle a une sale façon de te regarder, poursuit-elle, sourcils froncés.

— Je sais. Allez ! dis-je, sautant à pieds joints sur l'écheveau. Au travail !

Son inquiétude oubliée, Arienn m'imite en gloussant.

Non loin de nous, une femme glisse, se rattrape à l'épaule d'une voisine ; celle-ci perd l'équilibre, et toutes deux basculent, éclaboussant tout le monde au passage. Il y a des protestations, des rires.

Qui s'étranglent dans les gorges, à la vue d'une dizaine de soldats.

Équipés de piques et de glaives, ils encadrent trois prisonniers, deux mâles et une femelle. À ses mèches argentées, à sa peau crayeuse, je reconnais une Nocte. Ses prunelles bleu pâle croisent un instant les miennes ; j'étouffe un frisson ; peur, fascination ? Je l'ignore, refuse de sonder mes émotions plus avant. Ses compagnons, noueux et maigres, ont les yeux sombres et portent leurs longs cheveux bruns tressés. Ce sont des exilés d'Alta. Des rebelles. Des hors-la-loi.

Quel crime ont-ils commis ?

Je n'ai guère le temps de m'interroger : s'enfonçant dans un tunnel, la troupe disparaît rapidement de notre vue.

Ici, l'atmosphère a changé. Pesante, lourde de méfiance. Plus de taquineries, plus de rires. À deux places de nous,

Cora et ses cadettes ont achevé leur tâche. Sienn et sa famille s'activent en silence, un peu plus loin. Mon ancienne rivale, mon ennemie a été donnée à son mari une semaine après Rozenn. Celui-ci, qui assurait la sécurité de convois de marchandises, est mort au lendemain de la cérémonie. Un éboulement, l'effondrement d'un pont. Un accident. Veuve avant même d'être grosse, sans défense contre les Ténèbres puisque le glyphe qui l'en protégeait a été arraché, Sienn est retournée vivre parmi les siens. Elle n'est coupable de rien, mais passera le reste de son existence au gynécée, servante docile de la maisonnée – à moins que son père ne l'envoie dans un couvent lunaire ou qu'un fils-du-soleil la prenne en dépit de son passé.

Sienn pourrait également choisir la fuite.

Ceux qui ont décidé de quitter Alta ne sont pas tous devenus des monstres altérés par les Ténèbres. Ils se sont adaptés aux dangers du territoire des Noctes. Ont appris à vivre parmi eux. Avec eux. Libres, enfin.

Le sang rugit dans mes veines. Mon cœur s'emballe. Ces idées m'effraient.

Parce que jamais je ne les avais formulées aussi clairement.

*

La passerelle qui mène à la demeure paternelle grince sur notre passage. Les roues du chariot crissent en écho. Notre mouton souffle bruyamment et ralentit le pas, inquiet. Arienn fronce les sourcils. Je m'arrête, j'observe les environs. Le soleil se couche, loin au-dessus de nous ; la pierre et le métal absorbent ses rayons couleur de bronze. L'esplanade près de la maison et les rues alentour sont désertes. Tout est étrangement calme. Silencieux. Le sanctuaire dédié au soleil, au faîte du quartier, prend la teinte du sang. Une angoisse sourde monte en moi. Je redoute un drame – mort du fragile Joan, châtiment d'Irina, exil ou claustration de ma sœur sur décision de notre père excédé par son tempérament rebelle.

Arienn se rapproche de moi, prend ma main. La sienne est glacée. Je la serre très fort, m'efforce d'y mettre le plus de chaleur et de confiance possible. Nous parvenons de l'autre côté du pont. Pas à pas, nous avançons vers la porte de cuivre martelé. Voilà. Nous y sommes. Je pousse le vantail. La cour intérieure est déserte, plongée dans la pénombre. Je mène l'animal jusqu'à l'enclos qu'il partage avec l'un de ses congénères, le dételle. Nous disposons la laine sur l'étendoir situé derrière les bassins. D'ici quelques jours, lorsqu'elle sera sèche, nous irons la récupérer. En attendant, nous pénétrons à pas de loup dans le long couloir menant au gynécée. Deux chandelles fixées aux murs éclairent notre passage. Nous arrivons dans la cuisine.

Personne.

Nous la traversons, redoublant de circonspection. Nous atteignons le seuil de la salle commune. Elles sont là. Irina, notre mère, Vania. Et même Rozenn. Assises les unes contre les autres, muettes. Les yeux de ma cousine sont rouges, boursouflés. Le visage de ma tante est un masque de douleur et d'incrédulité. Joan ? Non. Son fils dort à poings fermés sur un coussin, juste à côté d'elle.

Nous entendant arriver, Vania lève la tête. Des larmes roulent sur ses joues creusées de sillons. Notre mère se redresse, sévère et digne. Aussitôt, Arienn se tend.

— Enfin, vous voici. Asseyez-vous.

— Que… Que se passe-t-il ?

Ma voix est un coassement. Elle patiente jusqu'à ce que nous soyons installées.

— Dana a commis un terrible crime, déclare-t-elle d'un ton las. Sa petite Shaya. Elle l'a étouffée.

Irina gémit. Ma grand-tante la prend dans ses bras et la berce comme une enfant.

— Dana a… tué… sa fille…

La phrase s'échappe de mes lèvres, absurde, insensée. Shaya n'avait pas deux ans. C'était une belle enfant, souriante et douce.

— On a trouvé votre cousine au chevet de la petite. Apparemment, elle avait passé toute la nuit près de la dépouille, sans bouger.

— Pourquoi ? dis-je dans un souffle.

— Pour épargner à Shaya la souffrance d'une existence de femme. Du moins, c'est ce qu'elle aurait dit à ceux qui l'ont arrêtée. Dana a été jugée en présence d'un Solaire, en début d'après-midi. Selon le tribunal, les Ténèbres se sont emparées de son âme et l'ont entièrement dévorée, poursuit-elle, ignorant les sanglots d'Irina et de Rozenn. Sans cela, jamais votre cousine n'aurait perpétré cet acte odieux. Elle sera lapidée d'ici une semaine, à l'aube.

Ma tante, incapable de se contenir, bondit hors de la pièce avec un cri étouffé. Rozenn se balance d'avant en arrière, les mains pressées contre sa bouche. Vania contemple le vide. Comme si elle s'était absentée de son corps lourd et ridé. Comme si elle avait fui très loin d'ici. À mes côtés, Arienn claque des dents. Elle a déjà assisté à plusieurs lynchages, n'y a jamais pris part. Cette fois, ce sera différent : Dana fait partie de notre famille. Elle n'aura d'autre choix que de participer. Cela m'horrifie, plus encore que la condamnation. Je voudrais lui épargner cette violence, mais je ne le peux pas.

Pourtant, ce soir-là, quand je ferme enfin les yeux et tente de trouver le repos, ce n'est pas cela qui me hante, m'empêche de dormir, mais les mots de Dana.

Épargner à Shaya la souffrance d'une existence de femme.

Qu'a-t-elle enduré pour préférer l'infanticide et la peine de mort à la vie ? Que lui a fait subir Tobian ?

Il ne sera pas châtié, lui. Même s'il l'a violentée, frappée, traitée en animal de compagnie. C'est son droit. C'est le droit de tous les fils-du-soleil. Ils dirigent. Nous obéissons. Ils ordonnent. Nous exécutons. Telles sont nos traditions. Telles sont les lois d'Alta.

Cette nuit, dans l'obscurité de notre cellule, celles-ci me paraissent profondément injustes.

Soudain, je songe à la carte d'Arienn, roulée en tube et dissimulée dans le creux d'un vieux conduit de cuivre, de l'autre côté de la pièce. Dana aurait-elle pris le risque de la fuite, si elle l'avait eue en sa possession ? Je l'ignore. Je ne crois pas. Avec ou sans, ma cousine était trop désespérée pour croire qu'elle avait une chance de survivre, dans les souterrains.

Et moi ? Et nous ?

II

Ils ont volé votre espoir. Reprenez-le !
Sur une vieille façade.

… Bruissement, tout autour d'elle. Des murmures, des grondements. Des formes qui se précisent, une foule qui s'anime, se déploie, se rapproche, vrombissante et avide.

Les rayons du soleil scintillent sur le frontispice cuivré du sanctuaire, explosent en myriade de particules.

La foule se tait, joint les mains, en une prière silencieuse à l'astre sacré. Les portes s'ouvrent. Le Solaire s'arrête sur le seuil. Il porte une tunique et un pantalon blancs. Dans sa main droite, le bâton du jugement. De chaque côté, un soldat armé d'une lance de métal roux. Il traverse l'esplanade, se place solennellement derrière l'accusée. Celle-ci ne cille pas, regarde un point invisible, très loin dans l'obscurité des galeries…

Je me réveille, en sueur. Un poids terrible pèse sur ma poitrine, j'ai la sensation d'étouffer. Ce cauchemar familier me laissait en paix depuis plusieurs mois. Il est revenu avec l'annonce de la lapidation de Dana, plus prégnant, plus réel à mesure que se rapproche le jour de son châtiment.

Dana va mourir.

Dana va mourir, parce que sa seule façon de protéger sa

fille d'une existence d'esclave a été de la tuer.

J'y pense sans arrêt. À ces cinq années durant lesquelles elle avait les yeux cernés, les traits tirés. Ma cousine marchait en courbant les épaules, comme une petite vieille. Elle ne riait plus. Quant aux ragots dont elle raffolait, Dana les avait oubliés. Elle était malheureuse. Il y avait des signes et nul n'y a prêté attention. Ce repli sur soi paraissait tellement normal ; combien de sang-de-lune, après leur mariage, sont devenues comme elle ? Je songe à ma mère, indifférente à tout sauf au respect des règles, à tante Vania, silencieuse et recluse dans notre demeure depuis la mort de son époux, à ces filles croisées au lavoir, aux bains ou au marché, qui se fanent en quelques mois. Certaines, comme Irina, retrouvent un peu d'éclat auprès de leurs proches ou de leurs voisines avec lesquelles elles partagent les tâches quotidiennes. Mais la plupart d'entre elles sont éteintes.

Jusqu'à la condamnation de Dana, je me disais que c'était ça, devenir adulte. Une espèce de disparition, de sacrifice de soi. À présent, je me demande ce que nous avons fait de si terrible pour justifier cette existence de servitude et de renoncement.

Les Ténèbres nous rendent dangereuses, souvent malgré nous. C'est même pour cette raison qu'il est conseillé, *relativement au choix d'une épouse, d'être guidé par la sagesse et non par ses émotions, source de chaos* – ce ne sont pas mes mots, mais les recommandations écrites dans les *Lois d'Alta*.

De là à nous priver de toute source de joie…

Rozenn a de la chance : Simon a suivi son cœur, non les coutumes de la cité ou les conseils de ceux qui ont présidé à la cérémonie. Il semble sincèrement épris d'elle.

Mais ma cousine est une exception.

II

Je me méfie de ces réflexions rebelles et de ce qu'elles signifient. Je presse les doigts contre le glyphe d'encre et de cuivre qui orne mon épaule nue, mais je n'y trouve aucun réconfort.

Juste une douleur, vague et lointaine.

Profitant du sommeil d'Arienn, je me lève doucement, j'allume une chandelle et retire le plan de sa cachette. Je ne l'ai pas examiné depuis que ma sœur me l'a montré. Cette nuit, j'en ai le courage – ou l'envie.

Je déplie la feuille épaisse et lisse. C'est une carte ancienne, avec des annotations aux trois quarts effacées. Des nombres dont je ne comprends pas la signification, quelques mots – *entrepôt, réserve, danger* – sous un cercle tracé au milieu d'un tunnel. Du bout des doigts, je suis le dessin des routes et des souterrains ; je cherche des correspondances entre l'Alta d'aujourd'hui et cette esquisse en noir et jaune. Ce chemin, creusé dans la roche, m'est familier. Cette passerelle métallique qui relie les deux principaux quartiers, également. Même si, aujourd'hui, Alta en comporte trois. Et plus bas… J'ose à peine me pencher sur les lignes qui représentent un réseau de couloirs et de cavernes au-delà des frontières de notre ville, là où règnent les Ténèbres. Je me remémore des récits terrifiants de rats énormes et de cavités grouillantes, de scolopendres blafardes et de têtes plantées sur des piques vert-de-gris, d'eaux acides et de cadavres affamés se jetant sur un fugitif pour le dévorer. Certains pensent qu'il ne s'agit pas de revenants, mais de Noctes particulièrement corrompus. D'autres sont d'avis que les ombres s'insinuent dans les corps pour y trouver un semblant de vie. Ils se réfèrent à un vieux poème qui commence ainsi :

L'ombre n'avait pas de substance.
L'ombre rêvait
De pouvoir goûter et toucher...

Je me rappelle également l'histoire de ce soldat tombé dans une embuscade. Trois jours après l'annonce de son décès, il rentra chez lui et reprit sa place auprès de sa famille. Rapidement, le plus jeune de ses fils tomba malade. On le crut perdu, mais il se réveilla, au matin, apparemment guéri. Vint le tour de l'aîné, puis de la femme. Tous survécurent, miraculeusement. Du moins, c'est ce qu'on supposa, jusqu'à ce que des disparitions régulières éveillent les soupçons. On découvrit alors l'atroce vérité : le soldat et les siens étaient morts. Des ombres s'étaient insinuées à l'intérieur de leurs dépouilles et imitaient leur existence, se nourrissant de cadavres, complotant pour répandre peu à peu leur souillure dans Alta.

Avec un soupir, je range la carte et regagne ma couche.

Ici, l'asservissement.

Au-delà, la mort ou pire.

Il n'y a pas d'espoir, pas d'issue.

*

Une lumière trouble, provenant du puits, loin au-dessus de nous, nimbe le sanctuaire du Soleil d'une auréole pâle et poussiéreuse. Sur l'esplanade plantée de deux pitons d'acier, des soldats en armure encadrent Horian, le vieux Solaire qui a présidé à l'union de Dana et de Tobian.

II

À l'autre bout du plateau a été dressé un bûcher.

Dans mon dos, ma mère, caparaçonnée dans une armure de solennité et tante Vania, triste et taciturne. À ma droite, mon frère Siri, son épouse et leur enfant. De l'autre côté, Arienn, notre père et Lucian, son aîné. Mon oncle, Irina, Rozenn et Simon sont debout, devant nous. Tobian, ses filles et son petit garçon patientent auprès d'eux. Derrière nous, les voisins, les habitants du quartier venus assister au châtiment de l'infanticide – et participer. Je perçois leurs yeux braqués sur nous. Leurs chuchotements, empreints d'horreur et de pitié. Parmi eux, je reconnais Sienn. Nos regards se croisent ; dans le sien, une méchanceté que je ne peux supporter plus de quelques secondes.

Crissements provenant de l'extrémité de la place. Pas lourds, mesurés. Guidé par un colosse plastronné, un bélier aux cornes cerclées de cuivre tire un wagonnet. À l'intérieur, menottée, Dana. Son épaisse chevelure a été taillée court, laissant paraître la peau à plusieurs endroits. Ses yeux sont creusés de brun. Le bas de son visage est maculé de sang. Elle flotte dans une tunique d'un bleu chassieux, trop grande pour elle. L'uniforme des condamnés. En voyant ma cousine, Irina laisse échapper un sanglot. Rozenn la soutient du mieux qu'elle peut. Une fille, une sœur se tient là, face à elles ; criminelle selon la justice, et sous l'emprise des Ténèbres, mais fruit d'un même ventre, issue du même sang.

Dana est soulevée, traînée du chariot rempli de pierres jusqu'aux pals métalliques. Ses chaînes y sont fixées, afin qu'elle ne puisse être tentée de fuir. Son gardien recule, toise la foule d'un œil sévère. Dana pleure en silence. Les larmes qui coulent de ses prunelles injectées tracent des stries claires sur ses joues sales.

« Monstre ! » « Meurtrière ! » « Il est un peu tard pour les regrets ! » « Crève ! » « Pourriture ! » Soudain, les insultes cessent ; un homme fend la foule, escorté par deux gardes armés de lances. C'est Tristan, l'un des édiles d'Alta et le principal rival de mon père dans la course au pouvoir. Il avance lentement jusqu'au centre du plateau, s'arrête à quelques mètres de Dana, se tourne brusquement vers nous. Sa cape ample, mordorée, voltige dans la lumière.

Il nous jauge, impassible, s'attardant sur chacun de nous avec une sévérité glaciale. Quand il arrive à moi, je baisse la tête, en signe de soumission et de respect. Arienn serre les dents, refuse de céder. Je dois la pincer pour la forcer à s'incliner.

Par calcul politique, Tristan est capable d'intriguer pour contraindre Caspian à soumettre sa benjamine au jugement des Solaires et à se débarrasser d'elle, si le mal est trop profondément ancré en son âme.

— Dans le *Livre du Soleil*, commence-t-il de sa voix sévère, il est écrit qu'après la guerre contre les Ténèbres, le Soleil et la Lune virent que leurs enfants étaient devenus mortels. Afin d'éviter qu'ils ne disparaissent, ils leur permirent d'engendrer. Pour racheter sa trahison, la Lune accepta que ses descendantes portent le fruit de leur union et soient soumises aux rejetons du Soleil. Ainsi, depuis la fondation d'Alta, le rôle des sang-de-lune est de nourrir les enfants et de veiller sur eux. Les règles qui gouvernent Alta sont claires : si une femelle vient à trahir son maître ou à le déshonorer, que ce soit en paroles ou en actes, elle doit être châtiée. Ainsi, le crime de la créature qui se tient ce matin devant vous est doublement impie.

Horian hoche la tête et vient se placer, à pas lents, à côté de lui.

— Cela me désole d'autant plus que j'ai béni l'union de Tobian avec elle, révèle-t-il. Malheureusement, les Ténèbres ont rongé son cœur et son esprit. Aujourd'hui, Dana, celle que vous appeliez votre fille, votre épouse ou votre amie, n'est plus ...

Avec une vigueur surprenante, le Solaire déchire la manche de la tunique de ma cousine, dévoilant à la place de son glyphe une plaie noire et boursouflée. Quelques exclamations éclatent. Irina se cache le visage dans ses mains.

— Un simulacre abject a pris sa place, un simulacre d'ombre. Et ce simulacre doit être détruit.

— L'infanticide a été jugée selon nos lois et condamnée à la mort par lapidation, reprend Tristan. En raison de sa corruption, il ne lui a pas été permis de s'exprimer.

Arienn sursaute, réalisant brusquement ce que cela signifie : Dana a eu la langue tranchée. Privée de parole, elle mourra comme une bête qu'on égorge, en criant des sons inarticulés. Une larme coule sur ma joue, se perd dans mon cou avant que je ne l'essuie.

— Que l'offensé jette la première pierre.

L'offensé, c'est Tobian. Tirant son fils effrayé par le bras, il s'avance jusqu'au wagonnet. L'enfant n'a pas quatre ans. Il ne comprend pas pourquoi sa mère est enchaînée. Il ne comprend pas pourquoi son père s'empare d'un caillou gros comme un poing et le lance sur elle. Il ne comprend pas cette violence, la refuse de toutes ses forces. Mais il n'a pas le choix. Tobian se place derrière lui et l'oblige à ouvrir sa main...

Je vacille, bouleversée. Le passé se mêle au présent. La scène s'efface, devient floue... Une fillette folle de chagrin. Des paroles murmurées : « Sois courageuse... » « Souviens-toi que je t'aime… » Un visage doux…

Retour à la réalité. Arienn s'agrippe à mon bras. L'assemblée gronde. Sur l'esplanade, enchaînée, Dana ploie, se débat. Touchée aux bras, à la gorge, à la tempe, elle saigne abondamment. Sa mère se tient face à elle. D'abord incapable de la frapper d'une pierre, Irina se ressaisit, l'atteint au genou, se réfugie dans le giron de tante Vania. Rozenn lui succède, tremblant de tous ses membres. Viennent mes frères. Mon père. Ma mère, dont le regard dur n'exprime aucune pitié. Blessée, brisée, Dana gémit – une plainte continue, animale. Arienn se serre contre moi. Je devine qu'elle ne pourra pas prendre part au châtiment de Dana. Révolte, compassion, peu importe : si ma petite sœur ne s'exécute pas, cela se retournera contre elle.

C'est mon tour.

Mon cœur cogne douloureusement dans ma poitrine. Une sueur glacée coule le long de mon échine. À chaque pas, une image jaillit en moi, pareille à un coup de poignard…

Arienn n'est qu'un petit bébé. Je ne sais comment m'y prendre avec elle. Dana me montre comment la tenir dans mes bras…

Dana, Rozenn et moi tentons d'attraper des grillons pour les faire sécher. Soudain, un énorme rat file entre nos jambes. Rozenn hurle, laisse tomber son sac. Les insectes s'échappent, paniqués…

Occupées à trier des champignons séchés, Dana et sa mère critiquent une grosse voisine, gourmande et toujours fatiguée…

Au bord du lac noir où mes cousines et moi pêchons des écrevisses, nous décidons de faire un concours de ricochets. Je suis, de loin, la plus douée…

Dana et moi sommes de service. À table, les hommes de la famille et Simon. Sérieux, le garçon écoute mon père expliquer l'inquiétude des Sept face à l'agressivité croissante des ennemis d'Alta. Ma cousine devance ses désirs, lui réserve la meilleure part du ragoût de mouton. Il ne remarque rien. Déçue, Dana repart, voûtée comme une aïeule, en direction de la cuisine. Je voudrais lui dire que je suis désolée, mais je n'ose pas…

Près de moi, le bélier s'agite. Je cligne des paupières. Dana se redresse avec une grimace, plonge ses pupilles agrandies par la souffrance dans les miennes.

« Je t'en prie. Ne les laisse pas me torturer ainsi. »

Sa supplique muette me tord le ventre. Ce qu'elle me demande est impossible. J'hésite pourtant. Instinctivement, je regarde par-dessus mon épaule, croise les yeux remplis de larmes d'Arienn. Et ma décision est prise : hors de question qu'elle participe à ce lynchage ou qu'elle risque le pire en refusant.

Je m'empare d'un projectile lourd et grumeleux. Il est froid, mais semble brûlant dans ma main. J'inspire profondément. Je me concentre. Je vise.

Il vole, bien plus vite que je ne le pensais, et percute Dana en pleine tête. Sous l'impact, on perçoit un craquement. Ma cousine s'affaisse. La pierre roule à quelques pas d'elle, rouge de sang.

J'ai réussi.

Autour de moi, c'est le silence.

Les regards courroucés de mes parents, des voisins pèsent sur moi. Je devine qu'Arienn me déteste, en ce moment. Ce soir ou demain, je lui expliquerai que j'ai agi pour épargner à Dana une affreuse agonie. Je ne lui dirai pas que j'ai aussi fait cela pour elle. Cela ne servirait qu'à la rendre malade de culpabilité.

Je rejoins mes proches, épaules basses pour signifier ma honte et, surtout, dissimuler mon soulagement. Nul, en dehors d'Arienn, ne doit soupçonner que j'ai agi délibérément.

Le colosse qui a escorté Dana jusqu'ici et l'a attachée la saisit par la nuque, la relève, puis se tourne d'un air interrogateur vers Tristan et Horian.

— Justice est faite. Tu peux débarrasser la dépouille de ses chaînes. Justice est faite, répète le Solaire, et le corps de la condamnée va être livré aux flammes purificatrices d'un brasier pour vaincre définitivement le mal et l'empêcher de se propager. Rentrez chez vous, maintenant. Méditez sur la puissance des Ténèbres et les ruses qu'elles emploient pour aveugler et pervertir les plus faibles comme les meilleurs d'entre nous.

Tobian souffle bruyamment, humilié par ces derniers propos.

L'assemblée se disperse. Une fois encore, je croise les yeux de Sienn. Une fois encore, je cède la première devant leur éclat rempli de colère et de rancœur.

À présent, seule ma famille et moi demeurons sur l'esplanade. Notre devoir est d'assister à la crémation de Dana et de prier le Soleil pour écarter les Ténèbres de notre lignée.

III

Afin de repousser définitivement les Ténèbres et de sauver le monde, le Soleil se dépouilla d'une part de lui-même ; c'est pour cela qu'il est rouge, lorsqu'il achève sa course. La Lune, repentante, sacrifia sa lumière pour l'aider – et c'est pour cela qu'elle reste un cycle dans l'obscurité.

Livre du Soleil

Ce soir, Arienn a refusé de dormir avec moi.

Ce que j'ai lu dans son regard m'a brisé le cœur. Les reproches, la colère de ma mère, à qui j'ai fait honte, m'indiffèrent. Mais la haine de ma petite sœur…

Tante Vania l'a accueillie dans sa cellule.

Moi, je reste seule, dans cette pièce sombre et glacée.

Les minutes s'écoulent lentement. Mes paupières refusent de se fermer.

Ai-je eu raison de suivre mon instinct ? N'ai-je pas été influencée par les Ténèbres qui m'habitent ? Une part de mon être aimerait que ce soit le cas. Vraiment. Ce serait tellement plus confortable, tellement plus simple ! Aucun doute, aucune remise en question de ce qui fonde notre société. Il suffirait que je me confie à l'un des Solaires – Horian, pourquoi pas ? – et que je demande à être lavée du mal qui altère mon jugement. Je serais examinée, purifiée, vraisemblablement cloîtrée jusqu'à ce que l'on soit sûr d'avoir chassé les ombres de mon âme. Je regagnerais la demeure de mon père, apaisée. Plus de réflexion, d'idées folles ; tout me semblerait de nouveau logique et juste.

Cela me tente, oui.

Mais c'est impossible. Je ne peux pas revenir en arrière. Il y a trop de brèches dans mes certitudes. J'aurais le sentiment de trahir Dana. Arienn.

Et Valli, encore une fois.

Des larmes de tristesse et de honte piquent mes yeux. Cela s'est passé il y a dix ans, mais jamais je n'ai oublié. Mes nuits sont toujours hantées par le drame que j'ai provoqué. À l'époque, je n'avais pas réalisé la gravité de mes propos ni leurs conséquences. J'avais pleuré, en apprenant la condamnation de Lisa et l'exil de sa fille. Mes proches m'avaient consolée : selon eux, j'avais bien agi. Dana, je m'en souviens, m'avait dit qu'elle les avait toujours trouvées bizarres. Gavin, notre patriarche aujourd'hui décédé, m'avait gratifiée d'une caresse sur la tête et d'un compliment.

Avec le recul, je me dis qu'il se comportait de la même façon avec son gros lézard gris. En lui tapotant le crâne d'un air satisfait.

Malgré les lois du Soleil et celles d'Alta, je n'ai pu me pardonner cette trahison. Dana a voulu épargner à Shaya la souffrance d'une existence d'esclave soumise à la tyrannie d'un homme. En dissimulant le véritable sexe de Valli, Lisa tentait de faire de même. J'ai brisé leur vie.

Si je me renie, je les détruirai une seconde fois.

*

III

Lorsque je pénètre dans la cuisine, Vania est occupée à pétrir la pâte des galettes. Ses mouvements sont vifs, en dépit de sa corpulence. Je devine que ma grand-tante m'a entendue arriver, mais elle ne se retourne pas pour me saluer. En face d'elle, Irina broie un gros bloc de sel. Elle lève brièvement la tête vers moi. Dans ses yeux, je crois percevoir un éclat fugitif de reconnaissance. Quant à ma mère, elle patiente, silencieuse et droite, près de l'entrée. Elle fronce les sourcils en me voyant. Machinalement, je cherche Arienn, mais il n'y a que les trois femmes et moi, ici.

— Caspian aimerait entendre ce que tu as à dire au sujet d'hier.

— Père veut…

Pas le temps de terminer ma phrase. Elle m'attrape par le bras, me secoue, enfonçant ses ongles dans ma peau. Je retiens une exclamation de douleur.

— Tu te rends compte de ce que tu as fait, Gia ? siffle-t-elle. À cause de ta maladresse, le rite d'expiation n'a pu se dérouler jusqu'à son terme. Dana est morte avant d'être complètement purifiée.

— Je…

— Et les voisins ? Que vont-ils penser de toi ? De nous ?

— Je suis désolée…

— Tu es désolée ? Moi aussi, je suis désolée. Tante Vania et Irina sont désolées. Tout le monde est désolé, Gia. Et tout le monde a honte de ce qui s'est passé par ta faute. Va, maintenant. Caspian t'attend.

Elle me pousse hors de la pièce. Je me retiens au mur pour ne pas tomber. Je traverse la cour, pénètre dans le salon réservé aux fils-du-soleil. Je ralentis le pas, à la fois par respect et par crainte d'affronter le maître des lieux, de ne pas réussir à lui dissimuler la vérité : j'ai agi sciemment, je n'ai aucun regret.

Il est assis en bout de table, les mains jointes.

Devant lui, un exemplaire du *Livre du Soleil* et un ouvrage à la couverture de cuir blanc que je n'ai jamais vu. Son visage au nez droit, aux lèvres fines, est figé dans une expression neutre. Mais ses yeux perçants brillent d'un courroux d'autant plus effrayant qu'il est parfaitement maîtrisé.

Je réalise soudain que ce n'est pas mon geste qui l'a mis en colère, mais ses conséquences malheureuses. Selon lui, ce jet de pierre non maîtrisé l'a mis en position de faiblesse devant son principal rival . J'ai compromis ses ambitions politiques : comment peut-il encore prétendre remplacer Hitor et devenir l'un des Sept, désormais ?

À ses côtés se tient le vieil Horian, dont les doigts caressent le disque mordoré, à l'effigie du soleil, qui orne sa poitrine.

Pensif, perdu en lui-même, celui-ci ne prête aucune attention à mon arrivée. J'en profite pour l'examiner discrètement : sa peau, fine et ridée, est semée de taches ; ses sourcils sont encore fournis, comme sa courte chevelure blanche. Il a l'air inoffensif, bienveillant. Une apparence trompeuse. Horian n'hésitera pas à me condamner à mort, s'il m'estime dangereuse pour la communauté.

— Approche, Gia.

J'obéis. Sous le regard paternel, mon assurance s'effrite. J'ai l'impression qu'il ne sert à rien de mentir. Je suis sa fille, après tout. Sa chair, son sang. J'ai longtemps cru qu'il pouvait lire les Ténèbres en moi et connaître exactement leur influence sur mon âme. Je sais que c'est impossible : seuls les rites des Solaires le pourraient. Néanmoins, j'ai conservé cette peur.

Il me jauge longtemps, sans rien dire. Je demeure immobile, concentrée sur les battements de mon cœur.

— Horian va inspecter ton glyphe.

Je dénude mon épaule, mal à l'aise. J'ai la sensation de livrer une part intime et secrète de mon être. Arraché à sa méditation, le Solaire se lève et marche jusqu'à moi. Il palpe la spirale d'encre noire, touche la perle de cuivre en son centre. Je sursaute. Il hoche la tête, satisfait de ma réaction et psalmodie une brève prière.

— « *Que les Ténèbres s'éloignent*

Que la lumière soigne

Cette âme et ce cœur de femme »

Sois rassuré, Caspian, le mal n'a pas grandi en elle.

Mon père se détend insensiblement. Cela le soulage que sa progéniture ne soit pas corrompue en plus d'être inconséquente.

— Gia, à ton avis, poursuit l'aïeul, pourquoi les rites d'expiation existent-ils ?

— Pour punir les réprouvés, les assassins et chasser la noirceur qui les influence ?

— Tous ne sont pas infectés, heureusement. En vérité, très peu d'entre eux le sont. Cependant, c'est pour ceux-là que ces cérémonies ont été créées. Parce que les actes qu'ils ont commis sont si graves que seules les Ténèbres ont pu les leur souffler ; parce que c'est le seul moyen de les détruire et de libérer leur âme de cette emprise. Ta cousine Dana, reprend-il après un instant de silence, était gravement corrompue. Rends-toi compte, Gia : elle a étouffé son enfant et n'a jamais manifesté aucun remords pour cela. Elle a trahi sa nature femelle et trompé son époux. L'obscure ennemie de notre espèce l'a rendue folle et s'est emparée d'elle.

— La lapidation n'est pas un châtiment dont nous décidons à la légère, continue mon père. C'est une mort laide et douloureuse, pour le condamné comme pour ses proches. Et pourtant, c'est la meilleure manière dont nous disposons pour chasser le mal qui l'a pervertie et métamorphosée en monstre.

— Les Ténèbres sont craintives et lâches, poursuit Horian. Mises en danger, elles préféreront abandonner un hôte. Chaque pierre lancée est un coup porté à l'adversaire. Un coup qui l'oblige à fuir et le blesse à chaque tentative. Ce qui reste de lui, à la fin, nous le brûlons, sachant qu'il est trop faible pour s'agripper à sa victime. Comprends-tu, Gia ? Ta maladresse a interrompu ce processus. Dana est morte sans être complètement lavée de sa souillure.

— Je suis navrée.

Ma voix tremble, murmure à peine audible. Déterminée en pénétrant dans la salle, je me sens confuse, désemparée. Je me rappelle Dana, couverte de sang, me suppliant de mettre un terme à son martyre. Se peut-il que j'aie été trompée ? M'accrochant tant bien que mal à mes convictions, je refoule la tentation de me jeter à leurs pieds pour implorer mon pardon.

— Cet ouvrage, dit mon père, ouvrant le livre blanc, contient les comptes rendus annotés de plusieurs procès de criminels souillés par les ombres, des sang-de-lune en majorité. Parmi ces condamnés, ceux de Joran et de Rovina, la mère des Noctes, dont tu as maintes fois entendu parler. Je veux que tu les lises, Gia. C'est pourquoi tu vas suivre Horian jusqu'au sanctuaire. Là, tu demeureras un mois en cellule, afin de méditer sur ta faute et de te purifier. Au terme de cet isolement, tu me feras part, par écrit, de tes réflexions. Alors, j'envisagerai ton retour.

Un mois. Quatre longues semaines sans voir Arienn, sans avoir la possibilité de lui expliquer mon geste, sans pouvoir la protéger ! Si seulement j'avais la possibilité de lui parler, même quelques minutes ! Si seulement je pouvais la convaincre d'être prudente, d'avancer tête basse, soumise – en apparence, au moins !

Mais non. Mes affaires – une robe de laine brute, des sandales de cuir, une couverture épaisse – m'attendent, dans un coin de la pièce.

Je n'ai d'autre choix que de suivre le Solaire hors de la maison.

Sans un au revoir, sans un adieu.

*

Joran reconnut être hanté par d'affreux cauchemars. Sa défunte femme venait à lui, bras tendus. De son corps couvert de plaies s'échappaient des vagues de noirceur. « Pourquoi m'as-tu abandonnée ? » gémissait-elle, et des larmes roulaient de ses yeux. Ces reproches incessants finirent par avoir raison de lui. Alors, les Ténèbres s'emparèrent de son âme et lui firent commettre ces abjections.

Joran aimait la belle Naya. De constitution fragile, cette dernière s'avéra incapable de lui donner un enfant. Contraint de se séparer d'elle, le jeune homme prit une seconde épouse. Rongée par les Ténèbres, Naya s'introduisit, une nuit, dans la demeure de Joran, enleva ses jumeaux et se précipita, avec eux, dans le vide. Devenu fou, Joran assassina toute sa maisonnée. Il fut lapidé avant d'être livré aux flammes d'un bûcher.

Je prends encore quelques notes. Je rédige le brouillon de la conclusion qu'on attend de moi :

Voilà pourquoi les femelles répudiées sont condamnées à l'exil ou au couvent. Voilà pourquoi les défunts, coupables ou innocents, sont purifiés par la prière et les flammes.

Je reprends le livre blanc et parcours, encore une fois, le compte rendu du procès de Rovina.

Physiquement, la prisonnière présente des signes évidents de corruption : le glyphe qui la protégeait du mal a été brûlé. À sa place, il n'y a plus qu'une boursouflure noire et malodorante. Elle possède ce regard flamboyant, fiévreux, propre aux possédés et ne craint ni les paroles ni les coups [...] Elle évoque une langue ancienne, proche de la nôtre, des paysages verts et bleus. Ils sont décrits dans le Livre du Soleil : Jadis, la Lune et le Soleil brillaient autant l'un que l'autre. Le jour, le Soleil éclairait la Terre d'une lumière dorée. La nuit, la Lune éclairait la Terre d'une lumière argentée. Des forêts profondes et de larges rivières recouvraient le monde. *Mais le mal a tellement altéré son esprit qu'elle est convaincue d'en avoir vu de véritables représentations sur des peintures « si précises qu'on dirait la réalité ». Pire, dans son délire impie, elle imagine qu'Alta est né de la main des hommes, non de la volonté conjointe de nos Créateurs [...] Nos soldats ont réussi à capturer sa sœur et complice. D'abord, Téia a nié tout lien entre la condamnée et elle. Mais elle a fini par avouer : sa cadette a su la convaincre de l'accueillir en sa demeure et d'écouter son histoire. Les Ténèbres parlent aux Ténèbres : les mots de Rovina ne s'adressaient pas à Téia, mais aux ombres lovées en elle...*

C'est la centième fois que je lis le récit laborieux de l'arrestation de Rovina et de son jugement.

III

Rovina. La mère de la race impie née des exilés d'Alta et des premiers humains corrompus par l'obscurité. Ces sang-mêlés sont les Noctes, qui nous mènent depuis des générations une guerre sans merci. On les prétend à peine plus humains que les ombres dont ils descendent.

Et pourtant, ils portent des messages d'espoir et de liberté.

Drôle de paradoxe.

Benjamine d'une famille d'artisans, Rovina disparut sur le chemin du marché. Quand la jeune femme revint à Alta, dix ans avaient passé. Selon ses juges, elle s'était livrée tout entière aux Ténèbres. Le temps qu'on l'arrête, il était trop tard : le message de l'impure s'était répandu comme une peste. Alors, on décida d'une traque. Ses plus proches disciples réussirent à fuir. D'autres, comme Téia, furent arrêtés et exécutés. Cela ne suffit pas à éradiquer l'épidémie. Des générations plus tard, les Solaires découvrirent l'existence de nids au sein de la population des trois villes. Selon l'auteur de ce rapport : *Il a fallu des années avant de se débarrasser de l'hérésie de Rovina. Au jour où j'écris ces lignes, je doute qu'elle soit complètement éradiquée, en dépit des mesures radicales qui ont été prises par les anciens dirigeants d'Alta et leurs conseillers. Au cas où d'autres nids seraient découverts, je préconise l'interdiction pure et simple des arts profanes...*

En parcourant ce texte, j'ai découvert que la réglementation de la musique et de la peinture, la pression constante que subissent les poètes avaient pour origine le procès de Rovina et ses conséquences. Quant aux sang-de-lune, elles n'ont pas le droit de créer, seulement d'interpréter car, dans leurs mots, leur musique, le mal pourrait se dissimuler.

Je soupire.

Des écritures anciennes. Des couleurs vives. De simples

traces, mais…

Rovina a-t-elle réellement trouvé les vestiges d'un monde libre de tout lien avec notre passé ? Un monde qui, peut-être, existe encore ? La carte d'Arienn, avec ses vieux schémas, ses notes à demi effacées, en montrerait-elle le chemin ?

Mes anciennes certitudes, déjà vacillantes, s'effondrent définitivement. Un gouffre s'ouvre sous mes pieds. Ma vie est un mensonge. Je n'ai d'autre choix que de l'admettre. Et cela me donne la nausée. En même temps, je me sens légère, comme si un poids venait d'être ôté de mes épaules. Le poids de la crainte et de la culpabilité, de la servitude et de la résignation. Ce n'est rien, pour le moment. À peine une fenêtre ouverte, une respiration. Je sais que je ne suis pas la proie du mal, que ce n'est pas son influence qui guide mes pensées.

Cela suffit à me donner de l'espoir et la volonté de me battre contre cette vie d'esclave, de découvrir ce qui se cache au-delà des frontières d'Alta et peut-être de marcher sur les traces de Rovina.

Reste à trouver comment.

IV

Dans les profondeurs vivent les plus corrompus des rejetons des Ténèbres. Simulacres d'ombres, ils se glissent dans le corps de leurs victimes et les rongent de l'intérieur. Noldi, enfant imprudent dont voici l'histoire, l'apprit à ses dépens.

« Noldi l'insouciant », *La Clef de cuivre et autres contes d'Alta*

Mon père pose mon compte rendu devant lui, lisse du plat de la main les feuilles grises, couvertes de mon écriture serrée, et me dévisage, pensif.

— Ta pénitence au sanctuaire t'a été profitable, à ce que je vois. J'ai eu raison d'écouter Horian et de me montrer magnanime. Sache que pour te punir de ta maladresse, j'étais prêt à t'enfermer dans un couvent.

Je frémis à l'idée de ce que j'aurais pu subir.

— As-tu compris l'importance des rites d'expiation, à présent ?

— Oui.

— Parfait. Je suis, quant à moi, satisfait du rapport d'Horian. Il m'a assuré que tu t'étais bien comportée, là-bas, et que tu avais manifesté de réels signes de contrition. C'est bien, Gia. Aussi, je t'autorise à réintégrer ta place en cette demeure jusqu'à ton mariage. Je n'ai pas encore arrêté de choix définitif, mais cela ne saurait tarder.

J'esquisse un sourire plein de reconnaissance et de modestie. Un sourire de circonstance, parce qu'au fond de moi j'ai envie de hurler. Je refuse d'être jetée en pâture à un Tobian ou à un notable bedonnant, de devenir une poupée de chair née pour se taire et obéir.

— Bien, Gia. Tu peux disposer.

Quelques minutes plus tard, j'ai regagné ma cellule dans le gynécée. Ma petite sœur n'y est pas retournée depuis mon départ. Ses affaires n'y sont plus. Inquiète, je vérifie si la carte d'Alta est encore à sa place et je pousse un soupir, soulagée en constatant la présence de l'étui dissimulé dans le conduit. Je me change rapidement, puis je me rends dans la cuisine. Ses murs de pierre rousse semés d'éclats brillants m'ont manqué, comme le plan de travail encombré de pots remplis de mousses, de champignons séchés et de farine, le grand bac où sont lavés plats et assiettes. Devant la table basse où nous nous retrouvons pour boire une infusion et discuter, j'éprouve un pincement d'émotion. Mon quotidien, aussi rébarbatif qu'il soit, m'a manqué. Tante Vania, silencieuse et douce. Irina. Ma petite sœur, bien sûr. Et ma mère, froide et austère, également.

C'est un cocon rassurant, même s'il m'enferme et, pour le moment, j'ai besoin de m'y laisser aller. Il y a de la vaisselle dans l'évier. Je fais couler de l'eau, j'y verse un peu de sable et je commence à frotter.

Durant ce long mois de captivité, j'ai étudié l'essai de mon père, mais aussi des commentaires du *Livre du Soleil* et les textes de lois que me désignaient Horian et son disciple au regard exalté. Ils portaient essentiellement sur les notions de faute et de corruption, sur le danger des passions, source de chaos.

IV

Ce qui m'a frappée, c'est la violence dissimulée au sein des mots employés, des préceptes énoncés. Tapie derrière des mises en garde pleines de bon sens, elle est tellement subtile qu'elle est devenue norme. Curieusement, c'est la façon dont sont conditionnés les fils-du-soleil qui m'en a fait prendre conscience. Éduqués pour se méfier de nous, museler leurs émotions comme leur intelligence, ils se plient toute leur existence à des règles qu'ils s'interdisent de remettre en cause et étouffent à petit feu.

Simon, qui a suivi son cœur et épousé Rozenn, a subi de longs sermons sur l'importance de mettre en place des règles strictes – chacun sa place, chacun son rôle, pas de transgression, pas d'excès – et de s'y borner, quelles que soient les circonstances.

Le matin de la lapidation de Dana, ma cousine et lui se tenaient côte à côte, mais n'osaient même pas s'effleurer. Pourtant, c'est ce qu'aurait voulu Simon, ce dont avait besoin Rozenn. Sauf que cela ne se fait pas. Cela ne se *peut* pas. Alors, il est resté immobile et elle s'est enfoncé les ongles dans les paumes pour se montrer digne jusqu'au bout. Si Rozenn était accusée de trahison, de s'être livrée aux Ténèbres ou je ne sais quel crime, Simon en aurait le cœur brisé, mais ne s'opposerait jamais à la sentence prononcée par les juges. D'abord anéanti, il se rappellerait les conseils de ses aînés ¬et deviendrait vite comme eux, insensible et indifférent, vivant et pourtant déjà mort.

— Gia ?

Arienn. Sa voix claire me fait sursauter. Je me retourne. Elle danse d'un pied sur l'autre, ne sachant comment se comporter. Si je lui ouvre les bras, s'y précipitera-t-elle comme avant ? J'hésite – et si elle me rejetait ? Tant pis. Je prends le risque.

Un instant plus tard, je serre contre mon cœur son corps chaud et parfumé, je respire l'odeur de ses cheveux, me délecte de sa fougue et de sa douceur mêlées.

— Tu m'as manqué, souffle-t-elle, inondant de larmes mon épaule.

— Tu m'as manqué, toi aussi.

— Je m'en suis tellement voulu… J'ai été horrible… Je…

— Ce n'est pas grave, Arienn. C'est du passé.

— Tu sais…

Ma mère pénètre dans la cuisine, interrompant notre échange. Elle nous toise sans un mot, avise l'évier propre et les assiettes nettoyées, hoche la tête d'un air satisfait.

— C'est bien que tu sois de retour, Gia. J'espère que ce mois de claustration t'aura permis de mûrir, de mesurer l'importance de contrôler tes gestes comme tes émotions.

— Oui, mère.

— Tante Vania est fatiguée, en ce moment. Tu l'aideras à carder la laine, durant les prochains jours, déclare-t-elle en posant son sac sur le plan de travail. C'est une tâche qui demande de la patience et de la discipline. Tu t'en sortiras bien mieux que ta sœur. Arienn, aide-moi à couper cette pièce de mouton.

Celle-ci se mord les lèvres, obtempère avec une moue écœurée. Je me dirige vers la pièce où travaille mon aïeule. Je suis heureuse d'avoir retrouvé Arienn. Lorsqu'elle aura réintégré notre chambre, nous aurons tout le temps pour parler.

*

IV

Arienn n'est pas revenue dormir avec moi.

Elle n'en a pas eu le droit.

Pendant trois jours, je n'ai pu que la croiser : chaque fois que nous avions l'occasion de nous retrouver, notre mère est intervenue pour nous séparer, sous prétexte de corvées à terminer, de brebis à traire et de champignons à trier.

Aujourd'hui, enfin, nous sommes seules. Tante Vania est trop fatiguée pour quitter la maison et Irina est allée voir sa fille. Quant à notre génitrice, sa présence est officiellement requise auprès de notre père. Le successeur d'Hitor sera désigné cet après-midi et le mois que j'ai passé au sanctuaire, mon humilité, lui ont rendu ses chances d'être nommé.

Nous avons pour tâche de surveiller le troupeau qui broute des lichens bleus, dans l'un de nos enclos. Situé sur une pente, de l'autre côté du marché, il permet une relative tranquillité.

De sa besace, Arienn tire un recueil de contes ; des récits destinés à servir de leçons aux enfants, bien entendu. Mais ils portent en eux assez de mystère, d'émotions, pour faire oublier leur aspect édifiant, même lorsqu'on les connaît par cœur. À peine sommes-nous installées, le dos appuyé contre la roche moussue, qu'elle me tend le petit livre.

— Tu me racontes une histoire ?

Arienn sait lire et écrire, mais c'est le moyen qu'elle a choisi pour que nous reprenions contact. Je hoche la tête, feuillette les pages : *Le Soldat et les Ombres*, *La chauve-souris qui ne savait pas voler*, *Mona mains-bleues*, *La Clef de cuivre*…

Du doigt, je tapote le titre : curiosité, promesse non tenue, cela me semble parfaitement approprié.

— *La Clef de cuivre*, ça te va ?

Arienn écarquille les yeux : elle avait cette histoire en tête, je le pressens. Pourquoi ? Je l'ignore, mais j'espère qu'après la lecture elle se confiera à moi.

— « Cadette d'une famille de pauvres pêcheurs, Natalia était une fille d'une grande beauté. Lorsqu'elle eut quinze ans, Rossan, un orfèvre de Nova, la demanda en mariage. Peu importait au père de Natalia la laideur de Rossan et sa terrible réputation. On murmurait, poursuis-je en tournant la page, qu'il avait étranglé sa précédente épouse en réalisant qu'elle ne porterait jamais d'enfant. L'homme était riche : cela suffit à décider le père de Natalia. La cérémonie eut lieu à Nova. Les parents de Natalia et ses trois frères y assistèrent, puis rentrèrent à Alta. Natalia demeura seule avec Rossan. Au début, l'orfèvre se méfiait de la jeune sang-de-lune. Chaque fois qu'il sortait, il l'enfermait à double tour dans le gynécée. Natalia tomba enceinte. Rossan, un peu plus confiant, lui permit d'accéder à toutes les pièces de la maison à l'exception d'une, fermée par une porte de cuivre ouvragé, dans laquelle il se rendait régulièrement. Celle-ci lui était interdite. Le ventre de Natalia s'arrondissait. Très vite, la future mère aima le petit être qui grandissait en elle. Elle lui parlait, lui décrivait son enfance et son quotidien, lui fredonnait des chansons, lui confiait sa solitude, aussi. Ses frères lui manquaient. L'aîné, surtout, qui s'était toujours occupé d'elle avec bonté, s'opposant même à leur père lorsque celui-ci avait décidé de la donner à Rossan. Les mois passèrent. L'orfèvre se montrait gentil avec elle. Et puis, les cauchemars commencèrent… »

Je m'interromps, le temps de boire une gorgée à notre gourde. Arienn me regarde, triture ses boucles avec nervosité.

— Qu'y a-t-il ?

— Rien. Rien, continue.

— Très bien. « Et puis, les cauchemars commencèrent, reprends-je. Dans son sommeil tourmenté, Natalia cherchait partout son enfant dans la demeure et l'appelait, en vain. Enfin, elle arrivait devant la pièce interdite et posait la main sur la poignée de la porte. Quelque chose, de l'autre côté, avait capturé son enfant. Quelque chose de si affreux que cette seule évocation suffisait à la faire suffoquer. La jeune femme s'éveillait en sursaut au moment où elle posait la main sur la poignée. Elle finit par redouter de s'endormir et de larges cernes creusèrent ses yeux. Voyant cela, Rossan s'enquit des raisons de sa mauvaise mine. La sang-de-lune n'osa pas lui raconter le contenu de ses rêves. Alors, elle mentit et prétendit que le bébé remuait beaucoup et c'était pour cela qu'elle était fatiguée. Rassuré, Rossan acheta des calmants à l'apothicaire et retourna à sa commande, un disque solaire pour l'une des portes du sanctuaire de Nova. Les potions ne suffirent pas. Natalia était terrifiée, obsédée par ce que dissimulait la pièce interdite. Elle finit par se convaincre que ses cauchemars cesseraient une fois percé son secret. Mais comment s'y prendre ? Rossan vivait avec la clef autour du cou. Natalia résolut de la lui dérober pendant qu'il dormait. Ce soir-là, elle prépara des croquettes de grillons dans lesquelles elle versa quelques gouttes de somnifère et les servit à son mari. Peu après, la drogue fit son effet. Natalia en profita pour subtiliser la petite clef de cuivre et se précipita vers l'endroit qu'elle craignait tant… »

— Gia ? Tu crois qu'elle a eu raison, Natalia ? Je veux dire, c'est mal, ce qu'elle a fait, mais sans ça…

— Jamais elle n'aurait découvert le sort réservé à son bébé, s'il avait le malheur de naître fille.

— Sauf que ça ne sert à rien puisqu'elle accouche d'un garçon et qu'elle meurt sur le seuil de la demeure de ses parents.

— Au moins, ce n'est pas Rossan qui s'occupera de lui.

— Tu parles ! Il va débarquer chez eux, prendre le bébé et recommencer avec une autre femme.

— Tu n'en sais rien ! Le conte se termine au moment où le frère aîné de Natalia prend l'enfant dans ses bras. Ça m'étonnerait qu'il laisse Rossan le récupérer.

— Mais il continuera à tuer ses filles et personne l'en empêchera. Même pas le frère de Natalia. Tu crois qu'ils lui ont dit quelque chose, à Tobian ? siffle-t-elle d'un ton rageur. Tu crois qu'ils lui ont demandé pourquoi Dana a étouffé Shaya ? Ah, c'est vrai ! C'est la faute aux Ténèbres !

— À propos de Dana…

Arienn secoue la tête.

— Tout ça, c'est à cause de lui ! Mais parce que c'est un homme bien sûr on dit rien.

— Arienn…

— À la maison, personne n'a le droit de la pleurer. Dana est une meurtrière, un point c'est tout. Tu imagines ce que ça lui fait, à tante Irina ? Elle a été obligée de lui jeter des pierres et de la regarder mourir…

— Arienn, écoute-moi, dis-je, d'un ton plus ferme que ce que je voulais. Ce qui s'est passé le jour de la lapidation, ce n'était pas un accident. Dana me l'a demandé. Je l'ai lu dans son regard.

Voilà. Impossible de revenir en arrière, désormais. Je guette sa réaction, osant à peine jeter un coup d'œil vers elle. Sourcils froncés, ma petite sœur analyse mes propos, leur signification. Elle a beaucoup changé, ces derniers temps. Elle est beaucoup plus réfléchie. Beaucoup plus révoltée, aussi.

— C'est horrible, murmure-t-elle enfin. Ce que t'as dû faire. Et t'as pas eu peur que ce soit peut-être…

— L'influence des Ténèbres ? Si. La nuit qui a suivi, surtout. Et quand je me suis retrouvée face à père et Horian. Ensuite, je me suis souvenue des paroles de Dana. De ses yeux, ce matin-là. De son air triste, de sa résignation, de sa souffrance durant ces cinq dernières années. Quand je pense qu'aucune de nous ne l'a remarquée ! Bref… J'ai finalement compris que j'avais eu raison.

— Je n'aurais jamais eu le cran de faire ça, moi… Et puis, tout ce que tu as encaissé après : la colère de nos parents et cette punition dans une cellule du sanctuaire… Dire que moi je n'ai rien compris ! Gia, si tu savais, souffle-t-elle, se blottissant contre ma poitrine. Ce mois, sans toi, c'était affreux ! Entre mère et moi, c'est de pire en pire. Je la déteste ! Non, pas la peine de protester, je te jure que c'est ce que je ressens, je te jure que c'est la vérité… Après ton départ, mère et tante Irina se disputaient sans arrêt à cause de Dana. Irina pleurait tout le temps, et alors mère se plantait devant elle et lui balançait ses critiques en pleine tête. Genre : « Tu devrais avoir honte d'être aussi faible », « Ta fille était corrompue », « Pourquoi te lamenter sur le sort d'une infanticide ? », « Pense à notre famille, à notre honneur, à ce que nous avons enduré par sa faute ». Moi, je pouvais rien dire, bien sûr. À force, elle a fini par gagner. Irina s'est excusée et elle a reconnu que mère avait raison. Depuis, elle parle plus de Dana. Comme si notre cousine n'avait jamais existé.

Un agneau nouveau-né, moins timide que les autres, vient dans notre direction. Il nous observe avec curiosité, s'éloigne d'un bond quand Arienn reprend la parole, la voix pleine d'une rage contenue.

— Tu te rends compte ? Si toi ou moi on avait été à la place de Dana, mère n'aurait pas hésité un instant. Elle est pire qu'un monstre, Gia.

Que répondre ? Les paroles d'Arienn font écho à mes propres réflexions. À force de ployer sous le joug des traditions et des lois, les gens oublient qu'ils sont humains. L'insupportable devient pour eux une norme. Et certains, comme notre génitrice, se prévalent d'en être les garants.

— Tu sais, poursuit Arienn, l'histoire de la clef de cuivre, elle me rappelle pas seulement Dana. Elle… Je… L'autre soir, avant ton retour, Tobian a été invité à dîner avec son fils. Il y avait notre oncle, Horian, père, un notable appelé Janir, Simon et un autre, un officier. Rozenn et moi, on a fait le service. On n'était pas censées écouter, mais comme ils parlaient pas mal de toi, j'ai tendu l'oreille. Gia, ils discutaient de ton mariage. Janir semblait intéressé. Et puis, après le souper, Tobian est allé retrouver père dans son bureau. Je les ai suivis. Je n'ai pas pu m'en empêcher…

Mes lèvres sont sèches, soudain. Ma peau, glacée.

— Il te veut.

— Et père a dit quoi ?

— Qu'il allait réfléchir. Qu'il était dommage que je ne sois pas encore féconde car il aurait pas été obligé de choisir entre deux hommes qu'il estime. Janir est un vieillard, mais Tobian… C'est une brute, Gia. Il faut pas que tu l'épouses.

— Je n'en ai pas l'intention.

Les mots ont fusé plus rapidement que ma pensée. Arienn me dévisage, interloquée.

— Tu vas faire quoi, alors ? demande-t-elle d'une toute petite voix.

Prendre cette carte. Fuir loin d'ici. T'emmener vers l'inconnu, avec moi. Je suis sur le point de lui révéler le plan qui vient de naître dans mon esprit. Mais cette fois, je parviens à me contrôler et à garder mes idées enfouies en moi.

Inutile d'en parler alors que ce ne sont que cela, justement : des idées dont je ne peux m'empêcher de me méfier.

À la place, je serre ma petite sœur contre moi, j'embrasse ses cheveux, je souris.

— Je ne sais pas, Arienn. Mais je trouverai un moyen. Ne t'en fais…

Un bêlement terrifié m'interrompt. Au même instant, quatre formes jaillissent d'un tunnel, de l'autre côté de l'enclos, et se ruent dans notre direction.

V

Lorsque son épouse est stérile, l'homme est en droit de la répudier afin d'en prendre une conforme aux attentes de l'espèce. Il en va de même lorsque son épouse se montre inutile, par faiblesse de corps ou mauvaise volonté.

Lois d'Alta

Les moutons, affolés, courent en tous sens. Sans réfléchir, je me dresse d'un bond, pousse ma petite sœur derrière moi. Nos assaillants nous font face. Ils sont quatre. Avec son teint mat, ses cheveux blancs coiffés en tresses et les fines pattes d'oie autour de ses yeux noirs, leur meneuse ne paraît pas plus de trente ans. La peau du benjamin est si pâle qu'elle semble translucide. Dans sa main, il tient un épieu.

Tous sont armés. Nous, nous n'avons rien.

Je devrais appeler au secours. Fuir. Mais non. Je demeure immobile, incapable de me mouvoir. Il me suffirait d'un mot, d'un pas vers eux, pour abandonner définitivement cette existence qui m'emprisonne, m'empoisonne, et emmener Arienn avec moi. Pourtant, je n'arrive pas à bouger. J'ai beau lutter, j'ai encore trop de peurs, trop de doutes. Et si les Ténèbres me guidaient ? Si mes incertitudes n'étaient que le fruit de leur influence ? Mon cœur bat la chamade. Mes tempes bourdonnent. Vertige. Le monde tournoie. Retour brutal à la réalité. L'agneau curieux s'effondre, à quelques pas de nous, transpercé par une pointe de fer. Arienn hurle. Au même moment, la meneuse arme son arbalète, tire sur une autre bête. Figée, je regarde les deux autres se précipiter vers nous. L'un de nos assaillants brandit un poignard, l'autre porte des gants de cuir hérissés de pointes. Je me réveille brusquement. Ce ne sont pas des libérateurs, mais de vrais criminels. Une sueur glacée me coule le long de l'échine. Dans mon dos, Arienn s'agrippe à ma tunique, le souffle court.

— S'il vous plaît… Prenez ce que vous voulez, mais laissez-nous…

Ma voix est un murmure.

— Par ici ! Vite !

Je sursaute. Le cri d'Arienn a attiré l'attention ; des gens appellent à l'aide. Une matrone ramasse une grosse pierre, la lance sur l'un de nos adversaires, l'atteint en plein torse. Il perd l'équilibre. Se rattrape aussitôt, furieux.

— Place !

Une patrouille ! Nous sommes sauvées. Déjà, nos agresseurs se retournent, prêts à se replier. Je recule. Je ne pense qu'à ma sœur, la repousse le plus loin possible de moi.

— Va-t'en, Arienn !

Ma petite sœur acquiesce, disparaît dans la masse du troupeau. Le combat s'engage. À quatre contre huit, les forces sont inégales. Mais nos ennemis n'ont rien à perdre et se battent avec fureur. Grognements. Le sang coule. Un soldat s'effondre. Deux autres sont blessés. Les pillards échangent un regard : il est temps pour eux de fuir. La meneuse emporte la dépouille du mouton. Le plus jeune se coule jusqu'à moi, me saisit par le bras, m'entraîne vers l'extrémité de l'enclos. Je le suis, hébétée, passive. Et soudain, il s'écroule, une pointe fichée entre les omoplates.

Avisant Arienn, au milieu des bêtes, je cours jusqu'à elle, la couvre de baisers, la serre en tremblant dans mes bras.

Un officier nous rejoint, pose une main lourde sur mon épaule. Me tournant vers lui, je reconnais Lucian, mon frère aîné. Il nous dévisage avec inquiétude. Arienn s'accroche à moi, ses joues humides de larmes plaquées contre ma poitrine.

— Venez, dit-il enfin. Je vous ramène à la maison.

*

De nouveau, Arienn a le droit de dormir avec moi. Elle a eu si peur que notre mère a cédé. Combien de temps cela durera-t-il ? Je l'ignore. Quelques jours, peut-être. Jusqu'à mon mariage, si nous avons de la chance.

Mon mariage.

Avec, pour époux, Janir, vieux, ventripotent, ou Tobian, la brute qui a poussé Dana à assassiner sa propre fille. Avant l'attaque, je n'aurais pas hésité à prendre la fuite, à courir le risque de l'exil en emmenant ma sœur avec moi.

À présent, je ne sais plus.

L'image de l'agneau couleur de ciel cloué sur sol par cet épieu me hante. Pourquoi un tel acte ? Je n'en comprends pas la raison. Plutôt, je n'y vois qu'une seule explication : c'est l'œuvre des Ténèbres, si profondément ancrées dans ce jeune Nocte qu'elles l'ont poussé à cette cruauté. Non. Je refuse de croire cela. Cela signifierait que les textes ont raison. À leur propos. Au nôtre, sang-de-lune. Cela signifierait que la seule façon d'échapper à l'emprise du mal est de nous soumettre aux lois d'Alta.

— Gia…

Le murmure de ma sœur m'arrache à mes sombres réflexions.

— Oui ?

— Je pense souvent à la carte…

— Moi aussi.

— On va s'en servir, tu crois ?

— Je ne sais pas, Arienn. Hier encore, je t'aurais répondu « oui » sans hésiter. Mais il y a eu cette attaque. Depuis…

— Ils sont tous comme eux à ton avis ?

Surprise une fois encore qu'elle se pose les mêmes questions que moi, je m'assieds sur ma couche, tente de discerner ses traits dans la pénombre de notre cellule avant de risquer une réponse. Je lui raconte ce que j'ai lu au sujet de Rovina. J'évoque la langue ancienne et les représentations de l'ancien monde qu'elle affirmait avoir découvertes. Je lui parle de sa théorie sur la création d'Alta, construite par des hommes et des femmes, non par la volonté du Soleil et de la Lune. Je lui confie mon désir de partir, de trouver les traces de cet ancien monde, de vivre autre chose, autrement. À mesure que je parle, mes craintes s'effacent, comme le souvenir sanglant du drame de cet après-midi. Arienn m'écoute en silence. Je la sens attentive, enthousiaste aussi. Les découvertes de Rovina sont pour elle, et pour moi, l'espoir d'une autre vie, d'un Ailleurs.

— Quand tu t'en iras, je pourrai venir avec toi ?

Quand. Pas *si*.

Arienn a placé toute sa foi en moi.

— Bien sûr.

Elle s'agite à côté de moi, se cale contre le mur granuleux.

— Gia, reprend-elle après un moment, ça te fait pas peur, tout ça ? Je veux dire, si on s'enfuit, on sera seules… On fera comment, pour survivre face aux hordes ? Et aux Noctes ? Et puis, il y a les monstres aussi. Et l'obscurité.

Derrière ses paroles, je discerne la crainte des Ténèbres et de leur emprise sur nous. Parce que nous sommes vulnérables. Pour la première fois depuis plusieurs semaines, je pose la main sur la spirale tatouée sur mon épaule, symbole de ma condition, protection contre le mal inhérent à ma nature féminine. Arienn n'a pas encore été marquée. J'ai beau douter des enseignements du *Livre du Soleil* et refuser les règles d'Alta, j'envisage le pire. Sans cette défense, ma petite sœur n'est-elle pas une proie rêvée pour le mal tapi dans les profondeurs de la cité ? Ne vaut-il pas mieux patienter jusqu'à ce qu'elle ait reçu son propre glyphe pour nous échapper ?

*

Deux autres agressions ont eu lieu hier ; la première visait des stocks de nourriture à la frontière du quartier, la seconde a provoqué l'explosion d'une aile du couvent lunaire, dans le district voisin. Plusieurs sang-de-lune ont été emportées par les Noctes. Moi, je crois surtout qu'elles se sont évadées de leur prison. Cela sépare définitivement ces actes de ceux des barbares qui s'en sont pris à notre troupeau. Selon mon père, ces attaques ne seront bientôt qu'un mauvais souvenir.

Les autorités ont décidé d'une mesure radicale pour se débarrasser de la vermine.

En attendant, il est hors de question que nous nous déplacions seules, après ce qui est arrivé. Ce matin, Lucian, très digne dans son uniforme d'officier au plastron de cuivre marqué d'un soleil noir, symbole d'Alta, nous conduit aux champignonnières du moyeu, des cavernes oblongues, situées à la jonction des trois principaux quartiers. Tirant une brouette vide, nous passons à proximité des cuves, traversons un large pont de pierre. Je lève la tête. La lumière des puits diminue, remplacée, çà et là, par les faisceaux jaunes et blancs des lampes artificielles. Mon regard accroche un graffiti, peint négligemment sous le plateau d'une passerelle suspendue.

LE SOLEIL EST EN CHACUN DE NOUS

Arienn m'imite et ralentit le pas.

— Avancez ! ordonne sèchement Lucian.

J'obéis, pousse ma sœur en avant pour éviter un incident. D'un pas déterminé, Lucian nous précède dans un tunnel en pente, au plafond anguleux et bas. Des poutres le soutiennent. Des tubes éclairent de loin en loin la roche rousse. Les rails, sous nos pieds, brillent d'un éclat intermittent. Sur notre passage, deux ouvriers occupés à réparer la charpente d'acier. Lucian les observe avec suspicion, hésite à s'arrêter pour les interroger, renonce avec un froncement de sourcils. Nous poursuivons notre chemin en silence. À mesure que nous approchons, la température fraîchit ; des relents d'humidité imprègnent l'atmosphère. Plusieurs formes brunes filent le long des parois : des rats.

Enfin, nous atteignons l'entrée des cavernes, dédale plongé dans une constante pénombre où sont alignés d'énormes monticules de terre hérissés de grappes blanches, bleuâtres, jaunes ou rose pâle.

— Je viendrai vous chercher en fin d'après-midi, déclare notre frère. Soyez ponctuelles.

Aussitôt, il tourne les talons et rebrousse chemin.

— « Avancez ! » « Reculez ! » « Regardez ! » « Baissez-vous ! », singe Arienn avec une grimace. On dirait mère, en plus militaire.

— Et plus jeune.

Nous pouffons, échangeons un coup d'œil complice. Main dans la main, nous nous dirigeons vers une large pyramide couverte de protubérances bleu-gris.

— N'empêche, murmure Arienn, une fois notre cueillette commencée. Je le supporte plus. Je *les* supporte plus. Pendant que t'étais pas là…

Un bruit de pas l'interrompt. Je me retourne, découvre Cora, à quelques mètres de nous. Lissant ses paumes sur la toile de sa jupe grise, mon ancienne compagne au visage plein et rond arbore une moue gênée. Dans son sillage, Sienn, dont les yeux étroits brillent d'une lueur déplaisante dans l'obscurité de l'allée. Je pose mon sac encore vide sur la brouette et m'avance vers elles avec un sourire un peu contraint. Arienn se contente d'un vague signe et poursuit sa récolte. Machinalement, je jette un coup d'œil aux longues rangées bordées de meules d'où jaillissent, par grappes, des corolles pâles. Quelques groupes de femmes discutent, à voix basse, en travaillant.

— Ça fait longtemps depuis la dernière fois, commence-t-elle. Ça va ?

— Oui. Et toi ?

— Je vais bientôt me marier. Père a enfin décidé de mon époux.

— Félicitations !

— Merci.

Échange banal, tristement hypocrite. Je la complimente

alors que tout ce que j'éprouve pour elle et sa vie déjà gâchée, c'est de la pitié.

— Tu as dû avoir la trouille hier, avec ce qui s'est passé ! reprend Cora, s'efforçant péniblement de dissimuler sa curiosité. Il paraît qu'ils étaient une dizaine, au moins !

— Non, seulement quatre.

— C'est vrai qu'un de ces barbares a essayé de t'enlever ?

— J'ai surtout eu l'impression que ce Nocte espérait m'utiliser comme bouclier humain. Enfin, c'est fini, maintenant, conclus-je avec un haussement d'épaules. Les soldats l'ont tué, les autres se sont enfuis…

— À ta place, je me serais évanouie.

Je rajuste mon chignon pour me donner une contenance, réfléchis à la façon de mettre le plus poliment possible un terme à cette conversation. Pas envie de me rappeler le carnage d'hier, pas envie de donner des détails. Encore moins de continuer. Pour parler de quoi ? De son futur mariage ? Des derniers potins du quartier ?

— Tu sais, Cora, reprends-je avec un soupir, tout est arrivé si vite que je n'ai pas eu le temps de réaliser…

— On dit que ce n'était peut-être pas un enlèvement, intervient Sienn.

— Quoi ?

Ses mots fielleux me prennent par surprise. J'ai crié, attirant l'attention de plusieurs cueilleuses. Je recule, soudain mal à l'aise, rouge de confusion.

— On dit que tu ne t'es pas beaucoup défendue, face à eux…

— Comment j'aurais pu, hein ? Ils étaient armés, pas moi. J'ai avant tout pensé à protéger Arienn. Et puis, ça rime à quoi, ces sous-entendus ? Tu me crois complice, c'est ça ?

V

— Sienn ne croit rien du tout, intervient Cora. Seulement, depuis ce qui s'est passé le jour de la lapidation de Dana, des rumeurs courent sur toi. Des gens prétendent que ce n'était pas de la maladresse, que tu as fait exprès de viser la tête et de la tuer.

Froid soudain. Impression que tous les yeux sont braqués sur moi.

— C'est vrai, ça ? Tu as empêché cette infanticide d'être punie comme elle le méritait ? aboie Hanna, notre voisine aux hanches larges, toujours à l'affût de commérages.

Elle me scrute avec une colère à peine voilée. Une autre femme la rejoint. Puis une troisième, sèche et maigre, ses bras noueux croisés sur une poitrine cachectique. Sienn recule, fière de son effet. Elle n'a plus besoin de s'en mêler, maintenant.

— Alors ? gronde Hanna d'un ton hargneux.

Si je ne réponds pas rapidement, elles vont me lyncher.

— Pourquoi j'aurais fait ça ? Pour rester un mois enfermée sous surveillance ? Pour me réveiller chaque jour dans une cellule sans fenêtre, méditer du lever au coucher sur le *Livre du Soleil* et prier pour que les Ténèbres se tiennent éloignées de moi ?

Je me tais, le temps d'une respiration, me tourne vers Sienn et Cora, sourcils froncés.

— Vous croyez que c'est agréable d'être soupçonnée par ses propres amies ?

— Désolée, souffle cette dernière, honteuse. Je ne voulais pas…

Je balaie ses excuses d'un haussement d'épaules, m'apprête à retourner travailler. Mais Sienn redresse le menton et me toise, lèvres pincées.

— Tu étais très forte pour les ricochets, quand on était

petites, attaque-t-elle. J'ai quand même du mal à imaginer que tu as perdu la main. Quant à l'incident d'hier...

Pas le temps de réagir. Arienn se dresse entre nous, toutes griffes dehors.

— Fiche-lui la paix ! Gia n'a rien à voir avec ça ! Ceux qui nous ont attaquées étaient des barbares ! Jamais elle ne les aurait suivis !

— Pas la peine de t'énerver, j'exprimais juste à voix haute les questions que tout le monde se pose, capitule Sienn, levant les mains en signe de paix.

— Eh bien, tu as tes réponses, et vous autres aussi, dis-je, agrippant avec fermeté l'épaule d'Arienn. Maintenant, si cela ne t'ennuie pas, Sienn, nous avons une récolte à terminer.

Sans attendre, je leur tourne le dos et, traînant derrière moi ma petite sœur encore tremblante de rage, je regagne l'ombre de la pyramide. Durant le reste de l'après-midi, je me sens observée, jugée avec hostilité par les cueilleuses. Dans leur regard, aucune bienveillance, mais une profonde défiance. Quand nous regagnons l'entrée des champignonnières, avec assez d'avance pour éviter les reproches de Lucian, je réalise que les insinuations de Sienn n'avaient pas d'autre fin que de semer le trouble dans les esprits et transformer de simples suspicions en accusations.

Je connais les motifs de sa haine. Pire, je les comprends. Ils portent un nom : Valli, et la mort de ma cousine en a ravivé la brûlure. Jusqu'à présent, Sienn n'avait pas trouvé comment me faire payer le mal que j'ai causé, voici dix ans. Peut-être même, abrutie par la servitude, avait-elle oublié. Les derniers événements lui en ont donné enfin l'occasion – et les moyens. Bientôt, mes parents connaîtront les soupçons qui pèsent sur moi. Ma pénitence au sanctuaire m'a officiellement lavée de mes péchés, mais mon père est l'un des Sept, désormais. Il ne peut permettre qu'une de ses filles entache son honneur et celui de sa lignée.

Quel sort m'attend ? Un mariage rapide avec Janir ou Tobian ? Le couvent lunaire ? N'est-ce pas ce que je mérite, de toute façon ?

Ainsi, Valli et sa mère seront vengées. Et mes cauchemars cesseront peut-être de me tourmenter.

— Lucian arrive, murmure Arienn, glissant sa main dans la mienne.

Le contact de sa peau fraîche chasse de mon esprit cette vague de tristesse et de culpabilité. Brusquement, la phrase peinte sous la passerelle me revient en mémoire : *La lumière est en chacun de nous.* J'aime cette idée d'une étincelle, d'une flamme, prête à grandir, éclairer notre vie, nos choix. Je secoue la tête, de nouveau déterminée : je ne serai ni enterrée vive ni esclave.

Je fuirai, et j'emmènerai ma petite sœur avec moi.

VI

Des milliers d'exilés se pressent à nos frontières. Pour le moment, l'armée est parvenue à les contenir dans une zone délimitée, mais les tentatives de fuite sont de plus en plus nombreuses. Rappelons que ces réfugiés sont potentiellement porteurs du muriobacillus…

Fragment collé dans un vieux cahier.

… De chaque côté, un soldat armé d'une lance de métal roux. Il traverse l'esplanade, se place solennellement derrière l'accusée. Celle-ci ne cille pas, regarde un point invisible, très loin dans l'obscurité des galeries.

La voix du juge s'élève au-dessus de l'assemblée silencieuse. Martèle un châtiment sans appel. La foule frémit. Un frémissement à peine interrompu par les pas, les cliquetis qui s'avancent et se fraient un chemin jusqu'aux premiers rangs. Un vieil officier et son épouse. Une femme, accompagnée d'un adolescent. Une fillette aux mèches courtes, incongrues. En la reconnaissant, les traits de la condamnée s'affaissent brusquement. Envolée, l'expression de défi ! Envolée, l'indifférence face au destin ! Il n'y a plus qu'une mère, une mère suppliante et sa fillette éplorée…

— Non !

J'ouvre les yeux dans l'obscurité, effrayée par le son de ma propre voix. Je me redresse, frictionne mes bras. Inutile d'essayer de me rendormir : trop de chaos dans mon esprit, trop de confusion, de peur aussi. Pour moi. Pour Arienn.

Ma petite sœur est devenue femme. Cela s'est passé hier, juste avant le dîner. Nous préparions une soupe d'écrevisses et de champignons blancs. Elle a pâli, levé vers moi des prunelles remplies de larmes. Un épais sillon rouge coulait entre ses cuisses. Aussitôt, mère l'a écartée de la nourriture et tante Vania l'a emmenée à l'extérieur de la cuisine. Je n'ai même pas eu le temps de la réconforter.

Je me souviens de la première fois où j'ai saigné.

Je me suis réveillée au milieu de la nuit, la bouche sèche, le ventre et les reins douloureux. Roulée en boule, puisque c'était ainsi que j'avais le moins mal, j'ai tenté de me rendormir, en vain. La peine était là, lancinante, angoissante parce qu'inconnue. J'ai fini par sombrer, je ne sais comment. « Gia est blessée ! Gia est blessée ! » Les appels terrorisés d'Arienn m'ont arrachée à ce sommeil agité. Dressée en sursaut sur ma couche, j'ai vu mes draps maculés, j'ai senti sur ma peau ce liquide tiède et poisseux. J'ai hurlé, moi aussi. Parce que je comprenais ce que cela signifiait : les Ténèbres avaient éclos en moi ; mon corps, mon âme ne m'appartenaient plus vraiment. Jusqu'à ce que le rituel soit achevé, jusqu'à ce que l'encre et le cuivre les emprisonnent au plus profond de mon être, je suis restée isolée afin que nul ne soit contaminé. C'est paradoxal, quand j'y réfléchis : le sang que nous versons rappelle le châtiment de la Lune, lorsqu'elle consentit à ce que ses filles portent les enfants des hommes ; pour cette raison, notre époux arrache la perle de métal qui scelle nos Ténèbres ; comme si notre impureté était ce qui nous permettait de donner la vie…

Sauf si tout cela n'est que mensonges. Sauf s'il n'y a pas plus de souillure en nous qu'en nos frères, pères, maris. Sauf s'il existe en chacun de nous une part de noirceur et de lumière, une flamme qu'il nous appartient d'entretenir.

J'aimerais en avoir la certitude.

Mais si j'attends, ce sera peut-être trop tard pour libérer Arienn et nous évader.

Il n'a pas fallu beaucoup de temps pour que les rumeurs de ma trahison remontent jusqu'à mes parents. L'argument de Sienn – ma précision, mon adresse – les ont rendues plausibles. Ma passivité, lors de l'attaque de l'enclos, les ont renforcées. Les médisances, au lavoir, au marché, en ont enflé la portée. Et Lucian, mon imbécile de frère, si prompt à dénoncer, juger, l'a confirmé hier pendant le repas : je n'ai pas crié, je ne me suis pas débattue lorsque le Nocte a voulu m'entraîner avec lui. Je suis demeurée impassible. Je les ai servis, lui, mon oncle et notre père, avec docilité et discrétion. Je les ai écoutés discuter des mesures prises contre nos ennemis. De nouveau, mon père a évoqué une action radicale pour les éradiquer : « Tout est en place. Bientôt, a-t-il dit, les efforts et les sacrifices déployés ces cinq dernières années porteront leurs fruits. Alta sera enfin débarrassée de l'engeance des Ténèbres. » À la fin du dîner, il a saisi mon poignet. Il exigeait de connaître ma version des faits. Alors, je lui ai rapporté ma surprise, ma frayeur, l'horreur de la mort de l'agneau, ma confusion, aussi. Il a écouté sans un mot, puis m'a congédiée.

Ce matin, il m'a convoquée dans son bureau, vaste pièce située au fond de la cour intérieure. Les battants étaient entrouverts. J'ai frappé, par principe, puis je suis entrée. Il m'attendait, assis à son écritoire. Derrière lui, un disque de cuivre martelé de sept rayons, symbole de son nouveau titre, et des casiers remplis de papiers. Contre le mur de droite, une bibliothèque étroite chargée de livres.

Immobile, sur le plateau couvert d'écrits, un jeune lézard aux écailles opalines guettait le passage d'une mouche. À l'opposé, deux fauteuils tissés de laine ocre et jaune, destinés à recevoir ses invités de marque.

Moi, je suis restée debout. Il m'a simplement fait signe d'approcher, a terminé la lecture d'un document, l'a paraphé avant de relever les yeux vers moi. « Tobian et Janir te veulent tous deux comme épouse. J'ai longuement hésité, mais les derniers événements m'ont décidé en faveur du premier, a-t-il déclaré. En te donnant à lui, je m'acquitte des dettes que notre famille a contractées par la faute de Dana et la tienne. Je sauve notre réputation. » Caspian m'a longuement étudiée. J'ai soutenu l'examen, m'efforçant, pour ne pas flancher, d'imaginer une petite flamme au centre de moi-même, une lumière ne demandant qu'un peu de courage et de volonté pour briller. « Ta mère craignait ta réaction. Manifestement, elle se trompait. Tu as mûri, Gia », a-t-il ajouté – et j'ai cru discerner de la fierté dans ses yeux.

J'ai hoché la tête, attendant qu'il me renvoie dans le gynécée.

Honneur. Réputation.

Je hais ces mots, presque autant que résignation.

Ce sont des mots de violence, des mots de mort et de folie. Ce sont des mots du quotidien qui étranglent, écrasent, détruisent. Je refuse d'être broyée. Transformée en esclave par celui qui a fait de ma cousine une infanticide.

VI

Plutôt crever.

Plutôt fuir, loin d'ici, loin de cette vie, prendre le risque de l'exil, des Noctes et des monstres tapis dans les profondeurs d'Alta.

Voilà. C'est décidé. Je m'en vais.

Et j'emmène Arienn avec moi. Reste à savoir comment. Et quand.

*

— Pourquoi ? Ils n'ont pas le droit ! Ce n'est pas juste ! Pas juste !

Arienn ! Que se passe-t-il ? Le cœur battant, je saute hors du bassin. Ruisselante d'eau, je m'enroule à toute vitesse dans un drap de bain et grimpe, quatre à quatre, les marches jusqu'au rez-de-chaussée. Je perds l'équilibre, me rattrape de justesse au mur râpeux, rajuste le tissu trempé, ralentis à quelques mètres de la cellule où ma petite sœur est confinée jusqu'à la cérémonie. La porte est ouverte. Tante Vania, qui est la seule autorisée à lui parler, se relève au moment où j'arrive, bouleversée.

— Je lui ai annoncé ton mariage, souffle-t-elle, au bord des larmes. Elle est devenue comme enragée. Si jamais…

— Où est-elle allée ?

— Ta mère et ton père sont là-bas, murmure-t-elle, m'indiquant d'un doigt tremblant les pièces réservées aux hommes.

Je traverse la cour, m'y engouffre, m'arrête net.

Arienn, échevelée, se précipite sur notre génitrice. Gifle brutale. Elle glisse, tombe sur le sol. Se relève, la bouche en sang. Mère fronce les sourcils. En proie à une fureur incontrôlée, ma petite sœur charge de nouveau. Je bondis, l'intercepte, la ceinture, la tire en arrière.

— Ça suffit, Arienn ! Calme-toi, calme-toi, je t'en supplie…

Je l'attrape, la maintiens contre moi, embrasse ses cheveux emmêlés. Elle se débat, d'abord ; puis ma présence, ma voix, parviennent à l'apaiser.

Alors, seulement, j'aperçois les hommes présents à quelques pas de nous. Mon père. Horian. Tobian, mon futur époux. Et je réalise que je suis presque nue.

Je déglutis, recule vers le gynécée, dissimulant mon corps derrière Arienn, qui s'accroche à moi comme si son existence en dépendait. Le temps d'un souffle, les prunelles gris acier de Tobian agrippent les miennes, tentent de forcer le passage, de se frayer un chemin jusqu'au cœur de mes pensées, de me marquer au fer rouge de son regard. Je me dérobe, je lui échappe, porte à reculons Arienn jusqu'au salon. Elle sanglote, collée à moi. Elle refuse de me lâcher, même quand je tente de détacher ses bras de mon cou. Je nous trouve une place au pied du divan, calées contre de gros coussins de laine. Tante Vania entre quelques minutes plus tard avec une infusion de mousses et des torsades de pâte sucrée.

— Je suis désolée, chuchote-t-elle.

— Ils… Ils n'ont pas le droit… Pas le droit…

Je la berce avec tendresse, caresse doucement son dos pour l'apaiser.

— Ne t'en fais pas, Arienn. Tout ira bien.

— Gia…

— Je te le promets.

VI

Tante Vania nous observe en silence. Pitié, crainte, hésitation, affection, regrets – autant d'émotions qui passent et se mélangent sur son visage tavelé, sillonné de rides. L'espace de quelques instants, j'ai la sensation d'entrevoir une autre femme, capable d'empathie, de révolte aussi. Ce fantôme s'efface avec le pas sec de ma mère, dans le couloir. Lorsque celle-ci apparaît dans l'embrasure de la porte, Vania est redevenue l'aïeule taciturne que j'ai toujours connue.

— Vania, ramène-la dans sa cellule, ordonne-t-elle. Cette jeune sang-de-lune a besoin de méditer, au calme, sur les conséquences de ses dernières frasques. Gia, suis-moi, nous avons à parler.

J'essaie d'obéir. Arienn resserre sa prise, terrifiée à l'idée que je me sépare d'elle.

— Aie confiance, dis-je d'un ton bas, inaudible pour tout autre qu'elle. Pense à la carte. À notre avenir.

Arienn renifle, accepte de me libérer.

Enveloppée dans mon drap de bain humide, je suis notre génitrice à l'extérieur de la pièce, attentive à demeurer mesurée et digne. Me saisissant le bras, elle m'entraîne sans un mot dans la cuisine, me pousse presque sur un tabouret, dont les pieds crissent lorsque je m'installe dessus. Mère s'assied face à moi, de l'autre côté de la table. Elle glisse jusqu'à nous une marmite de cuivre ainsi qu'un torchon rempli de bulbes fraîchement lavés, s'empare de deux couteaux, m'en tend un et commence à préparer le repas. Je l'imite sans un mot. Je ne sais s'il s'agit d'une mise à l'épreuve, si elle attend le bon moment pour parler.

Seuls les tintements du métal sur la pierre et le froissement des champignons coupés en rondelles et jetés dans le récipient troublent le silence.

Enfin, elle se racle la gorge. J'interromps ma tâche et pose lentement ma lame. Mes mains tremblantes trahissent, malgré moi, la peur qui noue mes entrailles. Lentement, je lève le menton vers elle et recule dans mon siège.

— Tobian a été favorablement impressionné par la façon dont tu as maîtrisé Arienn, tout à l'heure, remarque-t-elle de sa voix neutre. Il a beaucoup de mal avec son fils, depuis la mort de Dana. Aussi, il souhaite que tu rejoignes au plus tôt sa demeure.

— C'est-à-dire ?

— La cérémonie aura lieu demain, au coucher du soleil.

Autour de moi, le monde s'écroule. J'ai la tête qui tourne, la nausée, mon corps entier n'est qu'une gangue glacée. Impression de tomber. Soudain je sens la paume rugueuse de ma mère sur ma peau. Ce contact m'aide à ne pas perdre pied. J'inspire profondément, passe la langue sur mes lèvres sèches, trouve la force de plonger mes yeux dans les siens – deux billes couleur de terre, dénuées de la moindre émotion.

— Pourquoi père a-t-il accepté ?

— La situation était compliquée. Entre le comportement chaotique de ta sœur et ta tenue…

Instinctivement, je resserre le drap autour de ma poitrine. Je me rappelle Tobian, son expression avide. L'attitude de son fils n'est qu'un prétexte pour me posséder le plus tôt possible.

— Je me lavais quand j'ai entendu Arienn crier.

Genna hausse les épaules. Son indifférence me donne envie de hurler. Mais à quoi bon ? Ça ne servirait à rien. Ce monde de traditions, d'asservissement, l'a coupée d'elle-même et des autres. C'est une machine de chair et d'os, pas un être humain. Je ne peux espérer aucune compassion de sa part, aucune bienveillance.

Ni pour moi ni pour personne.

Je frémis au souvenir de la détresse de ma sœur, de la façon désespérée dont elle s'est agrippée à moi.

— Et Arienn ? Que va-t-il lui arriver ?

— Son attitude est de plus en plus inquiétante, constate-t-elle en fronçant les sourcils. Tout l'irrite. Tout est prétexte à révolte. Les Ténèbres grondent en elle.

— Mais si elle reçoit son glyphe…

— Horian pense qu'il faut avant tout dompter son esprit rebelle. Alors, nous saurons s'il est trop tard pour effectuer la cérémonie ou non. Je sais que tu la protèges, Gia. Mais tu devrais te préparer au pire…

— Quoi, par exemple ? Une lapidation ?

Les mots ont fusé, trop rapides pour que je puisse les retenir. Je baisse aussitôt la tête en signe de soumission.

— Désolée, mère. Je ne voulais pas m'emporter.

Trop tard. Cette dernière se lève et me tourne le dos. Après avoir allumé le poêle, elle se dirige vers le garde-manger, prend sur une étagère un pot de viande de mouton séchée et de graisse, verse le tout dans une casserole et commence à touiller.

La discussion est terminée.

*

Je trie mes affaires.

À gauche, ce que j'ai le droit d'emporter dans ma nouvelle vie.

À droite, les vêtements, les souvenirs que j'abandonne ici.

À droite, les tuniques bleu ciel, une paire de sandales trop petites, ma poupée de chiffon.

À gauche, mes robes et mes jupes d'adulte, mes brosses à cheveux, trois recueils de contes. De l'un d'eux s'échappe un vieux bracelet de fils de cuivre et de brins de laine entrelacés. Un cadeau de Valli. Je le serre dans ma main, bouleversée. Je le glisse de nouveau dans l'ouvrage relié.

À droite, ce qui gît à jamais derrière moi.

À gauche, ce que je prépare pour ma fuite. Notre fuite. Si j'arrive à libérer Arienn et l'organiser.

Tante Vania est assise sur une chaise, derrière moi. Officiellement, elle est ici pour m'aider, mais je me doute qu'on l'a en réalité mandatée pour me surveiller. Sa présence ne serait pas dérangeante si elle ne m'empêchait pas d'accéder à la carte d'Alta. Au début, je l'ignore. Puis je me rappelle son expression, tout à l'heure. Humaine. Pleine de tendresse et de chagrin.

Je me rends compte que je ne me suis jamais demandé ce qu'elle pensait, ressentait. *Qui* elle était. Ce que je sais d'elle, c'est que son époux est mort il y a très longtemps et que Gavin, son frère aîné et le défunt patriarche de la maison, lui a permis de revenir vivre dans la demeure où elle a grandi. Rien de plus. Ses rêves, son histoire, me sont étrangers. Quelle a été son enfance ? Était-elle rebelle, effacée ? A-t-elle pensé à fuir lorsqu'on l'a mariée ? Et plus tard, quand ma mère et sa sœur Irina se sont installées ici, les a-t-elle soutenues ? Mère était-elle déjà ainsi ?

Lorsque nous étions petites, Rozenn, Arienn et moi, tante Vania nous racontait des histoires. Elle veillait sur nous quand nous étions malades. Je me souviens d'une nuit de fièvre, de réveils en sursaut, hantée par des visions de cauchemars.

VI

Arienn n'avait que deux ans. Mes pleurs l'avaient réveillée. Elle hurlait. Notre aïeule est entrée dans la chambre, l'a prise dans ses bras, bercée jusqu'à ce qu'elle se rendorme. Puis, doucement, s'est allongée près de moi. Elle a passé son bras autour de ma taille. Sa seule présence a suffi à chasser les cauchemars qui me terrifiaient.

Elle a toujours été là, présence silencieuse, réconfortante, à la lisière de ma vie. De notre vie. Elle tremblait, le jour de la lapidation de Dana. Et jamais elle ne m'a jugée.

S'il y a une personne qui peut nous aider à fuir, c'est Vania. Et même si ma grand-tante refuse, je sais qu'elle ne nous dénoncera pas.

— Je m'en vais. J'emmène Arienn avec moi. Seule, je n'y arriverai pas.

VII

Les Noctes possèdent la duplicité des sang-de-lune et la malignité des Ténèbres. La plupart se reconnaissent à leur peau blême et maladive. Hélas ! Certains ont hérité des traits de leur aïeule : rien ne les distingue des citoyens d'Alta et c'est ce qui les rend particulièrement dangereux.

Notes à l'usage de mes pairs, Robin, capitaine d'Alta

Mains enfouies dans son giron, tante Vania me contemple avec calme. Je ne m'attendais ni à des cris ni à des larmes, mais son attitude me surprend.

— Je te connais bien, murmure-t-elle avec douceur. Je t'ai observée : tu as changé, ces derniers mois, et je ne parle pas seulement de ce que tu as fait pour Dana.

Je la dévisage, ébahie.

Pourtant, je crois que je m'en doutais.

— Il t'a fallu du courage pour agir ainsi, poursuit-elle. De l'inconscience aussi, si tu veux mon avis. S'ils avaient deviné, Gia, tu risquais bien pire qu'un mois de réclusion au sanctuaire du Soleil.

— Alors, tu penses que j'ai eu raison ? Même si j'ai empêché son âme de se libérer du mal ?

— Il n'y avait aucune souillure en Dana, souffle ma grand-tante, hochant la tête avec tristesse. Seulement du désespoir.

Beaucoup, beaucoup de désespoir.

— Au lieu de souffrir ici, pourquoi…

— N'a-t-elle pas tenté de s'évader ? coupe mon aïeule. Au risque d'être à la merci des Noctes ou de finir comme ce soldat, pantin de chair possédé par les Ténèbres qui revint à Alta pour dévorer les siens ?

— J'avais oublié. Les bêtes des profondeurs, les ombres vivantes…

Et Arienn, qu'aucun glyphe ne protège contre l'obscurité. Mais que faire d'autre ? Si je renonce, je deviens une esclave comme ma cousine et je trahis non seulement sa mémoire, mais aussi celle de Valli. Pire, j'abandonne ma petite sœur rebelle, dont j'imagine déjà le sort si elle esquive la mort : le cloître d'un couvent lunaire ou l'exil. Autant partir avec elle, lui éviter la solitude et la peur.

Peut-être qu'à deux nous réussirons à nous fabriquer des ailes pour voler vers la lumière et au-delà ?

— Comment comptes-tu t'y prendre ? reprend tante Vania. Tu te maries demain. Arienn est enfermée…

— Où ?

— Dans le réduit du cellier.

À ces mots, je frissonne : c'est un cachot étroit et humide, tout en hauteur, sans autre ouverture qu'une bouche inaccessible, donnant sur l'enclos des brebis bleues. À moins d'être un enfant, il est impossible de s'y allonger. Siri, le plus jeune de mes deux frères, y a été puni une semaine, jadis. Moi, j'y suis restée deux jours pour m'être battue avec Sienn et l'avoir mordue jusqu'au sang. Ils y enferment Arienn pour la briser. Ils n'y parviendront pas : elle deviendra folle, mais ne se soumettra pas.

— Pourquoi font-ils ça, tante Vania ? Nous sommes leurs

enfants, même si nous ne sommes que des sang-de-lune ! Ils devraient nous protéger ! Ils devraient…

— Vous aimer ?

— Oui.

Ma voix est subitement enrouée.

— Caspian et Genna se sont unis parce que leurs pères l'avaient décidé. Entre eux, ce n'est rien de plus que du respect et une ambition partagée. Aussi loin que remontent mes souvenirs, il n'y a jamais eu de place pour les sentiments dans leur existence. Leurs premiers-nés ont comblé leurs vœux, puisque ce sont des fils. Arienn et toi, comme vos cousines, n'avez d'autre intérêt que de favoriser des alliances.

— Pourtant, Rozenn…

— Sans l'intervention d'Irina, Simon aurait été éconduit et Rozenn aurait épousé un vieux notable. Je suis désolée, Gia.

Mes yeux me brûlent. Je renifle, chasse rageusement les larmes qui perlent au coin de mes paupières.

— Et toi ?

Tant de questions, dans ces deux mots. Est-ce que tu tiens un peu à nous ? Comment fais-tu pour supporter cette servitude ? Tu nous aideras, n'est-ce pas ? Tu m'en veux de ne pas avoir su voir au-delà de ton apparence durant toutes ces années ? Et Arienn ? Que va-t-elle devenir, sans glyphe ? Seulement, les phrases ne franchissent pas mes lèvres. Ma gorge est nouée ; un poids terrible pèse sur ma poitrine. Si je me force, toute mon énergie se diluera dans mes sanglots. Mais tante Vania n'a pas besoin d'entendre : elle se lève, se pose au bord du lit, met sa main sur mon épaule.

— Je dois emporter des paniers de linge sale au lavoir, ce soir. Arienn se dissimulera dans l'un d'eux et je prétexterai la fatigue pour que tu m'y accompagnes.

— Personne ne me permettra de quitter la maison, tante Vania.

— Alors, tu te cacheras, toi aussi, et je demanderai à Lucian de m'aider. Une fois près des cuves, je me débrouillerai pour détourner l'attention et vous vous échapperez.

J'acquiesce en silence. Son plan me semble bon. Des nappes d'eau souterraines alimentent les bassins. Nous profiterons de la tombée de la nuit pour disparaître derrière des monceaux de laine ou des piles de linge humide. Ensuite, nous quitterons les hauteurs du district et nous nous enfoncerons dans les profondeurs de la ville. À cette pensée, mon cœur bat plus vite. Au-delà d'Alta, c'est le domaine de l'obscurité. Une zone de non-droit, hostile, dangereuse.

Un ailleurs, où tout recommencer.

— Tante Vania ? dis-je enfin, prenant sa main large et tiède dans la sienne. Qu'est-ce que tu vas faire ?

Elle hausse les épaules.

— J'ai une tapisserie à terminer.

— Et s'ils comprennent que tu nous as aidées ?

— J'ai assez vécu pour n'avoir aucun regret.

— Tu ne veux pas venir avec nous ?

— J'ai soixante ans passés et je n'ai ni votre courage ni votre envie de vivre, Gia. Je ne les ai jamais eus, sourit-elle, nostalgique. Sinon, je crois que j'aurais fui cette existence il y a longtemps.

Je rassemble mes affaires, attristée par sa réponse, même si je m'y attendais. J'extirpe la carte de sa cachette, la range dans mon paquetage. Une fois prête, je me tourne vers elle.

— Et maintenant ?

— Maintenant, déclare Vania en me montrant les deux robes grises brodées de fins liserés bleus posées près d'elle, tu essaies ça, tu me laisses te coiffer et tu montres à Genna que tu es une fille obéissante. Pendant qu'elle t'informera de tes devoirs d'épouse, je m'occuperai de vous trouver des vivres et remplir des gourdes d'eau…

— Et Arienn ? Comment feras-tu pour la sortir de là ? Comment résistera-t-elle aux Ténèbres, alors qu'elle n'a rien pour la protéger de leur influence ?

— Je m'en occupe. Aie confiance, Gia. Tout ira bien.

Aie confiance.

C'est ce que j'ai chuchoté à ma petite sœur, tout à l'heure. J'aimerais rester sereine. Ne pas sentir mon cœur marteler mes tempes, ne pas avoir chaud et froid en même temps ni les jambes en plomb ni envie de vomir.

Mais c'est impossible.

Je suis terrifiée à l'idée de cette fuite et des périls tapis dans les ombres d'Alta.

*

J'ai essayé mes robes nuptiales ; j'ai écouté ma mère me prodiguer des conseils – comment se comporter le soir des noces, comment accueillir la douleur et se montrer la plus discrète possible pour ne pas perturber cette première étreinte ; quelle attitude adopter avec Tobian et avec son garçon, la bonne distance à établir entre ses filles et moi, ainsi que les autres membres de sa famille. Elle m'a également confié une poudre au parfum âcre, couleur de sable, destinée à augmenter ma fertilité et mes chances de mettre au monde un fils-du-soleil.

Après notre entrevue, j'ai retrouvé mon père dans son bureau. Quand je suis entrée, ce dernier observait avec intérêt la façon dont son lézard capturait ses proies – des grillons – et les avalait. Mon géniteur m'a remis un exemplaire des *Lois d'Alta*. « Souviens-toi, m'a-t-il dit, que ces règles n'ont pas été édictées en vain. Même si elles te paraissent injustes, absurdes, elles ont une raison d'être. » L'allusion à la lapidation de Dana et à ma maladresse était claire. J'ai affiché une mine contrite, l'ai assuré que j'avais appris de mes erreurs et l'ai remercié respectueusement avant de me retirer. Il n'a pas évoqué Arienn ; j'ai évité le sujet, de peur que mon vernis de repentance ne se craquelle.

De retour dans ma chambre, je me suis changée. Je me suis assise sur le lit. Là, impossible de me concentrer, impossible de rester assise. Trop de doutes tourmentaient mon esprit, trop d'espoir et de crainte, de questions sans réponses, portes ouvertes sur l'abîme d'un avenir dont j'ignorais tout. Pour tromper mon angoisse, j'ai ouvert l'un des livres de contes que j'abandonnais derrière moi. Je l'ai parcouru rapidement, agacée par le ton moralisateur de l'auteur. Ne sachant comment occuper mes pensées, j'ai ouvert, au hasard, l'ouvrage donné par mon père. En découvrant le sujet du décret – le devoir de dénoncer son prochain en vertu de la lutte contre les Ténèbres –, je l'ai aussitôt refermé.

Le temps s'étire. À chaque bruit, je sursaute. À chaque éclat de voix, mon cœur manque un battement. Enfin, tante Vania pénètre dans ma cellule.

— Gia, aide-moi à trier le linge, s'il te plaît, réclame-t-elle d'un ton fort.

Je me lève, les jambes tremblantes, le ventre tordu par la

peur et l'excitation. Je prends mon sac et la rejoins dans la buanderie. Avec un clin d'œil, elle me désigne un panier : la cachette d'Arienn.

— À ton tour, ordonne-t-elle, me montrant un coffre tressé, à côté d'une pile de vêtements sales.

Hésitation, le temps d'une respiration, puis j'obéis.

*

Brimbalée dans un wagonnet tiré par deux moutons bleus, j'ai chaud sous cette pile de tissu et de laine. Les sons – grincement des roues, protestations de l'animal trop rudement mené, pas lourd de mon frère, trottinement de Vania – me parviennent, étouffés. J'essaie de me représenter le chemin jusqu'aux cuves, la passerelle d'acier, le tunnel, sa fresque et ses graffitis. Bruits de bottes, cliquetis d'armes. Arrêt soudain.

Une patrouille.

Je retiens mon souffle.

— Que transportez-vous ?

Voix sèche, inquisitrice.

— Des affaires sales, répond Vania.

— Vous permettez qu'on vérifie ?

Non ! Pas ça ! S'ils fouillent le linge, les soldats découvriront notre présence. Alors…

— Un souci ? demande mon frère.

— Simple contrôle de routine. Ouvrez ces paniers. À moins que vous n'y voyez une objection ? répond le gradé d'un ton doucereux.

— Oui, j'en vois une, rétorque Lucian. Vous êtes caporal, je suis lieutenant. Vous me manquez de respect, et je ne vous ai jamais vu dans le quartier…

Dès lors, tout se passe très vite. Chaos, grondements de rage, bêlements paniqués. Et le chariot qui tangue dangereusement. Soulevant le couvercle, je découvre quatre individus armés de dagues et d'épieux. De soldats, ils n'ont que l'apparence. Ils sont bien trop maigres et trop nerveux pour être des leurs. Lucian leur fait face, lame au clair. À deux pas de lui, tante Vania gît, blessée d'un coup de corne par l'une des bêtes affolées. Mes yeux croisent les siens, battement de cils discret – un merci, un adieu. Je m'extrais le plus vite possible de la malle. Le panier d'Arienn roule sur le sol. Je l'aide à s'en extirper. À cet instant, des silhouettes se dessinent à l'entrée du souterrain. Une unité de gardes. Des vrais, ceux-là. Ils se précipitent sur les lieux du combat. Pas de temps à perdre. Sans lâcher ma petite sœur, je tourne les talons, commence à courir. Direction : les cuves. Après, on verra. Qui étaient ces hommes ? Pourquoi nous barrer la route ? Est-ce le hasard qui les a mis sur notre chemin ? Ont-ils au contraire un lien avec Vania ?

Derrière nous, je perçois des cliquetis de métal, des coups, des râles de douleur. Des appels, inquiets d'abord, puis furieux. Une cavalcade. Mon frère et ses alliés. Je lance un coup d'œil à Arienn ; lèvres pincées, sourcils froncés, elle se concentre pour soutenir l'allure. J'accélère, dépasse l'embranchement menant au lavoir, bifurque dans un dédale d'échoppes troglodytes, premières d'un quartier où sont installés tailleurs et tisserands. Je bouscule un marchand, manque de renverser une femme et son enfant.

— Les Noctes ! Ils sont là !

Mes cris paniqués coupent court à leur colère.

VII

Instinctivement, les gens s'écartent, regardent dans la direction indiquée. Arienn trébuche, exténuée. J'avise une porte entrebâillée, près d'une boutique, l'y entraîne rapidement. Une fois de l'autre côté, nous nous arrêtons, hors d'haleine, le rythme de notre sang martelant chaque parcelle de notre corps. Nous sommes sauves, pour le moment.

Il me faut un moment pour habituer mes yeux à l'obscurité. Je devine une réserve où sont entreposées laines et étoffes, ainsi que les formes anguleuses et caractéristiques de deux grands métiers à tisser. Arienn sur les talons, je m'enfonce dans le dépôt.

Il n'y a pas d'issue.

Nous sommes piégées.

De nouveau, je sens la peur sourdre en moi.

À cet instant, j'entends des voix. Le vantail crisse. Vite ! Une cachette ! Arienn, plus rapide que moi, plonge dans un monceau d'écheveaux bruns et bleus. Je l'imite, juste à temps. Le battant s'ouvre sur une figure familière.

— Tu dis qu'elles sont ici ? interroge mon frère.

— Oui, répond une voix de fausset, depuis l'autre côté de la rue.

— Tu en es sûr ?

— Je crois…

— Je suis à la poursuite de deux fugitives. Chaque minute compte. Alors ne me fais pas perdre mon temps. Les as-tu vus entrer, oui ou non ?

— Je… Je…

— Sergent, Teri, examinez cet entrepôt. Moi, je continue.

— Tu peux compter sur notre vigilance, lieutenant.

Une minute plus tard, une lumière blafarde, intermittente, éclaire les lieux. En nage, osant à peine respirer, j'entrevois trois silhouettes, les deux hommes d'armes et l'artisan, qui s'approchent, commencent à fouiller méthodiquement.

— Si vous avez besoin de quoi que ce soit, murmure ce dernier, n'hésitez pas…

Sans répondre, Teri et l'officier soulèvent des tentures, renversent des piles de vêtements, enfoncent la pointe de leur lance dans des coffres débordant de tissus.

Ils se rapprochent. Mes tempes bourdonnent. Plus que quelques mètres. Mon cœur s'affole.

Ils sont là. Glacée, je réagis à peine quand des petits doigts agrippent les miens.

Leurs épieux s'enfoncent dans les paquets de laine, et je sens le métal froid frôler ma peau. Effort de volonté, je me mords les lèvres au sang afin de demeurer immobile, sans gémir ni respirer. À côté de moi, Arienn sursaute, resserre sa prise pour contrôler sa terreur, éviter de suivre son instinct qui lui souffle de fuir le plus loin possible.

— Rien non plus, constate le sergent.

— Y a-t-il un autre passage ? Une porte menant à ta boutique, peut-être ? demande son collègue.

— Oui. Celle-ci, déclare le tisserand. Vous croyez qu'elles ont pu passer par là ?

Il existe donc une issue !

— Possible. Allons-y.

J'écarte le plus délicatement possible les monceaux afin de les épier.

Ils observent une dernière fois les alentours, puis font signe au gros homme de leur ouvrir. Ce dernier attend qu'ils soient passés de l'autre côté pour éteindre les lampes et refermer le battant de métal rouillé. De nouveau, nous sommes seules dans l'obscurité. En sécurité, pour le moment.

VII

— Et maintenant ? chuchote Arienn.

— Maintenant, rien.

— Et après ?

Sa voix tremble, elle est à bout de nerfs, terrorisée, épuisée. Je me rapproche d'elle à tâtons, la prends dans mes bras.

— Après, on fabriquera des ailes pour s'envoler. Je ne sais pas encore quand ni comment, mais on y arrivera, Arienn. Je te le promets.

Un peu rassurée, elle soupire et laisse aller sa tête contre mon épaule. Quelques minutes plus tard, sa respiration régulière s'élève dans la tiédeur des écheveaux rugueux. Elle s'est endormie. Je veille un moment, puis la fatigue a raison de ma volonté.

VIII

Comme sa marâtre refusait de la nourrir, sous prétexte de briser son caractère rebelle, Mona prit l'habitude de manger les mêmes mousses que les moutons qu'elle gardait. Rapidement, ses paumes prirent une teinte semblable à la toison des bêtes. « Puisque tu te plais parmi les brebis, tu dormiras dans l'étable avec elles », décida sa belle-mère. Et de ce jour, on surnomma l'enfant Mona mains-bleues.

« Mona mains-bleues », *La Clef de cuivre et autres contes d'Alta*

J'ouvre les yeux dans une nasse mousseuse et chaude. Contre ma poitrine, Arienn respire doucement. Je l'écarte de moi, presse son épaule pour la réveiller.

Elle sursaute, s'ébroue, se raidit, un instant désorientée.

— Je suis là, ne t'inquiète pas.

Elle soupire, rassérénée.

J'écoute. Pas un bruit. J'écarte les paquets de laine et j'observe les environs : rien. Je m'extirpe de l'écheveau. J'aide Arienn à se lever. Main dans la main, prudentes, nous faisons quelques pas dans l'obscurité. Autour de nous, tout est sombre, calme et silencieux. De l'escarcelle accrochée à ma ceinture, je tire un briquet, une bougie et l'allume. La flamme, dans le creux de ma paume, éclaire d'une lumière tremblante et jaune les piles de tissu. Avec précaution, je me dirige vers l'entrée principale. J'abaisse la poignée, tire, pousse, peine perdue : elle est fermée. Reste l'autre accès, révélé tout à l'heure par le gros marchand. J'y entraîne ma sœur.

Arrivée devant l'étroite porte, je m'arrête, colle mon oreille contre le métal grenu. Pas un bruit. Arienn m'imite, sourcils froncés. Nous échangeons un coup d'œil entendu : la voie est libre. Cette fois, la serrure n'est pas verrouillée. Je passe la tête de l'autre côté. Rien. Soulagée, j'ouvre le vantail. Arienn me suit dans la boutique vide. La flammèche vacille, se reflète par intermittence sur la pierre polie du comptoir. Je distingue des vêtements pliés sur des étagères, une lourde étoffe posée sur un paravent, un fauteuil dans un angle. Je sursaute, surprise par nos deux silhouettes dans le miroir.

Lumière soudaine. Blanche. Aveuglante.

— Là, j'en étais sûr !

Je reconnais le tisserand et sa voix de fausset. Nous sommes piégées. Je recule, pousse derrière moi Arienn, vaine tentative pour la protéger. Devant nous, deux silhouettes noires et floues. Le temps que je recouvre la vue, ils fondent sur nous. Ma bougie roule sur le sol. De justesse, nous esquivons leur charge. J'ai déjà aperçu le propriétaire des lieux. Le plus jeune est sans doute son apprenti. Repoussant brutalement une pile, celui-ci bondit sur Arienn. Elle se glisse sous son aisselle, se précipite vers l'entrée du magasin. L'artisan s'interpose, attrape ma petite sœur à l'épaule. Coup de dent. Il hurle, la lâche immédiatement. Je me rue vers lui. Son ouvrier me ceinture, essaie de m'en empêcher. Je me débats. Je le griffe, me tortille si bien que je parviens à lui échapper.

— À l'aide ! piaille le marchand, tenant désormais Arienn à bout de bras.

VIII

Je cours vers des chemises ocre et beige. Des vêtements masculins. J'allume mon briquet. J'enflamme sans hésiter les lainages légers. L'homme pousse un cri étranglé. D'un geste brusque, je projette les étoffes embrasées vers une autre étagère. C'est assez pour les distraire tous les deux. La voie est libre. Le battant s'ouvre brutalement : un autre artisan. Cheveux hirsutes, prunelles gonflées de sommeil, celui-ci contemple la scène, bouche bée. Je m'écarte, désigne le début d'incendie.

— Il faut de l'eau ! Vite !

Abasourdi, il hoche la tête, tourne les talons. Nous nous faufilons à l'extérieur. Croisons des voisins, curieux, inquiets.

— Au feu ! Au feu !

La rumeur se propage aussitôt. Profitant de la panique, nous nous glissons hors de la boutique, quittons le plus rapidement possible le tunnel et ses échoppes. Nous nous enfonçons dans une succession de passages étroits et d'habitations troglodytes. Nous avançons vite, les sens en alerte, nous arrêtant régulièrement pour vérifier que nous ne sommes pas suivies. Nous progressons dans la pénombre de souterrains où sont fixés, à intervalles réguliers, des tubes luminescents – la plupart trop faibles pour éclairer véritablement. En ce milieu de nuit, le quartier est désert, à l'exception des soldats.

Nous esquivons deux patrouilles.

La première avance au pas de course, assez loin de nous.

La seconde manque de nous repérer. À peine avons-nous le temps de nous faufiler, à quatre pattes, dans le creux d'un escalier, ils sont là. Six hommes armés d'épieux et de filets de cuivre. Ils vont lentement, à l'affût. Ils nous cherchent, j'en suis convaincue. Ils ralentissent près des marches. Je plaque Arienn contre moi. Nos cœurs battent à l'unisson ; j'ai l'impression que tous peuvent les entendre.

— Tu crois vraiment qu'elles ont pris cette direction ? interroge un homme dont je perçois la silhouette trapue.

— Par où seraient-elles allées, sinon, après avoir mis le quartier sens dessus dessous ? réplique son supérieur.

Le premier hausse les épaules sans répondre. Il vérifie quelques portes, fouille un vieux wagonnet rempli de ferraille. Ses collègues l'imitent. L'un d'eux se rapproche dangereusement de nous, scrute le renfoncement où nous sommes tapies. Dans mes bras, Arienn se raidit ; je l'imite, cesse de respirer. Pendant une seconde, j'ai l'impression qu'il nous a vues. Mais non. Il se redresse et rallie sans un mot ses collègues.

Tous s'éloignent dans la pénombre d'un tunnel.

Au bout d'un quart d'heure, nous nous risquons hors de notre cachette. Nous inspectons prudemment les parages. Tout est calme. Soulagées, nous reprenons notre chemin.

Nous atteignons enfin la passerelle numéro 2, une structure gigantesque soutenue par d'énormes poutrelles. De l'autre côté, le deuxième district. Pas le plus ancien, mais le plus large et le plus peuplé d'Alta. Ici, les rues s'enfoncent profondément dans le sol et se perdent dans les ombres, direction l'inconnu. Nul doute que cette route est surveillée. Mais si nous sommes prudentes, nous parviendrons à passer.

— Prête ? dis-je à Arienn.

Elle hoche la tête.

Côte à côte, nous nous engageons sur l'immense arche de pierre et de métal.

Nous allons lentement, conscientes l'une comme l'autre de tourner définitivement le dos à notre passé. Loin au-dessus de nous, le bruissement de centaines d'ailes. Une nuée de chauve-souris obscurcit le puits ouvert sur un pâle croissant de lune. Nous les observons jusqu'à ce qu'elles aient disparu. Arienn soupire, rêveuse. Ces animaux la fascinent, parce qu'ils volent, parce qu'ils sont libres. Moi, je les aime pour leur drôle de museau, leurs oreilles immenses et leur fourrure si douce. J'en ai recueilli une, l'an dernier. Une petite bête blessée, que j'ai gardée quelques semaines avant de la relâcher.

— Tu te souviens de Nina ? chuchote ma sœur.

Je souris, parce que ses mots rejoignent mes souvenirs. Je veux lui répondre, je n'en ai pas le temps. Pas précipités, dans notre dos. Je me retourne, reconnais les gardes lancés sur notre piste.

— Vite !

Je m'élance.

— Arrêtez !

J'accélère. Dans mon dos, le souffle d'Arienn. Je m'arrête net. Devant nous, jaillissant d'un tunnel, un groupe de soldats. À sa tête, un gradé aux épaules larges, à la courte chevelure grise. Tobian ? Non ! Ce n'est pas lui. L'officier qui avance sur nous, lame au clair, menaçant, est plus âgé, plus râblé. Douze fils-du-soleil au plastron de cuivre le suivent. De l'autre côté, ils sont six. Impossible de forcer le passage. Nous sommes à leur merci. Ils le savent, prennent le temps de déployer leurs filets.

— Au nom de la justice d'Alta, rendez-vous !

Instinctivement, nous nous rapprochons l'une de l'autre. Nos mains se joignent. Les doigts d'Arienn serrent très fort les miens. Voilà. C'est la fin de l'aventure. C'est ici que meurt notre rêve, qu'on nous coupe des ailes qui n'ont même pas poussé. Alta, ses lois, son enfer, l'emportent. C'est injuste. Ce n'est pas ainsi que cela aurait dû se passer. Nous avions de l'espoir, un avenir loin d'ici, même incertain. Et maintenant ? Une peur terrible me tord l'estomac. Images chaotiques, écarlates, relents de poussière, de sang – et le son mat des pierres contre la chair, le grondement de la foule, les insultes, les hurlements. Tout se mêle. Tournoie. Me happe. M'entraîne. Claustration. Lapidation. Ça ne peut s'achever de cette manière. Il me faut trouver une solution. Quitte à mourir pour qu'Arienn s'échappe. Mais je suis pétrifiée, incapable de réfléchir.

— Gia…

La voix de ma petite sœur m'arrache à cette spirale de panique. Je cligne des yeux. Ils sont proches. Plus qu'une vingtaine de mètres et ils seront sur nous.

— Gia, répète-t-elle, me désignant discrètement la rambarde et les structures d'acier.

Nous ne possédons pas de corde. Aucun moyen de nous retenir si nous basculons dans ce gouffre ouvert sur les ténèbres. Mais quelle chance de survie avons-nous, si nous sommes capturées ? Plus d'hésitation. Hochement de tête discret. Nous détachons nos mains l'une de l'autre et nous élançons, ensemble, vers l'encorbellement de métal. Surpris, nos poursuivants perdent de précieuses secondes avant de réagir.

— Vous êtes folles ! s'écrie le vétéran.

— Elles vont se tuer ! hurle un jeune officier, son vernis militaire se craquelant sous la panique.

Je bascule sur le rebord rêche et glacé. Arienn m'imite. Elle est mon miroir, et moi le sien. Traction, je me coule le long de la balustrade, je passe mon bras autour d'un montant de fer, j'aide Arienn à me rejoindre. Reste à passer sous l'arche, se glisser dans l'entrelacs qui forme la charpente et progresser sans perdre l'équilibre ni regarder vers le bas. Je trouve une prise à tâtons. Il suffit d'un pas. Une inspiration. Ne pas penser au vide. Avancer. Mes paumes sont moites. Je transpire abondamment. Des gouttes de sueur coulent le long de mon échine.

Les voix de nos poursuivants me semblent lointaines, bourdonnement indistinct auquel je ne prête plus attention.

Mon pied dérape, je réprime un cri.

Ça y est, j'y suis.

— À ton tour, Arienn.

Ma sœur se concentre, fronce les sourcils, raffermit sa prise, décale un pied, puis l'autre, et recommence. En équilibre dans une étroite travée, je me penche pour l'aider. Du coin de l'œil, j'aperçois un soldat qui se penche par-dessus la rambarde. Tendant le bras, j'attrape Arienn. Elle s'accroche, les yeux brillants. Elle tremble. Elle est terrifiée. Excitée, aussi : pour la première fois de sa vie, elle est libre de ses choix. Je la comprends. Je partagerais ce sentiment si je ne crevais pas de trouille pour elle, pour nous. Un autre homme a suivi le premier. Tous deux se hissent de notre côté de la passerelle. Ils sont entraînés, plus assurés que nous.

S'ils nous acculent, c'est fini.

— Par ici.

Du menton, je lui indique un gros pilier.

Je m'en rapproche, le plus discrètement possible. Mais le métal grince sous mes pieds. Nous sommes repérées. J'accélère autant que je peux. Arienn me suit, haletante. Nous atteignons laborieusement le canevas de fer menant vers le niveau inférieur, dont je perçois la structure dans l'obscurité. Écrasée par l'architecture titanesque du pont, j'ai le sentiment que nous ne sommes que des grains de poussière, à la merci de la moindre bourrasque. Cela me pétrifie. Arienn, plus déterminée, passe devant moi et commence sa descente.

J'entends un juron. Un crissement, un cliquetis. Et de nouveau, leurs pas cadencés.

— Dépêche-toi, Arienn.

En bas, un abîme dont la seule évocation me retourne les tripes. En haut, des hommes prêts à tout pour nous arrêter. Soudain, Arienn dérape, bascule en arrière, se rétablit de justesse. J'arrive près d'elle. Côte à côte, immobiles, nous attendons, jusqu'à ce qu'elle recouvre son souffle, jusqu'à ce que les battements de mon cœur reprennent un rythme régulier.

Le fer craque au-dessus de nos têtes. Nos poursuivants sont trop rapides, ne nous permettent pas de récupérer. Ils nous veulent prisonnières ou mortes, s'assurer d'en être la cause ou les témoins.

Le ventre noué par la peur, nous continuons.

Enfin, nous posons le pied sur la poutrelle. Bordée par de larges rambardes, celle-ci se perd dans une obscurité dense et poisseuse.

— Allons-y.

— Tu es sûre ? souffle ma sœur, effrayée par la noirceur épaisse, presque palpable, qui étouffe l'extrémité du pont.

— Nous n'avons pas d'autre choix, Arienn.

J'ignore quels dangers recèlent les ombres, mais je pressens qu'elles sont notre seule chance. Les fils-du-soleil, nourris par la terreur des Ténèbres, n'oseront pas nous suivre là-bas. Du moins, pas immédiatement. Cela nous octroiera un répit pour trouver une solution.

Déjà, nos ennemis sont proches. Beaucoup trop proches.

M'agrippant aux traverses de fer, je vais le plus vite possible vers l'obscurité. J'allonge mes foulées. Arienn ne parvient pas à rester dans mon sillage. Je lance un coup d'œil par-dessus mes épaules. Plus que dix mètres entre elle et eux. Plus que sept. À chaque seconde, la distance diminue. Plus que trois.

— Cours, Arienn !

Trop tard. L'un d'eux l'empoigne, elle hurle, se débat comme une furie. Le soldat tente de la ceinturer. Elle mord, griffe. Impossible d'intervenir. Pas assez de place. Nous risquerions de basculer. Déjà, il la traîne vers son collègue. Hors de question de l'abandonner. Dans ma besace, un couteau. Il suffirait peut-être…

Avec toute cette noirceur, je n'y arriverai jamais ! Et si je touchais Arienn à la place de son ravisseur ? Et si je le tuais ? Ça suffit. Assez d'hésitation. J'ai achevé une femme d'un seul lancer de pierre.

Il me suffit de me redresser, d'armer mon coup et de viser.

L'arme fend l'air. Notre ennemi sursaute avec un râle de douleur, bascule sur le côté. Arienn lui échappe, se précipite vers moi, perd l'équilibre, se rattrape.

— Allez ! Tu y es presque !

Je lui ouvre mes bras. Arienn parcourt, au mépris du danger, les derniers mètres qui nous séparent. Soudain, je perçois un sifflement bref, un choc – et ma petite sœur s'affaisse comme une poupée de chiffon contre mon cœur. Je ne veux pas voir l'épieu planté dans son dos. Je ne veux pas l'entendre gémir. Je refuse que son corps se fasse lourd contre le mien. Aveugle, sourde, je l'entraîne dans les ténèbres. Je m'y fonds, le dos contre la roche. Je m'y recroqueville ; contre moi, Arienn tremble et respire de plus en plus difficilement.

— Je suis désolée, Arienn, j'aurais dû être plus rapide, j'aurais…

— C'est pas ta faute…

— On va trouver une solution. Il doit bien exister des soigneurs, chez les Noctes.

— Gia ?

— Oui ?

Sa peau devient de plus en plus froide. Sa voix n'est plus qu'un murmure.

— Tu veux bien me raconter une histoire ? J'ai peur, avec tout ce noir…

— Je… D'accord. D'accord, reprends-je en ravalant mes larmes.

Elle pèse contre moi, son cœur bat de plus en plus lentement. Elle ne va pas mourir ! Pas maintenant. Peut-être que si je parviens à trouver les mots, elle s'y accrochera, résistera…

Je me concentre. Le temps presse. Vite. Ça y est. C'était évident ! Pourquoi n'y ai-je pas pensé plus tôt ? Petite, elle adorait ce conte dont je transformais toujours la fin.

— Il était une fois, une chauve-souris très malheureuse, parce qu'elle ne savait pas voler. À cause de cela, sa famille se moquait d'elle et les autres la rejetaient. Elle essayait, pourtant, cette chauve-souris. De toutes ses forces. Tous les jours, elle grimpait, à l'aide de ses mains griffues, sur la paroi de la grotte et se jetait dans le vide. Mais ses ailes étaient trop petites pour la porter. Alors, elle tombait et se faisait chaque fois horriblement mal. Elle pleura beaucoup, longtemps, et finit par renoncer. À la place, elle décida de rester dans la grotte et de s'occuper des petits jusqu'à ce qu'ils soient en âge de prendre leur envol. Le conte officiel s'arrête ici, Arienn, mais le mien se poursuit. Tu veux savoir comment ?

Pas de réponse.

VIII

— Arienn ? Arienn !

— Je sais comment... tu veux... le terminer. Je sais pourquoi, chuchote ma petite sœur, si faiblement que je l'entends à peine. Pardon, Gia. Je crois... que je pourrai pas t'aider à fabriquer des ailes...

— Arienn, ne me laisse pas !

— Promets-moi... que t'essaieras quand même.

— Arienn ? Arienn, s'il te plaît...

Mais elle ne m'entend plus.

IX

J'ai vu des couleurs éclatantes, des verts précieux, des bleus aux infinies nuances. J'ai découvert des créatures fascinantes : certaines, remarquables par leurs prunelles dorées, d'autres par leurs ailes chatoyantes…

Discours, de Rovina

Les ombres se retirent. Le monde reparaît, sinistre dans le jour naissant. Une gangue visqueuse enveloppe l'arche de fer et d'acier. Des courants d'air froid balaient ses poutrelles brunes et sales. Sur l'une d'elles, un slogan gravé dans le métal :

NOUS SOMMES VOS ÉGALES
PAS VOS INFÉRIEURES

Ce matin, il me semble absurde. Je baisse la tête. Ma petite sœur gît, recroquevillée, la tête sur mes genoux. Un instant, je respire – elle se repose, tout ceci n'était qu'un cauchemar – alors, mes yeux heurtent l'épieu qui dépasse de son dos ; alors, sa pâleur, la fixité de son regard, le sang séché à la commissure de ses lèvres me sautent au visage. Brutalement, je réalise : Arienn est morte.

Morte.

Ce mot est un mensonge. Ce mot n'a pas de sens. Ce mot n'a pas le droit d'en avoir un. Hier, Arienn courait à mes côtés. Un nouveau chemin se dessinait sous ses pas. De quoi serait fait l'avenir ? Elle s'en moquait. Elle voulait respirer, vivre libre, s'envoler.

Elle n'en a pas eu le temps.

Mes bras ouverts. Son sourire confiant. Ses prunelles brillant d'espoir et de joie.

Il a suffi d'un instant. Je voudrais pleurer ; j'en suis incapable. Impression d'avoir des cailloux dans la gorge et dans la poitrine, des cailloux qui pèsent contre mes chairs, les griffent à chaque inspiration.

Arienn.

Je n'ai plus de voix, plus de souffle. Je suis privée de parole – même pour prononcer son nom.

Hébétée, j'effleure ses cheveux, sa joue. Sa peau est douce. Ses doigts, encore souples, sont crispés autour du médaillon qu'elle porte autour du cou. Je ne l'avais pas remarqué. Desserrant délicatement sa prise, je découvre une spirale de laine et de filaments dorés. En son centre, une perle de cuivre. Le talisman que lui a confié tante Vania pour la protéger de l'emprise des Ténèbres. Cela me semble tellement dérisoire, à présent ! Soudain, la proximité de ce corps immense et frêle à la fois m'est insupportable. Je m'écarte d'elle. Je lui tourne le dos. À genoux, j'inspire lentement, plusieurs fois, jusqu'à ce que le poids qui me comprime s'allège un peu. Devant moi, la ligne brune d'une travée, le canevas métallique des poutres qui soutiennent la structure. Au-dessus de moi, l'ombre de la passerelle, démesurée. En dessous, une crevasse qui se perd dans les profondeurs de la terre. La tête me tourne à la pensée des risques que nous avons pris, en tentant cette folle descente.

IX

Nous aurions pu…

Arienn *est*. Morte.

Morte. Morte. Morte.

Cela résonne en moi. Cela frappe de plus en plus fort, de plus en plus vite, de plus en plus rageusement. Et je me craquelle, je me fissure, je me brise, saignant de dizaines de blessures invisibles, souffrance infime en regard de ce qu'*Arienn est morte* signifie. Plus jamais sa main dans la mienne. Plus jamais son rire. Plus jamais ses questions, ses emportements, ses colères. Plus jamais ses confidences, ses rêves éveillés. Ma douleur explose. En larmes. En plainte sourde, continue. Je me vide de sa présence, de sa lumière.

De sa confiance.

De sa force.

De sa fragilité.

Son amour inconditionnel disparaît le dernier.

Voilà. Il n'y a plus d'émotions. Plus rien.

Là-haut, la vie a repris son cours. Des wagonnets, tirés par des moutons, avancent sur le pont. Les gens se hèlent, échangeant certainement les dernières nouvelles.

Je me lève, faible et chancelante, étonnée d'avoir faim, et soif, et terriblement froid. Esquivant Arienn, je prends dans mes affaires un morceau de galette et de fromage bleu. Je mange mécaniquement. Chaque bouchée a un goût de carton. La mastication me permet de réfléchir, cependant. Quelle direction prendre ? Dois-je rebrousser chemin ? Tenter de remonter sur le pont ? Descendre, au contraire, le long des poutrelles, en espérant trouver une bouche ouverte dans la roche, un passage discret vers les strates inférieures et le territoire des Noctes ?

Je tire la carte de mon paquetage, la déplie. Je ne parviens pas à me concentrer. Elle me rappelle Arienn, et la question qui hante la lisière de mon esprit : que faire de son corps ?

De nouveau, je suffoque. Je me reprends – à temps pour percevoir un cliquetis d'armures et le crissement du métal contre la paroi. La traque a repris – à moins qu'ils ne reviennent ici pour s'assurer d'avoir accompli leur devoir de meurtriers ?

Les soldats ne m'ont pas vue. Ils descendent lentement, l'un derrière l'autre, plus prudents qu'au milieu de la nuit – la conscience des abysses, sans doute. L'angoisse d'y être engloutis. J'hésite.

Je voudrais des ailes, mais il n'y a plus personne pour m'aider à les fabriquer.

Promets-moi que t'essaieras quand même.

D'accord, Arienn. Promis juré.

Je me penche sur elle. Je dépose un baiser sur son front. Je prends le pendentif de Vania, contemple ma petite sœur pour la dernière fois.

Derrière moi, la paroi de granite, rousse et rugueuse, sans faille, sans cavité – et même s'il y en avait, ils sauraient que je m'y suis réfugiée. Des pilastres s'y enfoncent, tiges monumentales plantées de main d'homme pour consolider la structure du pont. Je m'en approche. Je me glisse à l'intérieur de la maille dont ils sont constitués et je me lance, ignorant ma fatigue et mes muscles douloureux. Un barreau après l'autre, jusqu'à la première traverse ; je m'y appuie, reprends mon souffle, continue sans regarder si je suis suivie. J'entends des éclats de voix.

— Je croyais qu'elles étaient deux ?

— Bulli a parlé de Ténèbres…

IX

— Ténèbres ou pas, celle-ci, il ne l'a pas ratée.

— Si tu veux mon avis, l'autre ne l'a pas raté non plus. Sans Demian, il n'aurait pas survécu.

— Clair qu'il en a pour des semaines avant d'être sur pied.

Je serre les dents. J'aurais voulu qu'il crève.

Je poursuis, méthodique, régulière, vers la strate inférieure de l'arche. Arrivée à mi-chemin, je m'accorde un bref répit. Et je découvre, face à moi, la faille que je n'espérais plus. Reste à trouver le moyen de l'atteindre. Malgré moi, je jette un coup d'œil en bas. Ma tête tourne ; happée par le gouffre ouvert sous mes pieds, j'ai l'impression de sombrer. Je résiste à la tentation de lâcher prise et me force à inspirer plusieurs fois, profondément, pour recouvrer mon calme et chasser cette peur insidieuse qui menace de submerger ma raison. J'y parviens, mais j'ai perdu du temps : je suis repérée.

D'ici quelques minutes, ils seront là.

Plus le temps de réfléchir à un plan ni d'être effrayée. Je cale mon paquetage dans mon dos, je me coule à l'extérieur du pylône. Plaquée contre une poutre, je fixe tant bien que mal mes pieds sur l'acier et risque un regard derrière moi. Luttant contre le vertige, j'essaie d'évaluer la distance, l'élan, les risques. D'abord, ignorer les pas précipités des hommes, le rugissement du sang dans mes veines, mon cœur qui s'affole. Puis me retourner, sans précipitation, sans frisson. Tenir fermement les barres, me concentrer sur mon objectif, oublier le danger, l'ombre omniprésente de la mort.

Respiration.

Je saute. Le temps s'arrête, le temps se précipite. Une expiration et je heurte le granite, je glisse vers l'abîme, j'agrippe la pierre, m'écorche les paumes, les doigts, les ongles, je me retiens – à bout de bras, je me hisse au seuil de l'excavation ;

sur les coudes, je rampe à l'abri, dans l'obscurité. À quatre pattes, je regarde de l'autre côté. Je n'ai pas le temps de souffler. Ils sont déjà là.

Hors d'haleine, les muscles brûlants, je m'engouffre dans la cavité, accède après quelques mètres à une salle circulaire aux parois recouvertes de spores jaunes et phosphorescents : une citerne abandonnée. Une échelle rouillée y est fixée. Elle n'est guère solide, je le devine. Je n'ai pas le choix. Agrippant fermement les barreaux, je commence à grimper. Mes mains sont en sang. Mon corps n'est que douleur. Je m'obstine. Craquement. Le métal corrodé a cédé. Je perds l'équilibre, me rattrape, poursuis l'ascension. Au premier palier, je m'arrête devant une porte vert-de-gris. Le battant est craquelé, verruqueux, et la serrure, rongée par l'érosion. Je saisis la poignée, la tire, la secoue – elle ouvre avec un affreux grincement. À peine ai-je le temps de me faufiler dans l'entrebâillement que mes poursuivants atteignent le puits. De l'autre côté du battant règne une nuit moite, inquiétante. Je m'y engage sans me retourner.

Je vais en aveugle, trébuchant souvent, me retenant aux murs couverts d'une fange spongieuse dont je ne peux qu'imaginer l'aspect. L'atmosphère est chargée de relents âcres et d'humidité. Percevant un courant frais, sur ma gauche, je m'immobilise. J'écoute. Je perçois un clapotis, au loin.

Un cours d'eau ?

De l'air, en tout cas.

L'espoir de trouver, peut-être, un refuge où me dissimuler le temps de me reposer, de nettoyer mes plaies. Et…

Non.

Je ne veux pas penser à elle. Si je pense à elle, je m'effondre. Je ne peux me le permettre. Pas maintenant. Mais elle rôde autour de moi, prénom, visage, parfum, voix, elle s'infiltre dans mon esprit, le souffle me manque, je tombe à genoux, la douleur me chavire, je suffoque.

Je dois résister. Pour elle. Pour nous.

Alors, je redresse la tête et reprends mon chemin.

*

Envolée, l'expression de défi ! Envolée, l'indifférence face au destin ! Il n'y a plus qu'une mère, une mère suppliante et sa fillette éplorée.

« pas ça pas ça pas ça non je vous en supplie pitié épargnez-lui ça épargnez-la je vous en prie je vous en prie pas ça pas ça pas ça elle est innocente je vous en supplie pas ça pitié »

Ses prières sont étouffées par les rugissements de la foule.

Traîtresse. À mort. Qu'on en finisse !

Leurs mots étouffent les siens. Les brisent. Les broient. Le Solaire lève très haut son sceptre. L'abat avec fracas sur le sol. La foule mugit. Le père s'avance. Dans ses mains, deux pierres de la taille d'un poing…

Le son mat de la pierre heurtant la chair m'arrache à l'enfer familier de mon cauchemar. Contre ma joue, la toile rugueuse de mon paquetage. Sous ma peau, la froideur de la pierre. Non loin, le ruissellement d'une source. J'ouvre les yeux. J'ai trouvé refuge dans une espèce de niche naturelle creusée dans une roche veinée de cuivre scintillant. Je m'y suis traînée, et puis j'ai sombré dans l'inconscience.

Je passe la langue sur mes lèvres craquelées. Ma gorge est

sèche. J'ai soif. Je suis affamée. J'ai mal partout, l'impression d'avoir été brûlée. Je chancelle jusqu'au bord de l'eau transparente, sans doute glacée. Le fond de la nasse est tapissé d'algues blanches qui baignent la cavité d'une lumière laiteuse. Prudente, d'abord, j'y risque le doigt, ne ressens qu'une caresse fraîche et douce. Je porte l'index à ma bouche, n'éprouve ni picotement ni amertume.

Alors, j'y plonge le visage, les bras, le corps tout entier. Je m'y abreuve, m'y lave, m'y abandonne. Quand j'en sors, j'ai l'impression d'être purifiée. Je me sèche à l'aide d'une tunique, grimaçant chaque fois que je touche un hématome, une plaie. Puis j'effleure mon glyphe et je reprends mes esprits devant le talisman offert par tante Vania à ma petite sœur pour la protéger des ombres.

Une spirale, comme la mienne. Qui n'a servi à rien. J'hésite à la détruire. Mais c'est la dernière chose qui me reste d'elle, alors je la passe autour de mon cou. Je demeure un moment immobile, les doigts serrés autour du médaillon – comme elle, en ses derniers instants. Puis, machinalement, je passe des vêtements propres et grignote un peu. Les aliments dans ma bouche ont un goût de poussière. Je mâche un morceau de galette, une barre vaguement salée. Je me force à terminer mon en-cas. Le grigri, contre ma peau, me démange, me brûle, mais je suis consciente que ce n'est probablement qu'une illusion. Une ruse de mon esprit, de mon cœur brisé, pour me rappeler qu'elle n'est plus.

Je serre les dents. Je ne dois pas craquer. Je n'en ai pas le droit. Avant tout, je dois fuir Alta, échapper à la vigilance des patrouilles lancées à ma poursuite. À cette pensée, je réalise brutalement que les Ténèbres tant redoutées par les miens, fils-du-soleil ou sang-de-lune, m'ont probablement sauvé la vie. Sans la peur qu'elles inspirent, les soldats d'Alta n'auraient fait qu'une bouchée de moi. Je me rappelle les mots lus durant ma pénitence au temple solaire : *les Ténèbres parlent aux Ténèbres.* Est-ce la vérité ? Est-ce parce que je les porte en moi, parce que je suis déjà corrompue qu'elles m'ont accueillie et protégée ? Rovina, la mère des Noctes, prétendait qu'il s'agissait d'une fable créée de toutes pièces pour réduire les femmes en esclavage. Elle affirmait également qu'Alta était d'origine humaine et qu'au commencement il n'existait aucune hiérarchie entre les genres. J'ai envie de croire qu'une telle société a existé, qu'elle est peut-être encore possible. Mais je n'y arrive pas. Parce que je ne comprends pas pourquoi tout a basculé ni comment. Il y a forcément une raison à tout cela. le *Livre du Soleil* a bien une origine, un ancrage dans la réalité.

J'essaie de me rappeler la genèse d'Alta, telle qu'elle y est racontée. Elle me revient rapidement, comme une récitation apprise par cœur.

Au commencement étaient le Soleil et la Lune. Le Soleil illuminait d'or le ciel diurne et la Lune brillait sur la nuit d'un éclat d'argent. Le Soleil s'ennuyait et créa des êtres à son image. La Lune, jalouse, l'imita. Ainsi naquirent les fils-du-soleil et les sang-de-lune. Les Ténèbres, incapables d'engendrer, décidèrent de corrompre les enfants des divinités. Aussi, elles allèrent trouver le Soleil et lui proposèrent d'espionner les femmes en échange d'un tout petit peu de jour. Le Soleil refusa. Alors, les Ténèbres allèrent trouver la Lune. Celle-ci, curieuse par nature, accepta. Les Ténèbres en profitèrent pour semer les graines de la discorde entre les deux astres. Elles lui firent croire que le Soleil et ses rejetons complotaient pour régner à la fois sur le jour et la nuit. Pour cela, lui dirent-elles, ils avaient séduit ses filles. Certaines avaient en effet quitté leurs sœurs pour se mêler aux fils-du-soleil. Furieuse, la Lune accepta le marché des Ténèbres : céder un peu de sa puissance en échange d'une victoire. Ce fut le chaos. Les descendants des astres s'affrontèrent. Les Ténèbres se nourrirent du sang versé et gagnèrent en puissance. Finalement, le Soleil sacrifia une part de lui-même pour repousser définitivement l'obscurité et sauver le monde. La Lune, repentante, renonça à sa lumière pour l'aider. Malheureusement, leurs rejetons avaient été touchés par les ombres : auparavant immortels, ils connaissaient désormais la maladie et la mort. Alors, ils furent enfermés sous terre, afin de ne pas contaminer les autres créatures…

Ainsi, dans la genèse d'Alta, les fils-du-soleil sont corrompus, eux aussi. Alors pourquoi déclarer que les femmes portent en elles une souillure dont eux seraient exempts ? Pourquoi seules les sang-de-lune sont tatouées, marquées d'un glyphe censé contenir le mal en elles ?

Je l'ignore.

Je sais seulement que les clefs que je cherche se trouvent dans les marges, au cœur du territoire des Noctes, peut-être. Je sais seulement qu'en fuyant cette vie d'esclave j'espérais suivre les traces de Rovina et offrir une vie nouvelle, une vie verte et bleue, une vie libre et belle à ma petite sœur.

Elle est morte. Mais je lui ai promis de fabriquer des ailes. Je ferai tout mon possible pour y arriver.

X

La plupart des femmes n'ont pas conscience de porter en elles les Ténèbres et de les nourrir. Elles n'en ont, par nature, pas les capacités. C'est pourquoi il importe, dès leur plus jeune âge, de les surveiller et de les éduquer de manière à ce qu'elles ne puissent les développer.

Sagesse des anciens d'Alta

Les tunnels grouillent d'activité. Des moutons bleus tirent des wagonnets remplis de ballots de déchets de laine. Raffinés, bouillis, ceux-ci seront transformés en papier ou en pâte assez résistante pour être taillée, sculptée, devenant bureau, coffre, paravent. Des artisans discutent sur le pas de leur échoppe ; un marchand ambulant propose des croquettes de grillon et des beignets piquants ; à l'angle d'un pont, trois femmes discutent avec animation ; l'une d'elles, qui tient un bambin dans ses bras, ressemble un peu à Dana. Discrète, tête basse, je me fraie un chemin dans la foule, recueillant au passage des bribes d'information : à Nova, les Noctes ont mené un assaut contre un convoi de nourriture, les Sept ont décidé de renforcer la sécurité d'Alta, les criminels arrêtés le mois dernier près des entrepôts seront exécutés demain, une dangereuse sang-de-lune aurait trouvé refuge dans le quartier, une créature des Ténèbres a été abattue sur la passerelle numéro 2.

Ma petite sœur ? Une créature des Ténèbres ? Comment osent-ils ?

Je serre les poings. Quelqu'un me bouscule, je marmonne une vague excuse, puis poursuis ma route, me fige : postée à la lisière d'un carrefour, une unité armée de filets de cuivre, d'épieux et de longs couteaux contrôle les allées et venues. L'un des soldats arrête les passants, leur montre un parchemin. Certains secouent la tête, d'autres regardent autour d'eux. Instinctivement, je dissimule mon visage derrière mes cheveux. Je rebrousse chemin, épaules voûtées, jusqu'au seuil d'une minuscule librairie.

Elles sont rares dans notre cité : les livres, plus encore que les autres formes d'expression, sont soumis à la censure des Solaires et des juges. Sur les étagères, soigneusement alignés, une quinzaine d'exemplaires du *Livre du Soleil* et des *Lois d'Alta*. Juste en dessous, la *Sagesse des anciens*, plusieurs recueils et des poèmes : généralement de longues litanies reprenant les passages célèbres des textes fondateurs ou des légendes les plus édifiantes d'Alta.

— Je peux t'aider ?

Je sursaute, découvre à côté de moi un individu d'une quarantaine d'années, peut-être un peu plus, aux yeux bruns, immenses dans son visage osseux et doux. Il me sourit, attendant patiemment que je réponde.

— Je… Je ne sais pas trop, dis-je d'un ton étranglé.

— Que cherches-tu, exactement ?

Du bout des doigts, j'effleure les contes. J'en ai lu la majorité, mais il en possède un dont le titre m'est inconnu : *La Dame d'ombre et autres récits des profondeurs*. Peut-être pourrai-je le troquer contre l'un de ceux que j'ai emmenés avec moi ?

— Ces histoires font très peur, parce que toutes sont vraies, m'explique-t-il en tirant, de ses longs doigts noueux, l'ouvrage du rayon.

Je l'examine avec attention : une reliure en peau bleue, un titre blanc, vaguement luisant, et, à l'intérieur, quelques illustrations : un soldat sans visage, enveloppé de nuit ; des rats difformes dévorant un cadavre ; une silhouette noire tenant dans ses bras un squelette. Je déglutis. Le domaine des Noctes m'apparaît de nouveau tel qu'on me l'a toujours décrit : un territoire dangereux, souillé par les Ténèbres, hanté par des monstres terrifiants, maléfiques, où seule règne la loi du plus fort. Presque malgré moi, je commence à lire le début du récit qui a donné son nom au recueil :

Beau, courageux, ne craignant ni la morsure des armes ni celle des mots, Roman était doté de toutes les qualités dont le Soleil a pourvu ses enfants. On le disait promis à un brillant avenir d'officier ; certains pensaient même qu'il intégrerait, avant ses trente ans, le conseil des Sept, les dirigeants suprême d'Alta. Malheureusement, Roman prenait un certain plaisir à humilier ses pairs ; là où les autres échouaient, il se faisait un devoir de réussir. Cette arrogance lui coûta la vie…

Soudain, j'entends un martèlement de bottes lourdes, un cliquetis d'armes. La patrouille ! Elle se rapproche ! Bientôt, elle sera ici ! Affolée, je lui rends l'ouvrage, tente de rassembler mes idées, de trouver une issue. Sourcils froncés, l'érudit me pousse sans ménagement vers le fond de sa boutique.

— Il y a un coffre vide, là-bas. Cache-toi dedans.

J'obéis sans poser de question. Un instant plus tard, les fils-du-soleil pénètrent dans le magasin. Depuis l'intérieur du coffre, je perçois leurs voix, toutes proches.

— Que le Soleil guide tes pas, citoyen ! lance l'un d'eux.

— Et les tiens, sergent. Que me vaut…

— Mes hommes et moi, on cherche une fugitive, coupe sèchement l'officier. Une saleté de sang-de-lune corrompue qui se terre dans le quartier.

— À quoi ressemble-t-elle ? demande mon hôte.

— Regarde. C'est cette femelle, précise le garde. Elle a failli tuer l'un des nôtres et les ténèbres ont protégé sa fuite.

Je suis prisonnière. S'il les guide jusqu'ici, s'il soulève le couvercle, c'en est fini de moi.

Ne les écoute pas. Ne les écoute pas. Ne les écoute pas.

Muette, je répète ces mots comme une litanie, les doigts serrés sur la spirale de tante Vania.

— Un visage comme le sien ne saurait passer inaperçu, souffle le libraire. Désolé, sergent, cela ne me dit rien.

— Ton voisin assure pourtant avoir vu une jeune femme sur le pas de ta porte, reprend celui-ci d'un ton soupçonneux. Une jeune femme qui ressemble à celle du portrait…

Je me tasse sur moi-même, la gorge nouée. Pourvu que les soldats ne se mettent pas en tête de fouiller le magasin. Pourvu que son propriétaire ne me trahisse pas !

— Loran est si myope qu'il ne reconnaîtrait pas son propre fils à deux mètres, rétorque ce dernier.

— Mais tu as bien parlé…

— … avec une cliente, en effet, qui cherchait une adaptation du *Livre du Soleil* pour son petit dernier. Je n'en ai plus, hélas, ajoute-t-il avec un soupir.

—Très bien, déclare enfin le soldat. Si tu remarques quoi que ce soit…

— N'aie crainte, sergent. Je ne manquerai pas de le signaler. À toi ou à l'un de tes hommes. Veux-tu me laisser un avis de recherche ? Je l'afficherai sur la façade de la librairie.

La patrouille s'éloigne. Je respire, reste blottie dans ma cachette, sans bouger. Mon sauveur inespéré demeure un moment sur le seuil avant de me rejoindre. Doucement, il tapote le couvercle de la malle.

— Il vaut mieux que tu restes dissimulée là-dedans jusqu'à ce soir, murmure-t-il. Juste au cas où.

— Merci de m'aider. Je ne sais comment…

— Polina aurait ton âge, à peu près, coupe-t-il d'un ton voilé. Tu ne me dois rien.

— Merci.

Sans répondre, il regagne le comptoir, près de l'entrée.

Pourquoi agit-il ainsi ? Comment a-t-il perdu sa fille ? Se sent-il coupable de ne pas l'avoir aidée ? De lui avoir survécu ? Je ne peux qu'imaginer une enfant au caractère rebelle, curieuse de tout. Punie par les Solaires, par sa famille peut-être, pour son intelligence et son indépendance. Enfermée. Exilée…

Restée seule, je compte les minutes, les heures, m'efforçant de garder loin de moi mon deuil et mon chagrin. Je me concentre sur mon itinéraire, traçant de mémoire les contours de la carte. Je dois m'enfoncer plus profondément dans le cœur d'Alta. Descendre vers les bas-fonds et trouver le moyen de partir. D'après ce que je sais, les frontières entre les strates les plus malfamées de la cité et les tunnels enténébrés où se terrent les Noctes, où pullulent des créatures hideuses et dégénérées, sont floues.

On les franchit sans même s'en rendre compte.

Parfois, il est trop tard pour revenir en arrière.

La voix de mon oncle Vari me revient brusquement en mémoire. Et avec elle, le récit effroyable de l'une de ses premières patrouilles. Son officier et lui s'étaient retrouvés isolés du reste de l'unité. Ils avaient traversé des baraquements minables où s'entassaient de pauvres hères, ils étaient passés dans l'ombre austère d'un couvent lunaire ouvrant sur un couloir gluant d'humidité et de crasse, vaguement éclairé par des bulbes rougeoyants. Une horde de rats, dont la peau nue prenait dans la lumière des spores des reflets sanglants, avait brusquement surgi devant eux. Énormes, affamés, les rongeurs les avaient pris en chasse. Parce qu'il refusait de fuir ces créatures maléfiques, le gradé avait succombé sous le nombre. De justesse, Vari était parvenu à leur échapper.

Une vague d'angoisse me saisit. Je n'ai pas l'entraînement d'un soldat. Je n'ai même pas d'arme pour me défendre. Comment ferai-je pour survivre ?

Quand tombe le soir et que le libraire soulève le couvercle du coffre, je n'ai toujours pas de réponse.

*

Le libraire m'a offert une cape, des vivres et des vêtements masculins avant de m'accompagner jusqu'au carrefour, s'assurant que la voie était libre. Au moment de me dire adieu, il m'a donné le recueil qui me plaisait sans rien demander en échange et m'a souhaité bonne chance. Je me suis éloignée sans me retourner.

J'étais déjà loin quand je me suis rendu compte que je ne connaissais même pas son nom .

Le tunnel dans lequel je me suis engagée débouche sur un plateau à ciel ouvert hérissé de maisons plongées dans l'obscurité. Des lanternes jaunâtres, intermittentes, grésillent au hasard des rues. Sur ma droite se dessine un pont. À quelques mètres, je discerne une longue coupure dans le flanc de la falaise, une route ancienne repérée sur la carte d'Alta sur laquelle ont été installés des rails permettant le convoi de marchandises. Le district où j'ai grandi en possède également une, inutilisable depuis qu'une série d'éboulements en interdit l'accès.

Je passe à proximité d'un enclos où broutent quelques moutons. L'un d'eux redresse la tête. Ses yeux, dans l'éclat fugace d'une lampe, luisent comme des perles. J'esquive une patrouille, dérange quelques rongeurs aux longs museaux gris, occupés à fouiller des détritus. Enfin, je m'engage sur la voie creusée dans la roche. La main sur la paroi, j'entame ma descente. Au bout d'un moment, mes muscles me tirent, mes genoux me font souffrir. Je m'arrête le temps de reprendre mon souffle. Je lève les yeux vers le plateau, masse noire et anguleuse se découpant dans la nuit. En reprenant mon chemin, j'ai la sensation vertigineuse d'abandonner définitivement mon ancienne vie.

La pente s'adoucit. Les rails s'enfoncent de nouveau dans la roche. Je les suis un moment, m'arrête à la première bifurcation. D'énormes grappes de champignons phosphorescents éclairent une espèce de croisement surveillé par un groupe de soldats. J'en compte cinq, visiblement épuisés, avant de remarquer leurs prisonniers : un couple aux joues creuses, aux vêtements loqueteux. Exilés, fugitifs ou pauvres hères contraints au crime pour se nourrir ? Je l'ignore et j'ai pitié d'eux. Un instant, je caresse l'idée de leur porter secours, mais je renonce aussitôt : contre ces fils-du-soleil, je n'ai aucune chance, même s'ils sont fatigués. Alors, j'étudie les environs, je repère les flaques d'ombre, je m'y coule, rasant le sol le plus silencieusement possible. La chance me sourit : l'un des gardes s'éloigne, dans la direction opposée à la mienne pour soulager un besoin naturel. Machinalement, ses collègues le suivent des yeux.

J'en profite pour me faufiler dans un couloir latéral où flottent des relents de poussière et de moisissure. De temps à autre, des mousses blafardes, luminescentes, repoussent le noir, révélant la présence de scolopendres et de cloportes sur les parois suintantes.

Je continue d'avancer, frissonnant de dégoût. Après un quart d'heure, peut-être, le tunnel s'élargit : je devine une ancienne artère commerçante, depuis longtemps en ruine. Épuisée, je me réfugie dans les décombres d'une échoppe. Essayant d'ignorer les insectes courant sur les murs, je me roule en boule et m'endors rapidement.

*

J'ai perdu la notion du temps.

Depuis que j'ai quitté ma cachette de fortune dans les décombres de cette boutique, j'ai marché sans m'arrêter. J'ai esquivé les quartiers troglodytes et les cavernes où vivent, entassés, proies de la faim et des maladies, les exclus. Manœuvres, marginaux, parias, orphelins, petites gens sans importance oubliés par les Solaires et les Sept, ignorés par les soldats jusqu'à ce qu'ils commettent un délit, sont parqués en ces lieux comme du bétail, à la merci des Ténèbres. Là où j'ai vécu, nul ne souhaite leur présence, puisque les filles, les veuves, les épouses, les sœurs sont déjà là pour servir, porter, laver. Les artisans les utilisent parfois pour des travaux pénibles, les tanneurs en particulier ainsi que les bouchers. La plupart, du moins ceux qui ont la possibilité de quitter leur grotte, sont employés comme journaliers dans l'excavation de nouvelles galeries et le forage de puits. Avant ma fuite, je n'avais jamais pris garde à leur existence ; le monde se divisait entre les Noctes et nous. Ces franges misérables n'existaient pas, ou se confondaient vaguement avec certains criminels corrompus. À présent, j'ai honte de mon ignorance et de la manière dont ils sont traités par cette société dont je ne veux plus faire partie.

Je me demande aussi pourquoi ils ne tentent pas de gagner leur indépendance, de rallier les exilés.

Jusqu'à ce que je voie leurs femmes, loqueteuses, maigres à pleurer, ployer sous le poids de charges bien trop lourdes pour elles.

Jusqu'à ce que je découvre une espèce de stèle de granite gravée d'un soleil et de ces quelques phrases :

Le Soleil et la Lune les enfermèrent sous terre. Pour ne pas qu'ils disparaissent, ils leur permirent d'engendrer. Afin d'expier ses fautes et celles de son sang, la Lune accepta que les femelles portent le fruit de leur union et soient soumises aux fils-du-soleil.

Jusqu'à ce que le cadavre supplicié d'une fille à peine plus âgée que moi, punie pour un crime dont je ne saurai jamais rien, m'arrache un hoquet d'horreur.

Les croyances, les lois sont les mêmes ici et en haut.

Pire, peut-être, parce qu'ils n'ont que cela pour expliquer la misère qu'ils subissent au quotidien.

J'ai dépassé les dernières demeures, puis me suis enfoncée de plus en plus profondément dans les souterrains. J'ai aperçu des lumières et entendu le fracas sourd de marteaux cognant la pierre. J'ai évité les mineurs et leurs lampes, puis je me suis engagée sur un vieux pont branlant, conduisant vers les bas-fonds de la partie la plus ancienne de la cité, au-delà de laquelle seules règnent les Ténèbres. J'ai tenté de m'orienter grâce à la carte ; j'y suis arrivée au début, du moins je l'ai cru. Mais très vite, j'ai compris que j'étais complètement perdue.

D'abord, j'ai paniqué. Une angoisse sourde, suffocante, que j'ai réussi à maîtriser. Puis j'ai de nouveau consulté attentivement le vieux plan d'Alta. J'ai décidé de me diriger vers ce qui me semblait être un lac. À plusieurs reprises, j'ai entendu des grattements étranges, des crissements. J'ai écouté, sans savoir d'où provenaient ces bruits. Des images effroyables ont inondé mon esprit, l'écho de contes – rats de taille gigantesque, araignées monstrueuses, créatures innommables capables de prendre forme humaine. J'ai serré le talisman de ma petite sœur. J'ai de nouveau prononcé son nom, je l'ai invoqué comme une prière.

Arienn.

Arienn, protège-moi.

De son absence, de ma douleur, j'ai fait une force. J'ai repoussé la terreur au plus profond de moi. Et j'ai poursuivi mon chemin.

Je sais que je suis dans la bonne direction : à plusieurs reprises, j'ai perçu le bruissement d'un cours d'eau et des parfums frais, métalliques, parviennent de temps à autre à mes narines.

Je suis épuisée. Mes pieds sont en sang. Les spores phosphorescentes que j'ai utilisées pour m'éclairer, improvisant une torche à l'aide d'un morceau de métal et de mousses, sont presque sèches. Si je n'en trouve pas d'autres, je risque d'être rapidement dans l'obscurité complète.

Bien sûr, il me reste mon briquet, des vêtements à brûler, mais je préférerais économiser mes affaires ; j'ignore pendant combien de temps encore j'errerai dans ce dédale.

Enfin, le tunnel s'élargit, se transforme en boyau ouvert sur une nappe d'eau, que longe une sorte de quai naturel creusé par l'érosion. Des champignons bleutés éclairent la surface lisse. Je m'avance, prudente, inspecte les lieux.

Des effluves infects de charogne assaillent mes narines. Bouffée de peur. Je jette un regard affolé autour de moi.

Trois silhouettes difformes fondent sur moi.

XI

La peur aveugle. La peur étouffe.
La peur est une arme d'oppression.
Dans un tunnel abandonné.

Je voudrais fuir. Impossible. Les battements de mon cœur ralentissent. Mes membres se figent. Mes jambes refusent de me porter.

Une peau grisâtre, veinée de noir. Un torse squelettique. Des faciès d'autant plus hideux qu'ils ont été humains, avec des yeux de ténèbres, des pommettes saillantes, une bouche plissée de rides, ouverte sur une forêt de crocs pointus comme des aiguilles.

Chaque seconde les rapproche de moi. Et je ne réagis pas. Et je les regarde, terrifiée. Une voix dans mon esprit me hurle de tourner les talons et de courir, mais c'est comme si ma raison, mon corps étaient dissociés. Je reste plantée à quelques pas de l'eau, incapable de bouger.

Cris furieux. Projection brutale. Lâchant mon sac, je tombe dans l'eau glacée. Le liquide froid se referme sur moi, un étau compresse ma poitrine. Sensation d'être aspirée vers le fond. Je me débats, refais surface en suffoquant. Une main se tend vers moi. Je me hisse sur la berge au moment où les créatures battent en retraite. L'une d'elles est blessée. De son flanc s'écoule un liquide noirâtre.

Lentement, je me rétablis, face à mes sauveurs. Deux garçons et une fille sensiblement de mon âge. Les premiers ont la peau crayeuse, les cheveux clairs et longs. Elle porte plus courtes ses mèches brunes et raides. Tous sont vêtus de laine et de cuir bleu-gris, des tenues pratiques avant tout. Bottes hautes, bijoux, boucles de ceinture de cuivre et d'os, épieux et longues dagues courbes. Deux Noctes. Une exilée – rebelle ou paria. Trois rejetons des Ténèbres, qui ne me semblent pas maléfiques, mais libres et fascinants.

— Qu'est-ce qu'une fille d'Alta fait dans les parages ? interroge l'aîné, dont les yeux clairs brillent de reflets d'argent.

— Je...

— Il y a de meilleurs moyens d'en finir, poursuit-il, arquant un sourcil. Moins douloureux, surtout.

— Merci, dis-je enfin, d'une voix que j'aurais voulue moins tremblante. En vérité, je me suis perdue et... je cherchais mon chemin. Ces créatures...

— Des Nécrosés. C'est comme ça qu'on appelle ces saletés, intervient l'autre Nocte.

— Ces... Ces Nécrosés m'ont surprise alors que j'hésitais sur la direction à prendre.

— Ça ne nous dit pas ce que tu fiches si loin de ta cité, pointe ce dernier, sourcils froncés.

Au moment de répondre, mes mots se mélangent : peur de bafouiller, sensation d'être minuscule, faible, intruse sous le feu de ces regards qui m'étudient, m'épinglent.

La tête me tourne, la respiration me manque.

Autour de moi, le monde vacille. Je perds l'équilibre, quelqu'un me retient. Je reprends mon souffle, tourne la tête. Happée par des prunelles dorées, je bascule brutalement dans le passé…

Je fixe le lac semé de reflets brillants. À mes pieds, ma petite sœur, presque un bébé encore, tente d'attraper avec ses menottes une salamandre blanche tachée de rouge. Plus loin, Cora et Sienn chuchotent en gloussant. Siri s'approche, bras croisés. Il n'est pas seul : à ses côtés, un garçon de mon âge, qui me dévisage d'un œil soupçonneux. C'est un ami de mon frère. Il s'appelle Valli.

— C'est vrai que t'es capable de faire cinq ricochets ? me demande-t-il, bras croisés.

En réponse, je hausse les épaules.

— Moi, je te crois pas, continue-t-il. Je crois que tu peux pas en faire plus que trois.

Je ramasse un galet, j'en vérifie le poli, la forme et me tourne vers lui.

— Tu dis ça parce que t'es pas capable d'en faire plus. Moi, si. Je suis meilleure que toi, c'est tout.

— Prouve-le !

Je prends mon élan, je lance, au ras de la surface lisse et noire. Un. Deux. Valli compte à mi-voix. Mon frère l'accompagne. Trois. Quatre. Ma petite sœur les imite en gazouillant. Cinq. Six. Sept. Je bats mon record. Ce jour-là, Valli et moi, nous devenons amis.

Je m'écarte brusquement, le cœur battant.

Cette jeune femme aux cheveux en bataille ressemble étonnamment à l'enfant qui me mit au défi ce jour-là. De son côté, elle m'observe d'un air intrigué. Me reconnaît-elle ? Non, sans doute. Trop d'années ont passé. J'ai grandi, changé. Et puis, peut-être que je me trompe et qu'elle n'a pas survécu…

— Désolée. Ça… Ça fait longtemps que je marche et mes nerfs sont à fleur de peau. Je viens d'Alta, tu as raison, dis-je en me tournant vers celui qui semble le porte-parole du petit groupe. Je me suis enfuie.

— Pourquoi ? intervient l'autre, toujours suspicieux.

— Tu ne veux pas la laisser respirer ? s'exclame la fille. Regarde dans quel état elle est ! Et puis, je serais d'avis de ne pas s'éterniser dans le coin. Ça m'étonnerait que ces pourritures reviennent, mais on ne sait jamais.

— C'est… C'est quoi, au juste ?

— Des cadavres revenus à la vie. Des relents d'un lointain passé, m'explique le plus âgé, pendant que sa compagne d'armes me prend gentiment le bras. Les Nécrosés vivent en meute. Tu as eu de la chance : d'habitude, ils sont plus nombreux que ça. Ils se nourrissent de charognes essentiellement, mais ça leur arrive aussi de chasser…

Je voudrais lui demander ce qu'il entend par « relents d'un lointain passé », mais je n'ose pas.

Nous longeons le cours d'eau pendant un quart d'heure, peut-être, puis nous le traversons, sur un pont étroit et glissant, avant de nous engouffrer dans un tunnel à peine assez large pour permettre à deux personnes de passer de front. L'obscurité serait complète sans la lanterne chargée de vers luisants et gras que la rebelle aux yeux d'or tient à bout de bras. Enfin, nous nous arrêtons devant une porte vert-de-gris. De l'autre côté du battant, une pièce rectangulaire, ornée de gros coussins de laine et de tapis. En son extrémité, une espèce de poêle sur lequel est posée une marmite de cuivre cabossée.

— Assieds-toi ici, ordonne la jeune femme. Ruben va s'occuper de nettoyer tes plaies. Au fait, comment tu t'appelles ?

XI

Impression qu'une faille s'ouvre sous mes pieds. Dois-je répondre la vérité ? M'inventer une fausse identité ? Le seul prénom qui me vient à l'esprit est celui de ma petite sœur. Et je ne veux pas l'usurper.

Je tremble. Mon cœur bat trop vite. Incapable de lever les yeux, je regarde fixement mes ongles.

— Gia, dis-je enfin d'un ton chevrotant.

— Gia ? Vraiment ? Moi, souffle l'inconnue, on m'a toujours surnommée Valli.

Valli.

Le garçon que j'aimais.

La fille que j'ai trahie.

Un instant plus tard, elle est tout près de moi, serre avec émotion mes mains dans les siennes. À ce contact, tiède et chaleureux, je redresse la tête, me prends de plein fouet son incrédulité – alors, les années s'effacent, les souvenirs jaillissent et, avec eux, la tendresse, la jalousie, la joie, la culpabilité.

*

Nellio. Ruben. Valli.

Ils m'ont accueillie dans leur antre sans plus poser de question. Ruben m'a aidée à panser mes pieds en sang, mon corps couvert de bleus et d'égratignures. Valli m'a servi un potage épais et chaud dans lequel flottaient des morceaux de silure. Il était fade, mais je l'ai avalé comme si je n'avais rien mangé de meilleur. C'était vrai, d'une certaine façon. C'était le premier repas du début de cette nouvelle vie. « Repose-toi, m'a-t-elle conseillé. Nous parlerons demain. » J'ai voulu protester, mais j'étais si fatiguée que je me suis endormie à peine ma soupe finie.

Des voix me tirent du sommeil. Des voix basses, contenues. Celle de Ruben ? Non. Celle de Nellio, plus âpre. Et celle de Valli. J'écoute, paupières closes, curieuse et gênée de mon indiscrétion.

— Gia était toujours très sage, très raisonnable. Sauf quand il fallait attraper des écrevisses ou faire des ricochets. Là, elle devenait vraiment casse-cou ! Et puis, elle se débrouillait beaucoup mieux que moi !

— Vous vous entendiez bien, on dirait.

— Plutôt, oui…

— Alors, pourquoi tu fais cette tête-là ?

— Pour rien. Ça me rappelle… Tu sais bien, Nellio, murmure-t-elle avec un soupir. Ça me rappelle *avant*.

— Avant quoi ? répond durement ce dernier. Avant la mort de ta mère ? Avant le couvent et ton évasion ?

Après la lapidation, j'étais bouleversée, perdue, trop déchirée pour me préoccuper du sort de Valli. Lorsque je suis sortie du tourbillon fiévreux d'auto-apitoiement et de culpabilité qui me terrassait, elle avait disparu. Où ? Comment ? Je n'ai jamais eu le courage de demander.

— Oui, rétorque-t-elle sur le même ton. Désolée pour toi, mais j'ai aussi été heureuse, là-bas. J'y avais des amis.

— Comme celle qui t'a trahie ?

Je me crispe, me recroqueville sur moi-même.

— Ce n'était qu'une gamine malheureuse et amoureuse qui a voulu se venger.

— Sûr qu'elle s'est bien débrouillée…

— Elle avait sept ans, Nellio ! Tu crois qu'on calcule, à cet âge-là ?

XI

Non, on ne calcule pas. On ne comprend pas. On réalise quand on voit les soldats traîner une femme et son enfant hors de leur demeure, quand le monde s'écroule, se transforme en enfer et qu'on en est la cause. Alors, on s'aperçoit qu'il est trop tard pour agir, que le mal est déjà fait.

— Je me demande ce qu'elle est devenue, reprend Valli. Sienn… C'était un très joli nom.

J'ai la nausée, envie de pleurer, de rire, de hurler. Je me sens libre, j'ai honte de ce sentiment – parce que pour Valli ce n'est pas ma faute, tout cela. C'est Sienn, ma rivale, mon ennemie, qui l'a dénoncée. Le poids qui pesait sur ma poitrine s'efface. Mes idées sont plus claires, je respire mieux, puisque je ne suis pas coupable à ses yeux. Même si c'est un mensonge. Même si je lui dois la vérité. Je lui dirai, un jour. Peut-être. Pas maintenant.

Je m'étire, feins de me réveiller. Aussitôt, Valli s'approche de moi.

— Salut, Gia. Bien dormi ?

Je hoche la tête avec un sourire, m'enveloppe dans une fine couverture, les rejoins en boitillant. Les plantes de mes pieds sont douloureuses, mon corps entier me tire, comme s'il avait attendu d'être sauf pour exprimer sa souffrance.

Ruben sert le repas. Il me tend un bol brûlant, puis s'installe à côté de Nellio. L'odeur un peu sucrée de la bouillie m'évoque celle de la cuisine familiale au matin. Une boule de chagrin obstrue ma gorge. Je l'ignore de mon mieux ; j'avale, bouchée après bouchée, la mixture parfumée.

— Qu'est-ce que t'as ? grogne Nellio. Ça ne te plaît pas ?

Je sursaute, le dévisage, perplexe, avant de saisir qu'il parle du déjeuner.

— Si ! C'est juste que… C'est la première fois de mon

existence que je mange à la même table que des fils-du-soleil. Cela me perturbe un peu, c'est tout.

Je me rends compte que cette excuse improvisée n'en est pas une. La présence permanente de Nellio et de Ruben me met profondément mal à l'aise. Je n'aime pas leur proximité. Je ne peux m'empêcher de penser que c'est inconvenant et impie. Et puis, avec leurs regards posés sur moi, je me sens mise à nu – comme s'ils pouvaient s'introduire à l'intérieur de mon être et le disséquer. J'ai le sentiment qu'ils m'écrasent et je ne peux rien contre ça.

— Chez moi, fils-du-soleil et…

— Hommes et femmes, intervient doucement Valli.

— Désolée. Chez moi… À Alta, chacun vit séparément. Chacun reste à sa place.

— Si ça te manque, la porte est ouverte ! Personne ne te retient !

— Bon, ça suffit, Nellio! gronde Valli. J'en ai marre de ton agressivité ! Gia vient juste d'arriver, alors laisse-la tranquille.

Le jeune homme se renfrogne et avale son gruau. Ruben hésite à poser la main sur son épaule, renonce avec une expression résignée. Je mange, les yeux perdus dans le fond de mon écuelle, étonnée d'éprouver tant de nostalgie pour des traditions que je hais, pour une existence que j'ai fuie. Je n'avais pas eu le temps, encore, de mesurer les conséquences de cette chute sans filet vers l'inconnu. À présent, celles-ci me donnent le vertige.

Finalement, Ruben se décide à reprendre la parole.

— Alors, Gia, pourquoi t'es-tu évadée d'Alta ?

Par où commencer ? Tobian ? Non. Pas Tobian. À cause de lui, tout s'est accéléré, mais dans le fond il n'avait aucune importance. Avant lui, il y a eu la lapidation de Dana. Mes découvertes sur Rovina. La carte. Les graffitis sur les murs, les appels à la révolte. Les lois, règles, traditions de plus en plus étouffantes et de moins en moins crédibles. Mes craintes pour ma sœur, courageuse et rebelle.

Nous nous serions évadées, de toute façon. Seule, peut-être n'en aurais-je pas eu la force. Mais pour Arienn, pour qu'elle soit libre, j'étais prête à tout risquer. Elle voulait qu'on parte loin d'Alta. Elle a porté nos espoirs à bout de bras. Moi, je n'ai pas su la protéger.

Désormais, elle n'est plus là.

— Arienn…

Quand je prononce son nom, ma voix s'étrangle, les larmes brouillent mon regard. Je serre les poings pour contenir mes pleurs et ma tristesse. Si je cède, j'ai peur d'être brisée, de devenir folle de douleur.

— Arienn, c'était ma sœur, reprends-je après un moment de silence – et le timbre de ma voix me semble terriblement lointain. Petite, elle rêvait de nous fabriquer des ailes pour explorer l'autre face du monde, là où la lumière brille de mille feux. Ce rêve ne l'a pas quittée, même quand elle a grandi. Je l'admirais pour cela. En même temps, je craignais de plus en plus pour son avenir. Parce qu'il y avait en elle une flamme vibrante, inextinguible. Une soif de vivre que ma mère et mon père appelaient désobéissance, manifestation des Ténèbres, et qu'il fallait étouffer à tout prix.

À ces mots, Valli serre les poings. Ruben se penche imperceptiblement vers moi.

— Moi-même, j'y ai cru, poursuis-je. Longtemps, en fait. Je n'en dormais pas. Je passais des nuits entières à me torturer à ce sujet. Vous savez, dans le *Livre du Soleil*, il est dit que l'un des signes du mal, c'est la remise en cause des lois et des traditions, la rébellion. Alors, je doutais. Arienn était-elle corrompue ? Mes parents se trompaient-ils à son sujet ? Je me demandais comment il me faudrait réagir, si les Solaires la condamnaient : plaider ou non en sa faveur, l'accompagner dans l'exil, m'opposer à…

— … sa mise à mort ? termine Valli.

J'acquiesce, termine ma bouillie en silence.

— Qu'est-ce qui t'a fait changer d'avis ? souffle-t-elle.

— Je l'aimais.

Cette fois, mes larmes coulent sans que je cherche à les retenir. Leur goût me rappelle les joues d'Arienn, humides de colère et de chagrin, lorsqu'elle s'est réfugiée contre moi après avoir défié mon père devant Lucian et ses alliés. Elle n'a jamais hésité à prendre ma défense. Elle était sincère et brave, se moquait des risques encourus.

Elle valait bien mieux que moi.

— Qu'est-ce qui s'est passé ?

La question de Valli, à peine un murmure, m'arrache à mes tristes réflexions.

— Des soldats nous poursuivaient. Nous pensions les avoir semés, mais ils nous ont coincées au milieu d'une arche. Arienn a eu l'idée de descendre le long de la structure. C'était dangereux, mais nous n'avions pas le choix. Là encore, les fils… les hommes nous ont suivies. L'un d'eux a fini par capturer ma petite sœur. Il était à portée, alors j'ai lancé mon couteau et je l'ai touché. Arienn en a profité pour se libérer. Elle s'est précipitée vers moi. Un épieu l'a transpercée au moment où elle se jetait dans mes bras…

Je me tais, incapable de poursuivre. Souffrance, culpabilité, colère, tristesse se mêlent, créant un maelström qui m'étouffe, me déchire. À peine consciente, je devine qu'on me berce, qu'on murmure à mon oreille, qu'on me porte. Secouée de sanglots, j'ai une fois encore l'impression de me vider de ma substance, d'être anéantie.

Épuisée, ravagée par le chagrin et la culpabilité, je plonge dans un délire fiévreux, peuplé de monstres grotesques, d'êtres aimés métamorphosés en spectres accusateurs, cauchemars effroyables dont je ne peux m'extirper.

XII

Ça y est, la salle de contrôle est enfin dotée d'un V6. Il a été difficile de convaincre les membres fondateurs du projet de la nécessité de s'équiper d'une telle arme. Mais elle est à mon sens (et c'est également l'avis du professeur Vinci) indispensable, au cas où nous devrions créer une brèche vers la surface.

Extrait d'un journal de bord conservé dans les archives.

Je suis seule dans l'antre de Valli et de ses compagnons. Trop faible pour me joindre à eux, trop alerte pour me contenter de rester étendue sur ma paillasse dans le réduit aveugle qui me tient lieu de chambre, je tourne en rond. Pour passer le temps, j'ai rangé la pièce principale et préparé le dîner, un ragoût de silure et de mousses, auquel j'ai ajouté une poudre dérobée dans la cuisine familiale avant ma fuite. Utilisée comme épice ou en infusion, elle possède de nombreuses vertus et donne du goût aux préparations les plus fades. La marmite cuit doucement sur le poêle.

Je m'ennuie.

Les contes, je les connais par cœur et ils me rappellent douloureusement la perte d'Arienn. Le recueil du libraire, je l'ai parcouru deux fois déjà et je n'en ai plus envie. J'aurais aimé trouver d'autres ouvrages ici, mais il n'y en a pas. C'est un refuge qu'ils utilisent lorsqu'ils s'éloignent de leur quartier général, qu'ils surnomment « le bercail ». D'après ce que j'ai compris, ils ont plusieurs planques, disséminées dans les sous-sols. Certaines, comme celle-ci, ne sont connues que d'eux seuls. D'autres, en revanche, sont communes à plusieurs groupes. Pour le moment, je n'en sais pas beaucoup plus. Je pense qu'ils se méfient de moi. Nellio, surtout. Apparemment, ce ne serait pas la première fois que les Sept envoient des espions pour les infiltrer. J'ai peine à imaginer quelle sorte d'individu pourrait s'immiscer parmi les Noctes. Des Solaires, peut-être, convaincus que leur foi les protègera de toute tentation. Des soldats conditionnés, dévoués à leurs supérieurs. Des malheureux, qui espèrent une vie meilleure pour leurs fils et leurs proches. Machinalement, je touche mon glyphe, un geste familier et rassurant, plus fréquent depuis que je suis ici. Du bout du doigt, je suis son tracé et joue avec la perle en son centre. La gêne familière que je ressens lorsque le cuivre rentre en contact avec la chair m'apaise.

Valli n'était qu'une enfant, lorsqu'elle a disparu. Je n'ai aperçu aucune scarification, aucun signe sur sa peau. Elle a vécu ces dix dernières années dans le domaine des ombres, parmi les ennemis d'Alta. Pourtant, je n'ai repéré aucun mal en elle : aucune gangrène ne ronge son esprit, ses yeux brillent du même or qu'autrefois.

Des trois, seul Ruben est tatoué. C'est une curieuse chauve-souris dont les ailes couvrent l'une de ses mains, la tête et le poignet. Je n'ai pas osé l'examiner trop ostensiblement. J'imagine qu'il n'y verrait pas d'inconvénient, mais cela me paraîtrait déplacé. C'est un mâle, après tout : toute mon existence, j'ai appris à les respecter, à les craindre. C'est imprimé en moi, comme la conviction d'être par nature impure.

XII

Même si c'est faux.

Je me remémore la cérémonie qui marque le passage des sang-de-lune à l'âge adulte ; je me rappelle la piqûre de l'encre, la pénible brûlure du métal chauffé à blanc pénétrant dans la peau. Tant de douleur, et tout cela pour quoi ? Pour rien, à part une protection illusoire contre un mal inexistant et le moyen pour l'époux, au jour des noces, d'ancrer sa domination dans la douleur.

Je ne suis pas plus corrompue que ne l'était Arienn. Ce sont ces lois, ces traditions qui le sont. Ce sont leurs gardiens. Ceux qui maintiennent Alta dans l'aveuglement et la crainte. *La lumière existe en chacun de vous.* Cette phrase était inscrite sur un mur, non loin des cuves. Je la crois vraie. Toutefois, une part de moi-même reste encore persuadée que je suis née coupable et souillée. Je n'arrive pas à me débarrasser de cette idée. Je n'avais pas pensé, en quittant mon ancienne existence, que j'emportais cet héritage avec moi.

Le pire, c'est que c'est confortable. Dans le mouvement de notre fuite, de ma survie, je n'y songeais pas. En ce moment, me raccrocher à ces violences devenues lois, avoir des éléments de comparaison – avant, là-bas, chez moi, à Alta c'était différent –, me permet de ne pas perdre pied.

Étrange contradiction, tout de même. Hier, je rêvais de liberté, d'un nouveau départ. Aujourd'hui, je me réfugie d'instinct derrière les barreaux de mon ancienne prison. Parce que je n'ai plus de repère. Parce qu'Arienn n'est plus.

— Gia ?

Valli referme doucement la porte du repaire et me rejoint près du fourneau. Pour la première fois depuis nos retrouvailles, nous sommes seules. Mes tempes bourdonnent. Elle s'arrête à quelques pas de moi, esquisse un sourire.

Une fossette creuse sa joue gauche – la même qui, autrefois, faisait s'affoler mon cœur d'enfant. Son regard mordoré, sous de longs cils noirs, est à la fois pensif et réservé. Je frémis, consciente de sa proximité, du rythme doux, régulier de sa respiration.

— Tu n'as pas beaucoup changé, déclare-t-elle, rompant le silence qui s'est installé entre nous.

— Toi non plus. Enfin, si ! J'ai toujours de toi le souvenir du petit garçon qui voulait lancer des galets plus loin que moi…

Elle hausse les épaules, ébouriffe ses cheveux.

— J'ai grandi.

Je me mords les lèvres, heurtée par sa brusquerie.

— Tout-à-l'heure, on bouge, poursuit-elle. On retourne au bercail. Tu te sens assez forte pour venir avec nous ? Sinon, tu peux te reposer encore un peu : l'un de nous viendra te chercher d'ici une semaine.

— Je vous accompagne ! Je… Je préfère. Si ça ne vous gêne pas, bien sûr. Nellio…

— Ça lui passera.

— Je suis contente de t'avoir retrouvée, Valli. Pendant toutes ces années, j'ai cru que tu avais disparu, que tu étais morte ou que…

— Que les rejetons des Ténèbres m'avaient enlevée et réduite en esclavage ?

— Quelque chose comme ça, réponds-je, confuse.

Valli prend deux écuelles, nous sert un peu de ragoût et, du menton, me désigne les gros coussins de laine.

— Eh bien, non. Après la mort de maman…

Elle ne dit pas mère, mais maman.

Il existe un abîme entre ces deux mots. Pourtant, ils désignent une même personne.

XII

— T'as aucune idée de ce qui s'est passé, j'imagine ? interroge-t-elle une fois que nous sommes toutes deux assises. Je veux dire, une fois que tout a été terminé ?

Je secoue la tête, dissimulant mon anxiété et mon trouble derrière un visage que j'espère serein.

— Mon oncle et ma tante m'ont accueillie en attendant que les juges se prononcent et décident quoi faire de moi. Sauf que j'étais un monstre, pour eux. Une aberration. Et puis, cela signifiait que durant toutes ces années, maman avait trompé sa famille, ses sœurs, ses amies. Au départ, je ne comprenais pas comment elle avait réussi à leur cacher la vérité. Après, j'ai réalisé qu'elle ne pouvait pas avoir fait ça toute seule. Il y avait *forcément* quelqu'un d'autre dans le secret.

— Ta grand-mère ?

— Mon père ! Tous les hommes ne sont pas nos ennemis, Gia, ajoute-t-elle en réponse à mon regard dubitatif. Je l'ai pas connu longtemps, je me souviens à peine de son sourire… Mais, j'en suis certaine : maman et lui s'aimaient. Traditionnellement, sang-de-lune et fils-du-soleil mangent séparément, tu le sais. Eh bien, pas mes parents. Pas quand ils étaient seuls, du moins. Et quand il a été tué dans cet accident, maman a pleuré pendant des jours entiers. C'est pour ça qu'ils étaient complices, j'en suis sûre. Tu vois, il aura suffi qu'il me prenne dans ses bras et me présente comme son fils au moment de ma naissance…

— Personne n'aurait osé mettre sa parole en doute, en effet.

— Après la lapidation, continue Valli – et je suis surprise de ne percevoir aucun tremblement dans sa voix – on me regardait comme si j'étais atteinte d'une maladie contagieuse. Aucun adulte ne m'adressait la parole, à part pour me donner des ordres. Tu imagines, pendant sept ans, on m'avait élevée en garçon…

— Tu étais au courant ?

— Que je n'en étais pas un ? Non. Maman me disait toujours : « Sois prudent, Valli. Tu es différent des autres fils-du-soleil. Ils réagiraient peut-être mal s'ils savaient… » Elle voulait que je me cache pour uriner. Elle m'interdisait de me baigner en public. C'est pour ça que je restais sur le bord et que je ne me déshabillais jamais. Quand j'ai appris ma nature… Comment t'expliquer ? J'étais en colère. J'étais dévastée. J'en voulais à maman de m'avoir menti, je la détestais de m'avoir abandonnée. Chaque fois que je pensais à elle, je me rappelais son visage, ses larmes et tout ce sang… J'avais huit ans, Gia ! Tu te rends compte ? Huit ans – et ils m'ont obligée à participer à cette mise à mort !

Je hoche la tête, bouleversée. Devant mes yeux s'imposent l'exécution de Dana et celle, tout aussi prégnante puisqu'elle n'a jamais cessé de me hanter, de la mère de Valli.

— J'ai pas tenu, poursuit-elle. Un jour, l'un de mes cousins m'a insultée. J'ai explosé. Je me suis ruée sur lui, je l'ai roué de coups. Je crois que je l'aurais tué sans l'intervention d'un adulte. Je me suis débattue, j'ai mordu, cogné, griffé. J'ai passé des jours enfermée dans la cave. On m'en a sortie pour m'expédier dans un couvent lunaire. On a marché des heures pour y arriver. On a traversé une arche, puis on s'est enfoncés sous terre. Je me rappelle encore l'odeur de l'obscurité : une espèce de mélange de rouille et d'humidité… Ça paraît idiot, pourtant je te jure que je la sentais… Après, on s'est retrouvés du côté des mines. J'avais mal partout. Je passais mon temps à trébucher. Mais ils s'en foutaient, tu parles ! Plusieurs fois, ils m'ont poussée tellement fort qu'ils m'ont fait tomber. Tu sais, renifle-t-elle, redressant instinctivement les épaules, je n'ai pas pleuré. Et quand ils se sont retrouvés embarqués dans une rixe entre marchands et mineurs, j'en ai profité pour m'échapper. Je me suis réfugiée dans l'un de leurs campements pourris, mais je n'y suis pas restée longtemps. Il y avait rien, là-bas. Rien pour moi. Et les gens…

Le Soleil et la Lune les enfermèrent sous terre.

Belle justification d'une vie de prisonnier.

Je me remémore les femmes émaciées portant des charges trop lourdes pour leur pauvre carcasse, les gamins maigres, la pendue, aussi.

— Après ça, j'ai couru longtemps dans le noir, murmure Valli, les yeux mi-clos. J'avais faim, soif, je crevais de peur, mais j'ai quand même continué. Je ne voulais pas qu'ils me rattrapent. J'aurais préféré mourir, tu vois, plutôt que de les laisser mettre leurs sales pattes sur moi. Je me fiais aux champignons phosphorescents pour trouver mon chemin. Chaque fois que j'en voyais, je me disais : « encore un et c'est bon… » Je les ai suivis jusqu'à ce que je n'aie plus la force d'avancer. Alors, je me suis roulée en boule dans un coin sombre et j'ai pleuré. Oui, j'ai pu enfin pleurer…

—Je suis désolée, Valli.

— Pourquoi ? Ce n'est pas toi qui as voulu m'enfermer dans ce mouroir, que je sache !

J'esquisse un pâle sourire. Je devrais lui dire la vérité. Maintenant. Pour être débarrassée de ce poids, qu'elle me haïsse ou me pardonne, au moins je serai fixée.

— J'ai tué Dana, dis-je à la place.

Et je lui raconte, très vite, d'un ton haché, l'infanticide, la brutalité de Tobian, les mots de ma cousine, le jour du châtiment, ses yeux suppliants, ma petite sœur à mes côtés. L'indifférence de ma mère, la soumission des proches. C'était un crime, oui. Un crime horrible. Mais aussi, surtout, un cri de détresse, qu'ils ont été incapables d'entendre.

— C'est comme si les gens avaient tellement l'habitude d'être battus qu'ils oubliaient la notion même de douleur. Qu'on les gifle ou qu'on leur plante un couteau dans le ventre, pour eux c'est du pareil au même. Et le pire, c'est qu'ils ne se demandent même plus pourquoi on les torture ainsi. Pour eux, c'est normal. C'est le contraire qui ne l'est pas.

— Un jour, Marco m'a raconté une histoire qui parle de ça, se souvient Valli. Une histoire qui parle d'un monde où tout est faux, même ce qu'on mange. Mais les gens ne connaissent que ces mensonges, alors pour eux c'est réel. Jusqu'au jour où un type parvient à s'échapper. À force de se perdre, il finit par trouver la sortie. Là, il découvre la réalité. La vraie…

— Avec du bleu, du vert, des couleurs, comme celles que décrivait Rovina ?

— Exactement. Attends ! Tu connais…

— La mère des Noctes ? Le fléau des Solaires ? L'infâme sang-de-lune corrompue par les Ténèbres qui tenta de les répandre parmi les braves gens ? Bien sûr que je la connais ! J'ai lu différents comptes rendus de son procès, dis-je, plus sérieusement. En racontant ses découvertes, Rovina a tenté d'ouvrir leurs yeux aux habitants d'Alta. Elle a partiellement réussi, avant d'être emprisonnée et condamnée. Le pire, c'est que le Solaire qui a recueilli ses paroles, comme le novice qui les a commentées, des décennies plus tard, étaient incapables de remettre en question leurs croyances. Même si Rovina avait brandi sous leurs yeux des images prouvant qu'elle ne mentait pas, il était impossible, pour eux, qu'elle dise la vérité. Si ça se trouve, elle l'a fait d'ailleurs. Et les Solaires les ont détruites… C'est aussi pour suivre ses traces et pour découvrir le moyen d'atteindre l'autre côté du monde, la lumière, qu'Arienn et moi, on est parties.

La porte s'ouvre, interrompant notre discussion. J'aurais aimé lui poser tant de questions ! Sur son histoire. Sur l'identité de Marco. Sur Rovina, également. Frustrée, je regarde entrer Nellio et Ruben. Ce dernier arbore une mine satisfaite, mais Nellio semble plus maussade encore qu'auparavant. Ruben se sert une portion généreuse de ragoût et s'assied, en tailleur, face à nous.

— Valli t'a expliqué ? lance-t-il, emprisonnant mon regard dans le sien avant même que je puisse me dérober.

— On part tout à l'heure. Je ne vous ralentirai pas, promis, dis-je avec un coup d'œil en direction du Nocte renfrogné.

— On quitte pour de bon le territoire d'Alta. On s'enfonce dans les Régions Libres .

Régions Libres. C'est ainsi qu'il nomme le dédale de galeries et de cavernes hantées par les Ténèbres et ses créatures monstrueuses. Je m'en veux de penser ainsi, mais c'est plus fort que moi. Pendant dix-sept ans, j'ai appris à me méfier de moi-même, à redouter l'obscurité et ceux qui s'y cachent, à les haïr. C'est difficile de me débarrasser de ces réflexes de pensée et de ces habitudes.

— J'ai une carte, dis-je en me levant. Une très vieille carte, qui date des premières années de la ville. Enfin, je suppose. C'est comme ça que j'ai réussi à me repérer… Ma petite sœur l'a trouvée.

— Trouvée ? renifle Nellio.

Je ne relève pas, déterminée à ignorer sa suspicion.

— Sur un tas de pierres, oui. Je n'ai jamais cru à un hasard : pour moi, on l'avait placée là pour qu'elle soit découverte. Mais Arienn se moquait bien de savoir qui et pourquoi. Ce qui comptait à ses yeux, c'est que cela nous donnait enfin une clef pour nous évader.

J'ouvre mon sac, en tire le précieux plan d'Alta et de ses alentours, avec les tracés des entrepôts, ses routes, l'emplacement des sources principales de la cité, les annotations à peine lisibles sur l'entrelacs de souterrains qui s'étendent dans la roche.

— C'est quoi, ça ? s'enquiert Ruben, pointant du doigt le tracé récent d'une croix à l'entrée d'un tunnel, aux frontières de la cité.

— Je ne sais pas. Je me suis demandé, moi aussi, mais on… Je n'ai pas eu le temps d'aller voir. Où sommes-nous, exactement ?

— Arrête, Nellio, déclare Valli, prévenant toute protestation de sa part. Tu as bien vu qu'on peut lui faire confiance, non ? Alors, fiche-lui la paix.

Je hausse un sourcil. Percevant ma perplexité, mon amie secoue discrètement la tête. Pas de question pour le moment : nous en parlerons plus tard, une fois seules.

— On traverse l'Ereben, c'est le nom de cette rivière, et ensuite, on va dans cette direction, déclare Ruben, pointant une ligne double, puis l'extrême gauche du plan. C'est à deux jours de marche, à peu près. Tu crois que ça ira ?

— Je tiendrai le coup.

— Intéressante, cette carte, conclut-il avec un sourire. Ça t'ennuie si je l'examine de plus près, une fois qu'on sera chez nous ?

— Non, bien sûr.

Sa question m'étonne. L'agressivité larvée de Nellio, son attitude méprisante, me sont plus familières que cette gentillesse. Après le repas, le jeune homme s'occupe de mes plaies, vérifie mes bandages pendant que les autres rangent et nettoient avant notre départ pour les Régions Libres. Je m'interroge : que faisaient-ils dans les bas-fonds d'Alta ? Je l'observe en silence, hésite avant de me lancer.

— Ruben… Pourquoi étiez-vous là-bas ?

— Là-bas ? Du côté d'Alta, tu veux dire ?

Le temps d'un souffle, ses yeux rencontrent les miens. Je baisse aussitôt la tête, les joues rouges de honte. Un réflexe qui m'exaspère, mais que je ne peux éviter.

— Pour un repérage. Il est difficile de fabriquer nos propres vêtements, m'explique-t-il. Les moutons bleus survivent difficilement, ici. Alors, on guette les convois de marchandises et on prend ce qu'on peut.

Dans mon esprit, l'image du petit agneau tué par les Noctes, le souvenir de leur violence, de leur cruauté. Non. Ruben et Valli ne sont pas comme ces barbares. Même Nellio ne leur ressemble pas.

Une fois nos affaires prêtes, nous quittons le refuge. Il nous faut moins longtemps que je ne le pensais pour atteindre l'Ereben. Cette rivière, large et paisible, coule au fond d'une ravine. À la lumière des torches, ses eaux semblent d'or roux. Pour l'atteindre, un étroit passage, situé à deux mètres en contrebas. Arrimée à une corde que nous tenons à bout de bras, Valli, la première, commence la descente. Je l'observe, pas une hésitation dans ses gestes : elle connaît les prises, reste prudente cependant, au cas où l'un des emplacements aurait disparu. Elle arrive, sans encombre, sur le sentier à peine visible qui sinue jusqu'au flot, et se détache. Le filin remonte jusqu'à nous.

— À ton tour, me lance Ruben.

XIII

« Tu es mon invité, déclara la Dame d'ombre. Tant que tu resteras sous mon toit, aucun mal ne saura t'atteindre. Tu pourras te régaler à satiété des mets qui sont sur cette table, lire les précieux ouvrages que renferme ma bibliothèque. Mais attention ! Tu ne devras sous aucun prétexte boire l'eau de la fontaine ni manger les champignons qui poussent près du bassin. Repose-toi, à présent. Je reviendrai à la tombée du jour. Alors, nous bavarderons. » Sur ces mots, elle s'éclipsa, laissant Roman seul dans l'étrange demeure.

« La Dame d'ombre », *La Dame d'ombre et autres récits des profondeurs.*

La descente était simple : des aspérités et des fissures dans la pierre permettaient d'y agripper les doigts, d'y caler les pieds. Cela ne m'a pris que quelques minutes pour rejoindre mon amie ; parce qu'ils me regardaient, parce que je me sentais une fois encore mesurée, jugée, j'ai eu le sentiment que cela durait une éternité. Une fois tous réunis, Valli et Ruben ont tiré jusqu'à nous une barge soigneusement dissimulée dans un renfoncement rocheux. Nous avons traversé : Nellio et moi d'abord, puis Ruben et Valli. C'était la première fois que je montais sur une embarcation.

Instable. Rapide. Déroutant.

Je n'ai pas eu le temps de m'y habituer : déjà, nous avions atteint la berge. Les pieds dans le courant glacé, Nellio et moi avons poussé le bac sous un encorbellement de granite affleurant à la surface avant de rejoindre les autres dans l'ombre d'une crique constellée d'éclats brillants. La rivière avait fait son lit dans une ancienne veine de cuivre. C'était pour cela que ses flots prenaient des teintes dorées.

Nous avons grimpé de l'autre côté de l'Ereben, puis nous nous sommes enfoncés dans un boyau taillé de main d'homme. Ses parois lisses, ses angles droits et, au plafond, les restes d'une charpente métallique m'ont rappelé les tunnels d'Alta. La différence, c'est qu'il n'y avait là aucune lumière en dehors de celle des torches et des grappes de champignons proliférant à intervalles irréguliers sur les murs. Tout était sombre, de plus en plus étouffant à mesure que nous nous enfoncions dans les galeries. À plusieurs reprises, nous nous sommes retrouvés plongés dans une obscurité si dense et oppressante que je perdais tous mes repères. Soudain, j'ai réalisé qu'il n'y avait plus de retour en arrière possible. Même si je m'apercevais que mes compagnons étaient des créatures des Ténèbres, j'étais allée trop loin pour en réchapper.

J'ai commencé à suffoquer.

Percevant mon angoisse, Valli a passé son bras sous le mien, m'a tenue ainsi jusqu'à ce que ma respiration, mon cœur, reprennent un rythme normal.

Après une longue marche, nous nous sommes arrêtés à l'entrée d'un cratère gigantesque, traversé par un enchevêtrement de passerelles : certaines, à l'image des ponts d'Alta, étaient de métal ; d'autres, en cordes, semblaient prêtes à lâcher. D'énormes poutres s'élançaient vers une voûte noyée dans de profondes ténèbres. Comme dans les tunnels, mais bien plus nombreux, des amalgames de spores luminescents, certains rouges ou bleu pâle, d'autres opalins ou phosphorescents, nimbaient l'immense cavité d'une aura irréelle, inquiétante et belle à la fois.

Lorsque nous nous sommes engagés sur un premier pont, j'ai compté une douzaine de personnes en plus de nous : des Noctes, reconnaissables à leur teint blafard, mais également plusieurs réprouvés.

Parias. Exilés. Criminels. Ces termes me paraissent tellement incongrus, à présent !

Valli a salué l'un de ces derniers, un homme aux épaules larges, aux courts cheveux bruns, qui précédait un gamin d'une douzaine d'années. Nous avons également croisé Esma, une soigneuse mince et sèche, dont le visage s'est éclairé d'un sourire en apercevant notre groupe. Un garçon et une fille l'accompagnaient. Le premier avait les yeux d'un bleu perçant, et de longs cheveux noirs, tressés. Un métis. La seconde, brune, longiligne, avec des cils immenses et des traits anguleux, m'a semblé familière. Je n'ai pas eu le temps d'interroger mes compagnons : déjà, les uns derrière les autres, nous empruntions une échelle tressée pour atteindre une travée, située beaucoup plus bas.

J'ai ignoré mes mains moites et les gouttes de sueur glacées qui roulaient le long de mon épine dorsale, j'ai combattu la boule de chagrin qui obstruait ma gorge, parce que cela me rappelait tellement Arienn, sa course jusque dans mes bras – et après. Je me suis agrippée aux barreaux et j'ai suivi le mouvement.

Autre travée.

Autre échelle.

Nous nous apprêtions à recommencer, une troisième fois,

quand Ruben s'est figé, et Valli, juste après lui. Un groupe a déboulé d'un tunnel, non loin de nous. Les nouveaux arrivants, une dizaine, avec les traits durs et des cuirasses de peau où se devinaient des traces de sang, traînaient derrière eux un wagonnet rempli d'armes volées aux soldats d'Alta et de vivres, parmi lesquels deux moutons morts. À leur tête, j'ai reconnu celle qui nous avait attaquées, Arienn et moi, une éternité plus tôt. Instinctivement, j'ai reculé dans l'ombre de mes nouveaux compagnons. Nellio m'a lancé un coup d'œil intrigué. La meneuse a levé la tête dans notre direction. Une sorte de rictus a étiré sa bouche, parodie de sourire ou de grimace, je n'aurais su le dire.

— Belle journée, Valli ! Tu n'es pas de cet avis ? a-t-elle lancé, railleuse.

J'ai détesté le timbre froid, sifflant, de sa voix. La jeune femme s'est crispée, mais n'a rien répondu. Ignorant les remarques, les regards mauvais, nous avons patienté jusqu'à ce qu'ils nous aient dépassés. Enfin, nous avons repris notre chemin. Cinq minutes plus tard, nous nous enfoncions dans un souterrain. J'ai attendu un moment avant de demander qui était l'inconnue.

— Tamara, a répondu Valli. Elle et sa bande, ce sont de vraies raclures, même si dans la Horde ce ne sont pas les pires…

— Ce sont des assassins, gronde Nellio. Ils aiment la violence. Ils aiment blesser, tuer. Tu les as déjà vus, hein ?

Je leur ai raconté l'après-midi où ils nous ont attaquées, la mort de l'agneau, brutale et insensée, l'arrivée de la patrouille, la lance plantée dans le dos du jeune Nocte – Belen, prénom craché du bout des lèvres, protégé de Tamara, cruel, brutal par plaisir. J'ai frissonné à l'idée de ce que cette meute aurait fait de nous, si elle nous avait capturées.

XIII

Ruben m'a expliqué qu'il existe plusieurs factions, ici. La Horde, d'abord. Ses membres ne sont pas les plus nombreux, mais les plus violents. Qui sont-ils ? Des criminels, des parias. Des Noctes, également. Des bandes rivales qui n'hésitent pas à tuer pour s'approprier un territoire et font des raids réguliers sur Alta. Certains vivent dans la haine de leur ancienne vie et sont prêts à tout pour détruire les tyrans et les pantins qui se soumettent sans broncher à leurs lois. D'autres, comme Tamara, n'ont d'autre but que le pouvoir ; leur ambition est d'unifier par la force les différentes factions, quitte à se tailler un territoire sur les ruines et le sang, avant de mener une guerre contre Alta. Jusqu'à présent, ils ont été trop occupés à s'entretuer pour présenter une véritable menace.

Mais c'est notamment pour se protéger de la Horde que les habitants des Régions Libres ont mis en place des patrouilles.

« Parmi ces derniers, a poursuivi Ruben, certains, comme nous, espèrent renverser les voleurs de lumière et libérer de leur joug les habitants d'Alta. Mais nous ne sommes pas nombreux. En fait, les gens se contentent de ce qu'ils ont et ne font rien pour améliorer leur condition. Seuls les plus forts survivent. Et même ceux-là ne sont pas à l'abri d'une attaque de Nécrosés ou d'autres abominations surgies des profondeurs… »

Voleurs de lumière. Le terme m'a paru terriblement juste. Voleurs de lumière, ceux qui privent les femmes de leur intelligence et de leur liberté. Voleurs de lumière, ceux qui maintiennent les habitants d'Alta sous le joug de lois iniques.

Nous nous sommes arrêtés le temps de nous reposer un peu et de manger, puis nous avons repris notre route.

J'ignore pendant combien d'heures nous avons marché.

Au début, j'ai tenté de calculer, mesurer, mais j'ai vite renoncé. Mes pieds me faisaient de nouveau souffrir. Mes muscles me tiraient. J'étais à bout de force. Mais je refusais de manifester la moindre faiblesse. Alors, j'ai serré les dents, les poings, et j'ai continué. Un pas après l'autre. Sans compter. Avec, pour m'encourager, la voix d'Arienn et son sourire.

*

— Voilà, c'est ici, annonce Valli.

Intimidée, je demeure un moment immobile sur le seuil. De l'autre côté, dans une pénombre émaillée de minuscules étoiles bleutées, la tanière de mes nouveaux compagnons. Instinctivement, je cherche une autre porte, ouvrant sur une cour intérieure et la clarté du jour – il n'y en a pas, bien sûr. Ici, loin d'Alta, il n'y a que la nuit. Nous sommes trop enfoncés dans les profondeurs de la terre pour bénéficier des puits solaires et de leurs rayons. Je sais que c'est grâce à cela que fonctionnent les tubes qui éclairent l'intérieur de certaines demeures et les tunnels de mon ancienne cité. Lors de notre dernière halte, Ruben m'a expliqué que certains lieux, communs à plusieurs groupes, étaient éclairés grâce à l'énergie tirée du Sagarion, une rivière bien plus tumultueuse que l'Ereben. Les Noctes sont adaptés aux ténèbres et voient parfaitement dans le noir. Les autres, ceux qui viennent d'Alta ou qui descendent d'anciens exilés, ont appris à fabriquer des lanternes et cultivent différentes espèces de champignons luminescents. Le problème, selon Ruben, est l'absence de chaleur, qui décime les plus fragiles des leurs et les exposent trop souvent à des maladies.

Voleurs de lumière.

Je commence à comprendre le sens multiple de ce terme.

Valli et Nellio ôtent les couvercles métalliques d'une dizaine de bocaux translucides ; au contact de l'air, les poussières grisâtres qu'ils contiennent se mettent à briller – au point de ternir les spores qui scintillent au plafond. Je découvre une grotte circulaire, aménagée en pièce de vie : un coin pour la cuisine et les aliments, des étagères, une table basse formée d'un plateau de cuivre – je reconnais un disque solaire provenant d'un sanctuaire d'Alta –, de gros coussins de laine bleue. À l'opposé, je découvre avec étonnement des étagères sur lesquelles sont entassés une trentaine de livres et de nombreux documents.

La dernière fois que j'ai vu autant d'ouvrages, c'était dans la boutique du libraire qui m'a sauvé la vie.

Oubliant ma fatigue, mon corps endolori, je me dirige vers la bibliothèque, m'interromps aussitôt, confuse. Je ne suis pas chez moi, ici. Je n'y ai aucun droit.

Sensation de perdre de nouveau mes repères, d'être isolée, écrasée. Pas d'échappatoire. Le voyage s'arrête ici. Et si les Ténèbres me prennent, il n'y aura personne pour me pleurer.

Vertige.

Je m'effondre, à genoux, sur le sol. Incapable de contenir mes tremblements. Je sens une présence, derrière moi. Une main sur mon épaule appuie sur mon glyphe. Douleur. Je me débats. Fourmillement dans mon corps. Sentiment d'être rongée de l'intérieur. Chair et âme. Des voix me parviennent, de très loin. Prononcent mon nom. Je ne veux pas ouvrir les yeux, *je n'ouvrirai pas les yeux*. Je me recroqueville. Envie d'arracher ma peau, de me débarrasser de ce mal qui me dévore. Dans la nuit, un visage : Arienn.

Arienn ne me laisse pas Arienn reviens s'il te plaît ne meurs pas je t'en prie je suis seule et j'étouffe s'il te plaît s'il te plaît s'il te plaît je deviens folle

Est-ce que je prononce ces mots ? Est-ce que je les chuchote ? Les crie ? Je n'en sais rien. On me tient, j'essaie de griffer. On m'en empêche. On m'ouvre la bouche, on y glisse un liquide amer, trop vite pour que je puisse le recracher. Il tapisse mon palais, coule dans ma gorge, c'est froid et doux à la fois, cela m'apaise – et je deviens lourde, mes paupières se ferment, je pars à la dérive dans des bras que je ne reconnais pas.

*

Le père s'avance. Dans ses mains, deux pierres de la taille d'un poing. Il prend son élan, vise. La première s'écrase sur une épaule, la seconde touche le ventre. La mère, ensuite. La sœur. Le frère, droit vers le coude. La tenue immaculée se teinte de rouge. Des sillons écarlates roulent sur la peau. Le patriarche tend la main vers sa petite-fille.

À toi maintenant…

Le visage familier de l'enfant flotte derrière mes paupières collées par le sel de mes larmes. J'ouvre les yeux, le cœur battant, et retiens un cri. Au-dessus de moi, une étrange chauve-souris aux ailes déployées brille dans l'obscurité. Je secoue la tête, découvre au plafond cette œuvre dessinée à partir de spores phosphorescents. Impressionnée, je me redresse, je regarde mieux : des nuances bleues et grises colorient l'animal et luisent d'un éclat discret. Qui a créé cela ? Ruben, dont le tatouage ressemble à cette silhouette ? Je sursaute. Tout va bien. Je suis seule dans cette pièce. Un peu rassurée, je porte la main à mon glyphe, suis ses contours d'encre, roule entre mon pouce et mon index la perle de cuivre. Rien n'a changé. Je soupire, soulagée. Je passe la paume sur mes bras, grimace : je les inspecte, découvre des stries un peu enflées. C'est moi qui me suis infligé ces blessures, je crois. Pourquoi ? Sensation d'avoir été broyée. Un étau comprimant ma gorge, ma poitrine…

À ce souvenir, des images remontent à la surface de ma mémoire – le noir profond de la passerelle, le visage d'Arienn et la bulle de sang, à la commissure de ses lèvres. Le vide. L'absence. La noirceur, de nouveau. Partout. Je me force à respirer profondément, régulièrement. Jusqu'à ce que la terreur et la douleur qui me nouent les entrailles refluent.

Vacillante, je me dirige jusqu'à la porte de la chambre. J'hésite à ouvrir, à passer de l'autre côté. À m'exposer, faire un pas vers eux – dans leur monde. Après tout, le seul lien qui m'unit à eux est Valli et notre amitié renaissante est fondée sur un mensonge.

Je dois lui avouer la vérité. Seulement, pour l'instant je n'en ai pas encore le courage.

Je pose la main sur la poignée de la porte. Je l'abaisse, la tire vers moi.

Je passe la tête dans l'embrasure, me glisse de l'autre côté et referme doucement. En face, un autre battant – fermé. À ma gauche, éclairés par une sphère laiteuse, des escaliers. Je descends les marches. Tout est silencieux. J'arrive dans la pièce principale. La plupart des lumignons ont été éteints. Dans la cuisine, une flambée éclaire les parois de nuances dorées.

Je pénètre plus franchement dans la salle.

— Il y a quelqu'un ?

Nul ne me répond.

Je me dirige vers l'âtre, où mijote doucement une bouillie. Mon estomac gargouille, mais je n'ose pas me servir. Je me détourne. J'avise la bibliothèque, de l'autre côté. Je me sens attirée, mais j'hésite. Il n'y a personne. Et quand bien même – ce sont juste des livres, non ? À mesure que je m'approche, mes oreilles bourdonnent, ma bouche devient poussière, mes jambes si lourdes que chaque pas me semble un effroyable effort. Voilà. J'y suis. Du bout des doigts, j'effleure les titres que je ne connais pas. Et je comprends que ce n'est pas la crainte de prendre sans demander la permission qui me met dans cet état. Mais l'intuition qu'au moment où j'ouvrirai l'un de ces ouvrages les ultimes vestiges de mon ancienne vie voleront en éclats.

J'ignore si je suis prête. Je m'apprête à rebrousser chemin et remonter dans la chambre où je me suis éveillée. Je m'arrête net. J'ai promis à ma petite sœur de me libérer des entraves qui m'enchaînaient au sol. Il est temps de tenir parole. Je prends un livre. Sa couverture de carton bleu est en mauvais état. Le titre – *Rêves* – est à peine lisible tant il est taché. J'ouvre, au hasard, commence à lire. J'ai du mal, au début. L'écriture, manuscrite, est un peu passée. La langue est la même que la nôtre, mais les mots…

Couleurs
Jaune – la lumière qui caresse ton corps
Jaune – la fleur qui paresse dans l'herbe bleue
Jaune – Nina qui s'éveille dans le jour radieux
Jaune – le soleil naissant et sa pluie d'or

XIII

Fleur ? Herbe ?

Je ne comprends pas.

Je déglutis. Ce poème – quand a-t-il été écrit ? Et par qui ?

Vert – le bruissement du vent dans les frondaisons
Vert – les plumes du paon qui parade près de nous
Vert…

Une porte claque. Un bruit de pas interrompt ma lecture. Sursautant malgré moi, je me retourne. Nellio est là. Bras croisés, immobile, il me dévisage avec hostilité. Je devine sa question, la devance sans même réfléchir.

— Ce recueil, d'où vient-il ? dis-je d'une voix qui tremble plus que je ne le voudrais.

Il le prend, l'examine, me le rend.

— Demande à Ruben. C'est son écriture. C'est lui qui l'a recopié.

Je demeure un instant interdite. Déjà, il me tourne le dos.

— Nellio !

Il s'immobilise, épaules crispées.

— Quoi ? crache-t-il, se retournant lentement vers moi.

— Je suis désolée d'être arrivée comme ça dans votre vie.

Il me toise sans un mot. Attend.

— Je ne sais pas ce que t'ont fait… ceux d'Alta. Je comprends que tu les haïsses, mais…

— Mais quoi ? T'es pas comme eux ? T'es pas née là-haut, peut-être ? T'as pas grandi parmi ces menteurs, ces bouchers ? Tu veux la vérité ? Chaque fois que je te vois, je me rappelle que mon père est mort, et que c'est les tiens qui l'ont tué. C'est toi.

XIV

Vous pouvez me crever les yeux, m'arracher la langue, il est trop tard : vous n'effacerez pas de ma mémoire ce que j'ai vu, vous n'empêcherez pas la vérité de se répandre en Alta.
Discours, de Rovina

Je suis seule, de nouveau. Nellio s'est enfermé à l'étage, dans sa cellule. Tant de rage dans ses yeux. Tant de haine dans ses paroles. Je suis restée pétrifiée, muette, incapable de soutenir son regard. Coupable, alors que je n'ai rien fait. J'ai essayé de manger, mais la nourriture ne parvenait pas à passer mes lèvres. Alors, je me suis assise, en tailleur, près des étagères, et j'ai poursuivi ma lecture.

Une hirondelle dans le ciel,
S'élance vers l'horizon
Rose et rouge orangé,
Et s'envole à tire-d'aile.

Qu'est-ce qu'une hirondelle ? Qu'est-ce que l'horizon ? J'ai l'impression de découvrir un autre univers. Cependant, loin de m'enthousiasmer, cette fenêtre sur l'ailleurs me donne envie de pleurer. Je prends un autre ouvrage : *Mensonges*. Le titre, bien visible, est gravé dans une reliure de peau de mouton bleu. Le papier semble de meilleure facture que celui utilisé pour copier les poèmes. À l'intérieur, le texte est imprimé. Certains caractères sont moins lisibles que d'autres, mais l'ensemble est soigné. Pas d'auteur sur la page de garde. Je commence le premier chapitre :

L'arme favorite des tyrans est la peur. La peur, par sa nature même, paralyse l'esprit des hommes et des femmes, les empêche de réfléchir. Ils ne peuvent que fuir ou suivre celui qui semble le plus à même de les protéger…

Il s'agit, je le devine, d'une critique d'Alta, de ses traditions et de ses croyances. Je n'ai pas envie de poursuivre. J'ai compris que j'ai été élevée, conditionnée pour obéir et me soumettre sans jamais protester, sans jamais dire non. J'ai compris que la société qui était la mienne, qui l'est encore un peu, malgré moi, malgré tout, est fondée sur le mensonge et ne profite qu'à quelques-uns. Et après ? Je ne suis pas Rovina. Je ne peux, à moi seule, réparer tout le mal qui a été fait ni en porter le poids.

Je voulais changer de vie, ce n'est pas le cas : bien sûr, je suis partie d'Alta, mais on ne cesse de me renvoyer au visage mes origines – et moi, parce que je ne parviens pas à lâcher prise, je ne peux que m'y raccrocher. Je feuillette les chapitres sans les regarder. Une image glisse des pages sur la pierre dure et froide. Je la saisis, la retourne – mon cœur ne bat plus, l'espace d'un instant. Sur un fond bleu chaud et profond, une étrange chauve-souris déploie ses ailes blanc et gris. En l'examinant avec attention, je me rends compte qu'elle a un appendice jaune et pointu en guise de nez, mais pas d'oreilles.

Je me rappelle aussitôt le dessin dans ma chambre et le

tatouage de Ruben.

Je songe aussi à Rovina. Les Noctes ont-ils découvert l'endroit qu'elle a décrit durant son procès ? Elle évoquait une salle circulaire avec, sur les parois, des reproductions du monde tel qu'il était avant le conflit qui condamna les enfants du Soleil et de la Lune à vivre loin de la lumière. Des forêts verdoyantes. Des lacs d'azur. Des villes blanches, des tours vertigineuses. Ces descriptions, même abstraites, suffisaient à me faire rêver.

Je veux visiter ce lieu. Je veux rejoindre la surface - ou du moins, essayer.

La porte s'ouvre. Ruben et Valli sont de retour. Ruben porte, sur son dos, un sac plein. Les bras nus de Valli sont écorchés. Une chute, dont elle ne semble guère se préoccuper.

— Comment tu te sens, Gia ? demande Valli en s'accroupissant près de moi.

— Bien, je crois.

— Ici, tu es en sécurité, poursuit-elle en me prenant la main. Tu ne risques rien.

— Je sais, c'est juste que…

Comment traduire mes doutes, mes craintes ? Comment exprimer mon sentiment de solitude sans la froisser ? À la place, je désigne la représentation colorée.

— C'est quoi ? Ça vient d'où ?

— Un oiseau. Ça vit… Ça vivait plutôt, là-haut. On est tombés dessus l'an dernier, par hasard, près de Tertia. On fuyait des soldats. Ils nous serraient de près et Nellio était blessé. Plutôt que de courir jusqu'à l'épuisement, on s'est réfugiés du côté des anciennes carrières de granite. Tu es déjà allée là-bas ?

— Je n'ai jamais quitté Alta. Enfin, jusqu'à…

Ma phrase meurt sur mes lèvres. Je n'ai pas la force de la continuer.

— Tertia, ils l'ont bâtie sur les pentes d'une immense excavation, intervient Ruben, s'agenouillant près de nous. Une faille, très loin au-dessus de la cité, permet à la lumière de filtrer. Pas assez pour créer un véritable puits, mais suffisamment pour y installer une enclave. Avant le forage, le cratère était inaccessible : les voleurs de lumière n'ont tué personne pour s'y installer. Bref, il y a une esplanade, où se trouvent le sanctuaire du Soleil et les générateurs qui éclairent Tertia. Là-bas, toutes les maisons sont agglutinées près du centre et ressemblent à des grappes de champignons. Les carrières sont à l'opposé, en permanence plongées dans l'obscurité.

— C'est pas pour ça que personne n'y va, reprend Valli. Même si tu imagines bien qu'ils crèvent de trouille à cause de tout ce noir. Le souci, c'est que ceux qui ont percé la roche ont ouvert d'anciennes galeries et libéré les saletés qui s'y planquaient. Tu as lu ces contes où des ombres prennent possession de cadavres, non ? Eh bien, ce ne sont pas seulement des histoires, même si ça n'a rien à voir avec leurs « Ténèbres » et leurs croyances idiotes. On a découvert qu'à l'origine de ça, il y a les Mimes. Un genre de scolopendres, de la taille de ma main à peu près, dont les larves s'immiscent dans les corps et s'en nourrissent. Une fois rassasiées, elles cherchent un nouvel hôte pour y pondre leurs œufs.

— Un hôte vivant, je suppose ? dis-je en frissonnant de dégoût.

— Oui. Par chance, quand nous nous sommes planqués là-bas, nous n'avons pas été assaillis. Et puis, nous avons des armes contre ces saloperies. Le feu, reprend-elle en désignant du menton d'étranges tubes de cuivre appuyés contre un mur. Bref. Ce jour-là, le sol s'est effondré sous nos pieds et c'est comme ça qu'on s'est retrouvés dans ces vieux tunnels creusés de main d'homme. C'était bizarre. Solennel. On avait le sentiment, tous les trois, d'avoir pénétré dans un lieu préservé. Un lieu presque sacré.

— La salle de Rovina…

— On l'a cru, un moment. Mais non. On a juste découvert, dans un cul-de-sac jonché de décombres, quelques vestiges d'avant. Un livre avec des images comme celle-ci, la plupart irrécupérables. Une boîte éventrée, contenant une dizaine d'ouvrages – tous en mauvais état. On est restés sur place un moment pour fouiller, mais il n'y avait rien. On a rapporté l'ensemble au quartier général, on a sauvé ce qui pouvait l'être et on a partagé certaines de nos trouvailles avec les autres…

— J'ai lu quelques poèmes, dis-je en désignant le recueil que Ruben a copié.

Ce dernier fouille l'étagère la plus haute et me tend deux autres reproductions. Je les examine, fascinée. Les couleurs de la première sont un peu passées. Le même *oiseau*, ailes repliées, marche au bord d'une immense étendue d'eau. Ses pas laissent des empreintes sur le sol gris-jaune. La seconde provoque en moi un hoquet de surprise : une fillette brune, ébouriffée, me contemple de ses grands yeux noirs. Dans ses bras, elle tient une créature blanche et rousse, à la gueule hérissée de crocs, à la langue pendante et rose. L'espace d'un instant, j'ai l'illusion d'entendre son rire, un rire semblable à celui d'Arienn. Les yeux soudain troubles, je me demande ce qu'aurait été la vie pour ma petite sœur, si elle était née libre – loin d'ici.

Je chasse mes larmes naissantes, j'observe de nouveau la

reproduction. La pose doucement devant moi, bouleversée. Parce que ses bras, ses jambes, son torse sont nus. Parce qu'en arrière-plan un homme et une femme, assis sur le sol blond, la regardent, tendrement enlacés.

— Ça fait drôle, hein ? murmure Valli.

Je hoche la tête, silencieuse, incapable de détacher mon regard de cette famille heureuse, débordant d'amour. Enfin, après un long silence, je la repousse loin de moi.

— Ce que je ne comprends pas, dis-je dans un souffle rauque, c'est comment on en est arrivés là.

*

Près du quartier général coule un torrent d'eau claire et glacée. Situé au fond d'une minuscule enclave, il est difficile d'accès ; Valli noue une échelle de corde autour d'une excroissance rocheuse avant de m'inviter à descendre le long de la paroi. Elle me rattrape une minute plus tard, un sac de vêtements propres cognant contre ses omoplates. Dans un coin, je découvre plusieurs seaux de cuivre et des balles de graviers pilés. Je lui tourne le dos et me déshabille, maladroite, gênée.

Quand je me retourne, Valli est nue. Les pieds dans le courant, elle remplit l'un des récipients en fredonnant, à voix basse, un air sans paroles. Ses fesses sont étroites, ses jambes, longues et noueuses. Son dos, musclé, est strié de cicatrices. Certaines ne sont que des estafilades. D'autres sont plus profondes. Sur sa cuisse droite, une longue balafre remonte jusqu'à la naissance de sa hanche.

XIV

Retour dans le passé, au bord d'un lac couleur de nuit.

Le galet s'enfonce sous la surface, après une belle série de ricochets. Le petit garçon, debout à mes côtés, me prend la main.

— Un jour, je me marierai avec toi, me dit-il.

Mon cœur bat plus vite, mais j'essaie de ne rien montrer. Alors, je hausse les épaules d'un air détaché.

— Puisque c'est ça, je me marierai avec Sienn.

Je le dévisage, au bord des larmes.

— Pourquoi ?

— Parce qu'elle est plus gentille que toi.

Furieuse et blessée, je le bouscule et quitte la crique en courant.

Je reviens à moi, troublée par ces souvenirs. Enfant, j'étais amoureuse de Valli. Alors, je croyais encore qu'elle était un garçon. Je me battais avec Sienn, qui ne perdait pas une occasion de m'humilier en sa présence. J'espérais un baiser. J'ai pleuré, quand Valli a déclaré que ma rivale était sa préférée. Peu de temps après, je l'ai suivie – et j'ai surpris son secret.

— Gia ?

Je sursaute. Bras croisés sur sa poitrine menue, Valli me contemple avec une expression de suprise mêlée de perplexité, que je lui ai déjà vue. Je rougis, mal à l'aise.

— Je me rappelais quand on était petites. Les ricochets, le jour où tu as déclaré que tu voulais m'épouser…

— Je le pensais vraiment, tu sais !

— Mais tu as choisi Sienn.

— Juste pour t'énerver. Je savais qu'elle et toi vous vous détestiez.

Je baisse les yeux. Mon cœur bat trop vite. Mes mains son moites. Je devrais lui dire… Une fois de plus, je n'ose pas, je suis trop lâche pour cela. Et puis, Valli se montre affectueuse, mais il existe en elle une réserve qui m'effraie. J'aurais trop peur, en lui révélant la vérité, de briser le fragile lien qui se tisse entre nous.

De mes nouveaux compagnons, Ruben est le plus amical, le plus bienveillant.

— Elle est devenue quoi, Sienn ? interroge soudain Valli. Et Cora, qui vous suivait partout sans jamais prendre une initiative ?

— Son mari est mort dans un accident deux jours après la cérémonie, alors elle est retournée vivre chez son père. Quant à Cora, nous nous sommes éloignées l'une de l'autre lorsqu'Arienn a grandi. Elle n'a pas beaucoup changé. Elle s'est mariée…

Valli hoche la tête. En silence, elle me fait signe de prendre un seau et de la suivre. Nous retournons près des rochers. Elle me tend une balle de cailloux pilés et un pain de couleur grise, fabriqué à partir de cendres et de mousses. Je le trempe dans l'eau, le frotte contre la sphère qui crisse entre mes doigts et commence à me nettoyer. J'observe Valli, à la dérobée. La cicatrice qui marque sa cuisse, surtout.

— Le souvenir d'un Nécrosé, m'explique-t-elle, surprenant mon regard. Sans Marco, ni Ruben ni moi on ne s'en serait tirés vivants…

— Marco ? Ce n'est pas la première fois que tu parles de lui.

— Un exilé, comme moi. Comme toi. Il m'a sauvé la vie après que je me suis enfuie d'Alta. C'était quelqu'un de bien. Il nous a tout appris, à Ruben et à moi. À reconnaître les traces laissées par les rats qui hantent les abysses et les autres bestioles du même genre, à identifier les mousses et les champignons, à lire et à écrire. Il nous a aussi appris que la haine et la violence ne menaient à rien, et qu'on ne changeait pas les gens contre leur volonté. Il nous a appris, enfin, à espérer. Il t'aurait plu, je crois.

— Ruben et toi, vous avez grandi ensemble ?

— Oui. Je le considère comme mon frère.

Valli m'explique son arrivée dans les Régions Libres, les jours de terreur, dans l'obscurité des galeries, quand elle croyait encore que les Ténèbres pouvaient s'emparer d'elle. Elle s'est terrée pendant longtemps, sans oser quitter sa cachette, de peur d'être découverte par des barbares avides de chair humaine et de sang.

Heureusement, ce n'est pas la Horde qui l'a trouvée. Mais Marco. Elle évoque sa patience, la douceur de Lena, conteuse aux prunelles noires et à la chevelure laiteuse, maigre et fragile. Lena s'est occupée de la fillette le temps qu'elle prenne ses marques ; elle lui a narré l'histoire de Rovina, et des légendes venues d'ailleurs, là où le soleil jamais n'a cessé de briller.

Ainsi a commencé sa nouvelle existence, auprès de Marco et de la métisse aux talents de soigneuse. Avant Ruben, Valli n'a eu que peu d'amis : elle se méfiait des autres enfants, ces derniers la considéraient comme une étrangère. Alors, elle passait beaucoup de temps avec l'homme qui l'avait recueillie.

Elle me raconte ensuite l'arrivée de Ruben, trois ans plus tard. Squelettique et fiévreux, il était le seul survivant du massacre de sa famille. Non par ceux d'Alta, mais par des maraudeurs, furieux que son père leur ait résisté. Ruben est resté longtemps entre la vie et la mort. Lena, Marco et elle se sont relayés pour le veiller. À son réveil, il n'avait qu'une idée: venger les siens.

— Marco a essayé de l'en dissuader, sauf que ça n'a servi à rien. Ruben passait son temps à ruminer. Ça l'obsédait. Avec le recul, je me dis que c'était sa façon à lui de faire face au massacre de sa famille. Maman n'était pas morte de la même façon, mais je le comprenais. Et je crois qu'une des raisons pour lesquelles je l'ai aidé, c'est parce que ça me donnait l'impression d'effacer la dette que j'avais envers elle et de lui rendre justice… Ruben et moi, on avait tout préparé. Tout prévu. Sauf que des Nécrosés nous tomberaient dessus avant même qu'on ait rejoint la première étape de notre périple en territoire ennemi. On s'est défendus, on a résisté du mieux qu'on pouvait, mais on n'était que des gamins. Marco avait compris ce qu'on mijotait, heureusement. S'il ne nous avait pas tirés de là, la meute nous aurait dévorés vifs. Bref, j'y ai gagné cette balafre sur la cuisse. Ruben, lui, a failli perdre un bras.

— Et les meurtriers ? Ils ont été punis ?

— Pas vraiment. De toute façon, ce n'est pas comme si on avait des lois communes… C'est de pire en pire, tu sais.

Je hausse un sourcil, perplexe.

— L'influence de la Horde sur les habitants des Régions Libres, explique-t-elle. Ses membres se présentent comme des protecteurs, des garants de la sécurité, de l'ordre et ça marche. Les gens ont peur et baissent les yeux, acceptent peu à peu leur…

— … domination ?

— Oui. Sans compter leurs discours. Partout où ils passent, ils parlent de guerre et de libération. Même au sein de notre faction, ça commence à prendre. Avant, poursuit-elle sombrement, ils n'avaient pas d'unité, pas de chef. Mais quoi qu'en pensent les autres, moi je crois que c'est en train de changer. Tamara, que tu connais, me semble bien partie. Elle est assez douée pour créer des alliances, et assez redoutable pour éliminer ceux qui se dresseront en travers de sa route.

Je frissonne au souvenir de l'expression cruelle et résolue de la maraudeuse, à son ironie glaciale lorsqu'elle nous a croisés.

— À la réflexion, ces changements viennent de plus loin, continue Valli après s'être aspergé le corps d'eau glacée. À la mort de Marco, Stepan a pris la tête de notre petite communauté. Ruben et moi, on n'appréciait pas trop la tournure que ça prenait. Il était convaincu que les voleurs de lumière ne changeraient jamais. Il disait que Marco était un idéaliste, que ça nous avait coûté cher par le passé. On a préféré se barrer avant que ça dégénère vraiment.

En silence, je frotte ma peau nue. À Alta, la violence se cache sous le masque des traditions et des lois pour mutiler les esprits, broyer les volontés. Ici, elle avance à visage découvert, utilisant les faiblesses et les ambitions pour écraser les rêves. Valli me dévisage avec curiosité.

— Tu sembles pensive, Gia.

— Je ne sais pas pourquoi, malgré ce que m'en a dit Ruben, malgré ce que j'ai vu, je vous croyais unis. Je pensais qu'en dépit de tout, vous poursuiviez un même but. Avec ce que tu me racontes, je me rends compte que vous n'êtes pas si différents de nous. Enfin, des voleurs de lumière, reprends-je avec un sourire triste.

— Nous sommes humains.

En déchiffrant les inscriptions gravées dans les tunnels, peintes sur les travées et sur les façades des maisons, en lisant le compte-rendu du procès de Rovina, je me représentais une société idéale et tolérante, une révolution en marche. J'imaginais une rivière, un flot tumultueux qui se déverserait dans les rues d'Alta, chassant les Solaires et leurs traditions poisseuses, libérant les cœurs et les âmes.

Je me trompais.

Ici aussi, les gens sont prisonniers.

Ici aussi, les gens ont les ailes coupées.

XV

Ma femme et mon fils sont arrivés parmi les derniers, traumatisés par ce qu'ils ont vu, amaigris et blessés, mais en vie. Je ne me lasse pas de les regarder. Je n'en reviens pas de les avoir enfin à mes côtés, alors qu'au-dessus de nous, le monde a basculé dans l'horreur.

Journal de P. Solar

Je suis seule. Mes compagnons ont quitté leur repaire ; ils préfèrent que je reste ici pour le moment, le temps de m'accoutumer à cette nouvelle vie. Ruben enseigne la lecture et l'écriture aux plus jeunes. Valli et Nellio effectuent régulièrement des rondes pour s'assurer qu'aucune meute de Nécrosés, et surtout aucune bande de maraudeurs, ne traîne dans les environs. Ruben m'a expliqué que la communauté désignait certains des leurs pour effectuer cette tâche. L'organisation de ces patrouilles n'a rien de militaire : il s'agit avant tout d'entraide et de bon sens.

Cela me semble étrange.

Pour moi, les Noctes passaient leurs journées à monter des expéditions vers l'inconnu, affronter des cohortes de monstrueuses ténèbres, réfléchir à des stratégies guerrières et mener des assauts contre Alta.

Je n'imaginais pas qu'ils aient un quotidien. Je n'imaginais pas non plus qu'ils inventent, qu'ils créent. Comme Ruben et ses dessins muraux. Comme Valli, qui fredonne sans cesse des airs de sa composition et les joue sur un instrument de cuivre et de peau. Cela m'a surprise, quand je l'ai entendue jouer pour la première fois, avant-hier. Le rythme, à la fois doux et puissant, était envoûtant.

Interdit. Impie.

Parce que mon ventre, mon cœur vibraient à l'unisson. Parce que des émotions inexplicables, sans nom, naissaient de sa musique.

Quand elle a cessé, j'ai senti durant longtemps, encore, des frémissements en moi. J'avais l'impression que mon âme osait enfin se déployer, habiter chaque parcelle du corps qui est le mien.

Assise au pied des étagères, je contemple les cartes et les livres étalés autour de moi. De la poésie, des contes, un exemplaire du *Livre du Soleil*, un autre des *Discours* de Rovina, un collage de textes en très mauvais état, complété par des annotations délavées et, bien sûr, les images colorées que m'a montrées Ruben. Un trésor venu d'ailleurs. Un trésor rempli de rêves et d'espoir.

Je saisis les deux plans d'Alta et de ses abysses, les compare. Le premier, celui d'Arienn, suit de très vieux tracés ; certains ont disparu, d'autres ont été élargis, transformés ; Ruben, qui a dessiné le second, a tenté d'en comprendre les chiffres. Il pense qu'il s'agit de mesures : ici, la profondeur d'un réservoir ; là, l'espace entre les deux extrémités d'une future passerelle ou la hauteur d'une caverne. Quant aux annotations, il a pu en déchiffrer quelques-unes : *emplacement des réserves, système de réflecteurs, très dangereux, vers la surface, excavation prévue pour...*

XV

Je suis convaincue que la clef de notre liberté se trouve dans la salle découverte par Rovina, jadis.

Le problème, c'est que nul ne sait où elle se situe.

Ici, l'histoire de Rovina diffère énormément de la légende créée de toutes pièces par les autorités d'Alta. Dans les Régions Libres, il n'y a pas de « mère des Noctes ». La vérité, selon Ruben et Valli, c'est que les fugitifs, les parias, les exclus ont toujours existé. Mais, confinés dans les galeries, ils se sont adaptés à la vie dans l'obscurité. Peu à peu, ils se sont métamorphosés. Leur peau, leurs cheveux ont pris une teinte laiteuse ; leurs yeux se sont adaptés à la nuit. Les Noctes – ainsi se sont-ils baptisés en opposition aux Solaires – ne sont pas des hybrides issus d'une sang-de-lune et de prétendues ombres incarnées.

Nous avons tous la même origine.

Quant à Rovina, ce que l'on sait d'elle n'a que peu en commun avec ce que j'ai lu et que l'on m'a raconté. Elle n'a pas été enlevée sur le chemin du marché, mais a fui un époux qui la violentait. Elle a donné naissance à son enfant, Estia, après s'être réfugiée parmi les Noctes. Toute son existence, Rovina a tenté de percer le secret de notre passé commun et de ce qui nous avait divisés. Elle s'est également efforcée de nous réconcilier. Ses *Discours*, soigneusement consignés par sa fille, laissent apparaître cette volonté. Rovina croyait sincèrement les gens d'Alta capables d'ouvrir les yeux et de changer, pourvu qu'on leur en fournisse les moyens.

En quête d'indices, elle s'aventurait toujours plus loin dans les profondeurs des galeries. Elle a découvert les traces d'une ancienne civilisation : documents écrits, désormais conservés dans un refuge commun, mais également lampes et générateurs, qui fonctionnent aujourd'hui grâce à l'énergie du

Sagarion. En revanche, jamais il n'a été question d'une pièce contenant les preuves matérielles qu'Alta est une création humaine, ou encore de l'inanité du *Livre du Soleil.*

Un jour, Rovina a disparu. Sa fille et quelques autres se sont lancés à sa recherche : ils sont arrivés trop tard pour la sauver. La justice d'Alta l'avait déjà condamnée. D'après Estia, qui a assisté à sa lapidation, les dernières paroles de sa mère ont été : « Ne les haïssez pas ! » Rovina s'adressait à ses proches, dissimulés parmi la foule venue assister à son supplice.

En découvrant les mots de cette femme exceptionnelle, je me rends compte que les graffitis d'Alta sont le plus souvent tirés de ses aphorismes. J'aurais aimé la connaître, ainsi que celle qui poursuivit son œuvre. Estia a été la première à graver ses pensées sur les murs de la cité. Un hommage à sa mère assassinée autant qu'un appel aux armes. Elle est aussi la véritable initiatrice des nids d'hérétiques tant redoutés par les Solaires.

Estia est morte trois ans après Rovina. Blessée lors d'une escarmouche, elle a succombé en essayant de regagner son refuge. Officiellement, du moins. Certains prétendent qu'elle a été tuée dans une embuscade fomentée par les siens.

Songeuse, je m'empare des *Discours.* J'ouvre, au hasard.

À Alta, les femmes sont appelées sang-de-lune, en référence à l'astre nocturne dont elles seraient issues. Sang-de-lune, et parfois femelles – parce que le Livre du Soleil ne leur accorde pas le statut d'être humain. Mes sœurs d'Alta sont hélas complices de ces traditions en élevant leurs propres filles dans la culpabilité et le dégoût de soi. Je suis cependant convaincue que beaucoup agissent ainsi par peur du changement : mieux vaut souffrir en connaissance de cause que s'élancer vers l'inconnu.

XV

Mais qu'on leur donne la possibilité d'avancer sans crainte de sombrer : alors, elles redresseront la tête et apprendront à être fières de ce qu'elles sont.

Ces mots me rappellent Vania.

Ma grand-tante était consciente de l'injustice des lois d'Alta. Elle connaissait le sort réservé à Dana, puis à Arienn et moi. Pourtant, si je ne l'avais pas acculée, jamais elle n'aurait pris le risque de nous aider.

Je me demande si Rovina, qui préférait la raison à la force, ne s'est pas fourvoyée.

En réalité, il suffit que je me remémore mon père, capable sans état d'âme de me livrer à une brute, ou encore ma génitrice et son indifférence hautaine, il suffit que je me souvienne du sort réservé à Arienn et de ces traditions monstrueuses pour sentir monter en moi une colère mêlée de haine. Alta est dirigée par des bourreaux et des assassins. Et ce, depuis si longtemps que la violence et l'iniquité sont devenues normes. Aujourd'hui, le peuple est asservi, privé de toute volonté, au point que les plus misérables, au lieu de se rebeller, acceptent leur condition, persuadés qu'elle est justifiée.

La résignation et le mensonge, voici la nature de vos Ténèbres. Quant à cette lumière, que vous vous targuez de protéger alors que vous n'avez de cesse de l'étouffer, c'est la liberté de penser et d'être soi.

Ces paroles, souvenir d'un autre de ses discours, font écho à mes pensées.

Comment, sinon par les armes et le feu, renverser le pouvoir et permettre enfin au peuple de respirer ?

De nouveau, j'examine les cartes. J'essaie de les superposer. Ici, un tunnel inexploité. Là, une citerne ouverte sur les galeries inférieures de la cité. Il y a moyen, j'en suis sûre, de s'y infiltrer. Mais comment convaincre Valli et les autres de me suivre ? Et puis, pour vaincre, il faudrait atteindre le cœur du pouvoir d'Alta, détruire les sanctuaires, éliminer les Sept dont mon père fait partie – et à quelle fin ? Même si nous parvenions à l'emporter, que se passerait-il, ensuite ? Le chaos ? Une vengeance barbare menée par Tamara et ses semblables ? L'image de l'agneau bleu tué par Belen jaillit une fois encore dans mon esprit ; ma nuque se hérisse à la pensée de ce qu'ils feraient à ma tante Irina et à son bébé, à Rozenn et Simon, à tous ceux qui subissent et sont innocents.

Je replie les feuilles, impuissante, irritée.

*

Le soleil brille dans le ciel d'azur. La fillette, à demi nue, joue au bord des rochers. Des vaguelettes bordées de dentelle blanche et mousseuse lèchent ses pieds dorés. La bête pleine de poils roux et blancs qui l'accompagne patauge à ses côtés, langue pendante. Elle ressemble un peu à un mouton ébouriffé. Derrière elle, ses parents, amoureusement enlacés, la regardent avec tendresse. Soudain, la peur déforme leurs traits. Ils se lèvent, hurlent pour avertir la petite, mais aucun son ne franchit leurs lèvres. Ils courent dans sa direction, mais basculent, face contre terre. L'animal, le premier, comprend ce qui se passe, tente de fuir. Trop tard. Un bras décharné jaillit de l'eau, l'agrippe, le tire vers les profondeurs. Au même moment, plusieurs silhouettes squelettiques et grotesques se dessinent à la surface, lentement se redressent. Des Nécrosés. À mesure qu'ils se rapprochent, leurs traits semblent moins flous. Sous les rides et les tavelures, les crevasses et les purulences, se dessinent des visages familiers. À cet instant, l'enfant se retourne…

— Arienn !

Je me redresse en sursaut, réveillée par le son de ma propre voix. Le temps de reprendre mon souffle, d'apaiser les battements désordonnés de mon cœur, Valli est entrée dans ma chambre et s'accroupit à mes côtés.

— Tout va bien ?

— Ne t'inquiète pas, c'était juste un cauchemar.

Je parle d'un ton rauque, mal assuré.

— Tu as crié le nom de ta sœur…

— J'ai rêvé que des Nécrosés se jetaient sur elle pour la dévorer. Le pire, c'est que leurs traits étaient ceux de Tobian, de mes frères et de mes parents.

Spontanément, Valli me serre contre son cœur. Je me laisse aller, rassérénée par sa chaleur, son parfum minéral et doux. Dans ses bras, je me sens enfin à ma place, peut-être parce que j'ai l'impression qu'elle m'a acceptée telle que je suis, qu'elle ne desserrerait pas son étreinte, même si je lui révélais que je l'ai trahie.

— Valli, je… Il faut…

— Quoi ?

— Rien.

Je m'écarte d'elle, honteuse de ne pas avoir le courage d'un aveu. J'ai l'intuition, cependant, qu'il est encore trop tôt : cela la mettrait en colère, romprait la nouvelle relation que nous tissons.

— C'est juste que… Arienn me manque tant ! Nous avons grandi ensemble. Nous avons tout partagé. Elle était mon centre, ma raison de vivre, de lutter. Mais elle est morte et son absence me ronge. Je deviens folle, enfermée ici. Valli, laisse-moi t'aider.

Je me tais, douloureusement consciente de la véracité de mes paroles.

— Tu ne sais pas te battre, proteste-t-elle avec douceur.

— Peut-être, mais je suis toujours capable de faire des ricochets. Et j'ai blessé un soldat, sur la passerelle…

— Tu crois que ça va être utile contre les bestioles que nous traquons, ou même, contre les maraudeurs ?

— Je vise bien.

Valli desserre son étreinte, me repousse gentiment.

— Gigi…

Gigi. Elle me surnommait ainsi. Avant. Quand nous étions enfants. Quand tout était simple, évident. Je déglutis, la gorge nouée. Dans la pénombre, ma main cherche la sienne, la saisit. Valli sursaute, frémit.

— Je ne veux pas rester seule.

— J'en parlerai avec les autres, décide-t-elle en s'écartant de moi. Mais je ne sais pas si je peux t'emmener avec moi. C'est dangereux, tu sais. Surtout en ce moment.

— S'il te plaît.

— Je vais y réfléchir. Rendors-toi.

Je ne réponds rien, de crainte de me mettre à pleurer. Je n'ai pas un geste pour la retenir lorsque, après une brève hésitation, elle quitte la pièce.

*

XV

— Hors de question de la trimballer avec nous ! gronde Nellio, croisant les bras avec défiance.

— Gia nage parfaitement. Elle pourra nous aider, au contraire, proteste Valli.

— Et si des Nécrosés nous tombent dessus, elle fera quoi ta copine ? Elle restera plantée là, comme la dernière fois ?

Hostile, Nellio refuse de me regarder, parle de moi à la troisième personne, comme si je n'étais pas là. Valli hésite, partagée entre l'appréhension et l'envie de m'aider. Ruben prend le temps d'avaler une cuillerée de bouillie avant d'intervenir.

— Gia peut venir avec moi. Tu as l'habitude des enfants, j'imagine ? me demande-t-il.

Je hoche la tête.

— Tu saurais leur enseigner la lecture et le calcul ?

Un souvenir se dessine à la surface de ma mémoire.

Au milieu de l'enclos, ses boucles brunes en bataille autour de son visage sérieux, ma petite sœur s'efforce de compter, à haute voix, les moutons bleus qui ne cessent de bouger. Je la corrige plusieurs fois – « après cinq, c'est six et pas sept », « on dit onze et pas once ». Exaspérée, Arienn frappe un caillou du bout de son pied. Projeté dans les airs, celui-ci heurte une brebis, provoquant la panique au sein du troupeau.

Percevant mon trouble, Ruben esquisse un sourire bienveillant.

— Tu n'es pas obligée de répondre tout de suite. Tu n'es pas non plus obligée d'accepter, Gia.

J'hésite, partagée entre l'envie de refuser et la peur de paraître capricieuse, de décevoir ceux qui me tendent la main. Mais à quoi bon mentir ?

— J'en suis capable. Sauf que je n'en aurai pas la force,

dis-je d'un ton étranglé. Arienn… C'est moi qui lui ai appris à lire et… Sa mort est si récente… En voyant ces enfants, je risque de m'effondrer.

Un long silence suit mon aveu. Ruben et Valli échangent un regard préoccupé. Nellio s'agite sur son siège, sourcils froncés.

— C'est bon, tu peux nous accompagner ! grogne-t-il enfin, se tournant vers moi pour la première fois. Mais t'as intérêt à suivre, et sans broncher. Pigé ?

J'acquiesce, étonnée. Je n'ai guère le temps de m'interroger sur son revirement. Un quart d'heure plus tard, vêtue d'un pantalon et de bottes hautes empruntées à Valli, un couteau et un sac de galets à la taille, un paquetage léger sur mon dos, je me glisse à la suite de mes compagnons à l'extérieur du refuge.

Droite. Gauche. Droite de nouveau.

Nous effectuons tant de détours qu'au bout de quelques minutes je suis complètement perdue. Je me contente de suivre, repérant de temps à autre des marques phosphorescentes sur les parois grumeleuses des tunnels. Mes compagnons avancent à vive allure. Leurs nerfs sont à vif. L'orage, entre eux, semble sur le point d'exploser.

Valli et Ruben semblent assez proches. Des liens fraternels les unissent. Si le jeune Nocte est extrêmement protecteur envers ses compagnons, il est particulièrement attentif aux réactions de Nellio. Chaque fois que ce dernier manifeste de la mauvaise humeur, Ruben tente de l'apaiser, il s'interpose entre Valli et lui à la moindre amorce de conflit. Quant à mon amie, Nellio l'exaspère sans que je parvienne à en déterminer la cause. Elle existait bien avant mon arrivée, selon moi.

Je me demande dans quelle mesure Nellio n'envisage pas de rejoindre la Horde – non par goût du meurtre, mais pour que les assassins de son père paient enfin le prix du sang. C'est peut-être pour cette raison qu'ils sont tellement tendus.

Nous nous arrêtons au bord d'un puits, auquel sont fixés des barreaux de métal. Nous descendons, l'un après l'autre. En bas règne une obscurité dense et humide. Valli découvre une lanterne bleutée ; son pâle éclat semble dérisoire. Masquant du mieux possible mon angoisse, je leur emboîte le pas dans les profondeurs où résonnent d'inquiétants couinements : des rats, dont j'aperçois de temps à autre les silhouettes menues. Enfin, le tunnel s'éclaircit. Les crissements et les plaintes disparaissent, étouffés par le grondement de l'eau.

Nous nous arrêtons, le temps d'accoutumer nos yeux à la lumière, au bord d'une rivière bouillonnante d'écume : le Sagarion.

— Elles ont été aperçues où, déjà, ces saloperies ? lance Nellio, main crispée sur le filet de cuivre accroché à sa ceinture.

— De l'autre côté du barrage, répond Valli. Ça va, Gia ? Tu tiens le coup ?

Nellio ravale une remarque mordante. Je hausse les épaules, déterminée à l'ignorer.

— On cherche quoi, au juste ? dis-je.

— Des Mimes, explique Valli. Peut-être un nid. Tu resteras à l'écart pendant qu'on s'en occupera, d'accord ?

— Pourquoi ? Si elle vient avec nous, c'est pour nous aider, non ?

Valli lui lance un coup d'œil agacé et reprend la tête de notre équipée. Nous marchons encore une heure, peut-être, avant d'atteindre l'imposante construction dont les rouages de métal, entraînés par le courant, alimentent en énergie une partie des Régions Libres. Six manœuvres surveillent l'énorme machinerie – quatre hommes et deux femmes. L'une d'elles, cheveux courts, prunelles noires, vient à notre rencontre.

— Rima est morte, déclare-t-elle guise de salut.

— Quand ?

Quand – et non comment.

— On l'a retrouvée ce matin, coincée dans les engrenages, le corps bouffé par les silures et les écrevisses. Par précaution, on a été obligés de la cramer.

Je retiens un haut-le-cœur, avant de me souvenir de ce que Valli m'a expliqué au sujet des Mimes, dont les larves colonisent les cadavres et cherchent de nouveaux hôtes.

— Combien de temps, à ton avis, avant d'être obligé de tout arrêter ? demande Nellio.

— Trois heures, et encore. Le problème, c'est que, si des Mimes sont passés, ça veut dire qu'il est trop tard et que la rivière est contaminée.

XVI

Curieux, Noldi s'avança vers la fillette qui le contemplait, immobile à l'entrée du tunnel. Elle lui permit d'approcher, puis recula dans la pénombre. « Reviens ! appela-t-il. Reviens ! Je veux seulement jouer avec toi. » Comme elle ne répondait rien, il s'enfonça de quelques mètres dans le souterrain, l'appela encore une fois. Soudain, il l'aperçut, plus loin, qui l'attendait dans l'obscurité.

« Noldi l'insouciant », *La Clef de cuivre et autres contes d'Alta*

Valli en tête, nous remontons le cours du Sagarion. Trois heures. Trois heures, c'est le seul temps dont nous disposons avant que les manœuvres n'arrêtent les machines, plongeant les galeries dans l'obscurité. Nous sommes silencieux, abattus par les révélations de Leona. De temps à autre, je jette un coup d'œil au flot bouillonnant, en contrebas. À plusieurs reprises, il me semble distinguer d'étranges formes dans le courant. Des formes blêmes, pareilles à de minuscules serpents. Une angoisse sourde monte en moi, vrille mes jambes, pèse sur ma poitrine. Si la rivière est déjà infestée de larves, cela signifie que nous sommes contaminés, condamnés. Je ne sais où naît le torrent où nous nous baignons, près du refuge, mais s'il vient de la même source que la rivière, si leurs eaux se mêlent, je crains le pire. J'essaie de chasser loin de moi ces idées morbides : impossible. Dans mon esprit tournoient les histoires terrifiantes de possession dont a été nourrie mon enfance – et pour la première fois je me mets à la place des malheureux dont la conscience est dévorée. J'imagine l'horreur de sentir son esprit partir en lambeaux, d'être impuissant à retarder l'inéluctable, de sentir tout son être s'altérer. Si je suis infectée, j'espère avoir le courage de prévenir les autres avant de me perdre complètement.

J'avance avec la sensation que des dizaines de vers rampent sous ma peau. J'en ai la nausée. Le quai devient de plus en plus étroit, de plus en plus glissant. Les parois dégouttent d'une humidité poisseuse et sale. Mélange de moisissures, d'eau croupie et de poussière, une odeur infecte flotte dans la galerie. Nous allons moins vite, à présent. Valli a sorti de son paquetage une sorte de tube de cuivre cabossé et tient, dans sa main gauche, une torche dont la lumière blanche luit, par intermittence, sur le granite. Nellio a tiré son couteau. À ses épaules crispées, je le devine prêt à bondir au moindre danger. J'ai tiré deux pierres de ma bourse. Leur contact rugueux, contre mes paumes, me rassure et pourtant m'écœure, car il m'évoque la mort de Dana.

Le boyau bifurque, se divise en deux segments : l'un suit le cours de la rivière et s'élève légèrement, l'autre s'enfonce dans les tunnels. Nous nous arrêtons ; Nellio et Valli échangent un rapide coup d'œil, puis le Nocte s'éloigne dans l'obscurité. Nous attendons son retour, dos à dos, tous les sens aux aguets.

À mes côtés, Valli se fige, yeux rivés au Sagarion. Un goût de cendres envahit ma bouche. Un filet de sueur coule le long de mon échine. Des créatures s'extirpent lentement du flot tumultueux. Je crois d'abord à des Nécrosés, mais non.

XVI

Ils n'ont ni leurs griffes ni leurs membres atrophiés. Valli s'élance, brandissant devant elle le cylindre de cuivre et la torche. J'ignore comment, de celle-ci jaillit un feu verdâtre qui se répand sur nos agresseurs. L'un d'eux s'enflamme. Rapidement, j'essaie d'évaluer la situation. Combien sont-ils ? Une dizaine, qui nous encerclent et s'approchent en silence, simulacres inexpressifs d'êtres humains, une lueur affamée au fond de leurs pupilles noires. Je recule. Percevant ma terreur, l'un d'eux se rue sur moi. Ses bras se déplient, cherchent à m'agripper.

Instinct. Je frappe de toutes mes forces.

Nellio surgit du souterrain, plante son poignard dans la nuque d'un possédé. Sa lame s'y enfonce avec un bruit écœurant. L'abomination bascule en avant. Valli l'embrase avant qu'il ne touche le quai. Brûlure, entre mes omoplates. Je me retourne en feulant, écrase de toutes mes forces l'une de mes pierres sur un crâne. Celui-ci se brise comme une céramique. Une affreuse scolopendre à la chitine blafarde s'en échappe. Je la piétine jusqu'à la transformer en bouillie. À deux pas de moi, un autre parasite se consume. Son corps calciné bascule dans le Sagarion. Deux autres le suivent, consumés avant d'avoir touché l'eau. Un quatrième se rue sur Valli. Je m'interpose sans réfléchir, le prends de plein fouet, perds l'équilibre. Il retrousse les babines. Dardant vers mon visage une langue bifide, il tente de l'introduire dans ma bouche. Des relents, fétides, envahissent mes narines, font vaciller mes sens, ma raison.

Je suis libre, soudain. D'un coup de pied, Nellio projette mon adversaire au loin et bondit sur lui. Valli transforme deux assaillants en torches ; Nellio enfonce sa dague dans le cou du Mime. Celui-ci se tortille assez pour lui échapper, se retourne, vif comme un lézard, et le plaque au sol. Nellio se débat. Le monstre plonge sur lui, enfonce ses crocs dans sa chair.

Nellio hurle.

À mon tour de l'aider. Je me précipite sur le simulacre, j'abats de toutes mes forces une pierre sur lui. Libéré de son adversaire, Nellio roule sur le côté, bascule dans la rivière avec un cri étranglé.

— Il ne sait pas nager ! hurle Valli.

Je plonge, retenant ma respiration dans l'onde glacée. Je repère rapidement le Nocte. Il s'essouffle, disparaît à plusieurs reprises, entraîné par le fond. Je m'enfonce sous le flot, m'approche de lui en quelques brasses, le saisis par la taille, le tire vers moi. Il résiste. Se débat.

— Fais-moi confiance, Nellio, dis-je une fois que nous avons rejoint la surface.

Il hésite, cesse de batailler. Je nage vers la rive, lutte contre le courant, contre le poids de Nellio. Enfin, je parviens à la rive. À bout de souffle, je le hisse sur la pierre gluante. Je l'y rejoins, le bascule sur le côté. Il tousse, vomit un filet sale, ouvre les yeux.

— Merci, souffle-t-il avec un pâle sourire. Sans toi, je crois que je ne m'en serais pas sorti.

— Montre-moi ta blessure, dis-je, gênée par son regard et sa soudaine gentillesse.

La morsure est profonde et déjà boursouflée. Un instant, j'ai l'impression d'y voir disparaître une forme blanchâtre. Inquiète, j'inspire profondément, me tourne vers Valli. Tournoyant sur elle-même, celle-ci se débarrasse de nos derniers ennemis. Quelques minutes plus tard, elle est agenouillée à nos côtés. Ses vêtements sont déchirés en plusieurs endroits, mais elle est saine et sauve. Sans un mot, elle examine la plaie de Nellio. Ses traits s'assombrissent quand elle découvre ses lésions.

— C'est si grave que ça ?

— Cette saleté ne t'a pas raté, murmure-t-elle en réponse, tirant de son paquetage – le seul qui soit resté sec et intact –, un nécessaire de secours. Dès qu'on se sera débarrassés du nid, on rentre au bercail, histoire de te soigner avant que ça dégénère complètement. Je ne sais pas pour toi, Nellio, mais des Mimes surgissant de la rivière, ça me semble vraiment *très* bizarre.

— Maintenant que tu le dis…

— Et puis, leurs hôtes n'étaient pas d'ici.

Je fronce les sourcils, perplexe, avant de réaliser que leurs chevelures étaient noires et que leurs vêtements de laine bleue les désignaient clairement comme des voleurs de lumière.

*

Valli a désinfecté nos plaies et posé sur le cou de Nellio une sorte de cataplasme gris et malodorant, qu'elle a entouré d'épaisses bandes de tissu. Puis nous avons récupéré nos armes et avons repris nos recherches en amont de la rivière.

Des citoyens d'Alta. Échoués sur les rives du Sagarion. Possédés par des Mimes. Cela éveille en moi l'écho d'une intuition sourde, la prescience d'un drame attendu. Un drame dont je me sens coupable sans en saisir la raison.

Nous marchons depuis un moment, quand Valli s'immobilise. Étendue sur le sol, à dix pas de nous, la dépouille nue d'une femme. L'anneau de cuivre qui enserre sa cheville maigre est la marque d'un couvent lunaire. À cet instant, Valli recule.

— Là, chuchote-t-elle, pointant du doigt le torse de la défunte.

Il grouille de larves. Levant les yeux, je découvre, horrifiée, que les parois du souterrain en sont recouvertes – et sur ce tapis laiteux, d'énormes scolopendres dardent vers nous leurs appendices blêmes et chitineux. À peine avons-nous pris conscience de leur présence que les premiers d'entre eux, glissant sur les murs, tombant du plafond, fondent sur nous. Valli réagit aussitôt. Brandit sa bombonne métallique, en pulvérise le contenu juste devant sa torche. Comme tout à l'heure, une flamme d'un vert froid fuse droit sur les parasites et embrase aussitôt leur nid. Une scolopendre rampe le long de ma cuisse, je m'en débarrasse avec un grognement. Le plus rapidement possible, j'arrache un pan de ma tunique, le roule en boule, l'allume, le jette sur la défunte. Du coin de l'œil, j'aperçois Nellio, pris dans une nasse compacte et blanche. Je me précipite, saisis à pleines mains les vers, les jette dans les flammes, recommence, jusqu'à ce qu'il parvienne à se débarrasser des derniers filaments. En quelques minutes, le nid disparaît, dévoré par l'incendie provoqué par Valli. Une fois les derniers Mimes détruits, elle avance lentement parmi les restes fumants et s'assure que tout a été consumé avant de se tourner vers nous.

— Nellio, souffle-t-elle, tout va bien ?

Le Nocte secoue la tête, au bord des larmes.

— Viens.

Sans attendre sa réponse, Valli rebrousse chemin, le poussant devant elle avec douceur. Je leur emboîte le pas. Nellio ne cesse de se gratter, de secouer la tête en tous sens. De chaque côté du Sagarion, les lumières grésillent, s'éteignent, éclairent par intermittence - de plus en plus faiblement. Régulièrement, je me retourne afin de vérifier que nous ne sommes pas suivis. Au bout d'un moment, nous atteignons un renfoncement auquel je n'avais pas prêté attention auparavant.

— Déshabillez-vous, ordonne mon amie.

Des traînées humides maculent les joues de Nellio. Il les essuie d'un geste rageur, commence à se dévêtir. Les circonstances ne permettent aucun atermoiement, pourtant je peine à l'imiter. La pudeur, les vieilles habitudes, me rendent honteuse et fébrile à la seule pensée de me montrer ainsi devant un homme, fût-il Nocte. Mais le jeune homme se moque de ma nudité. Tremblant, mâchoires crispées, il se soumet à l'examen de Valli. Celle-ci tourne autour de lui, l'observe avec attention. Elle approche ses mains, palpe son corps, ses cheveux humides pour déceler des traces de contamination. Au contact de ses paumes, Nellio sursaute.

— Je t'ai fait mal ?

— Non. Non, chuchote-t-il en détournant les yeux.

Délicatement, Valli ôte les cataplasmes qui protègent son cou et son épaule. Sa morsure a viré au noir, et dégage des remugles malodorants. Instinctivement, je recule, sourcils froncés. Dans mon esprit tourbillonnent des images d'hommes et de femmes corrompus par les Ténèbres, enveloppes de chair investies par un mal indicible, sans espoir de rédemption.

— Je suis obligée d'inciser, murmure Valli. Gia, tiens-moi la torche…

Elle fouille dans son paquetage, en tire une lame fine, une pince et une fiole contenant un liquide jaunâtre. Puis, d'une main ferme, elle écarte les bords infectés, fouille les blessures. Nellio frémit. Instinctivement, je touche mon glyphe - me rappelle soudain le pendentif d'Arienn, suspendu à mon cou. Je passe par-dessus ma tête, le lui tends.

— C'est quoi ? siffle-t-il entre ses dents.

— Une sorte de talisman. Il appartenait à ma petite sœur…

Je tais sa signification véritable. Si l'objet possède le moindre pouvoir, s'il ne s'agit pas seulement de superstition vaine, je veux qu'il puisse le porter. Valli me lance un coup d'œil rapide, hoche la tête. Elle comprend mon geste, même s'il ne signifie rien pour elle. Nellio accepte le présent, le tient dans son poing serré par la douleur pendant que mon amie continue d'opérer.

— Alors ? demande-t-il, lorsqu'elle s'écarte brièvement de lui pour ouvrir le flacon.

— Je n'en suis pas sûre, mais je crois qu'aucune de ces bestioles n'a eu le temps de s'incruster…

Il soupire, soulagé. À cet instant, elle verse quelques gouttes de liquide sur ses chairs à vif. Celles-ci grésillent, dégageant brièvement une fumée âcre, piquante. Nellio laisse échapper un cri, vacille. Je le retiens du mieux que je peux pendant que Valli sort de ses affaires une tenue de rechange et la lui tend.

— À toi, Gia, me dit-elle.

Maladroitement, j'ôte mes bottes et mon pantalon. Valli soulève mes bras, vérifie ma chevelure, mes oreilles, puis recule, satisfaite.

— C'est bon, tu n'as rien.

Quelques minutes plus tard, nous remontons de nouveau le cours du Sagarion, désormais plongé dans l'obscurité. Au générateur, nous sommes accueillis par Leona et deux autres manœuvres. Inquiète, elle écoute le rapport de Valli, demande des précisions – taille du nid, nombre d'adultes, comportement des Mimes.

XVI

— Puisque les parasites sont détruits, ce n'est pas la peine de stopper les machines, décide-t-elle. Je vais simplement demander du renfort, au cas où un autre groupe déciderait d'attaquer. Cela étant, l'eau ne doit pas être utilisée, même bouillie, avant que nous soyons sûrs que nulle larve n'a survécu.

Aucun de nous ne relève. Mais, lorsque nous partons, les mêmes questions nous tourmentent. Depuis combien de temps la rivière est-elle contaminée ? N'est-il pas trop tard, de toute façon ? Arrivés au puits, nous grimpons en silence, poursuivons dans le dédale humide emprunté une éternité plus tôt. Nous allons en silence. Devant moi, Nellio peine à marcher. Il trébuche souvent, son souffle est court. J'hésite, puis me glisse jusqu'à lui et passe mon bras autour de sa taille. Il se crispe, ne me repousse pas. Ce qui s'est passé tout à l'heure a éteint sa méfiance et mon inimitié. Je ne suis pas sûre de l'apprécier, mais il me touche assez pour que j'aie envie de l'aider, d'apprendre à le connaître mieux, aussi. Nous cheminons ainsi jusqu'à retrouver des tunnels plus larges, plus secs, plus fréquentés. Nous croisons deux hommes, comme moi originaires d'Alta. Ils se tiennent la main, s'écartent pour nous laisser passer. Plus loin, une mère et sa fille, gamine à la chevelure ébouriffée, poussent vers un carrefour une charrette remplie de fils de cuivre ; elles ralentissent, s'arrêtent en découvrant l'état de Nellio.

— Nina ! Va chercher un soigneur !

— Ça ira, merci, grommelle le Nocte.

Ses membres ne le portent plus. Il chancelle, s'effondre dans mes bras. Valli m'aide à l'asseoir contre le mur. Nina file dans un couloir. La femme lui tend sa gourde, il la repousse ; d'un geste, je l'empêche d'insister.

— L'eau du Sagarion, murmure Nellio. Elle est… souillée…

— Gia, je dois donner l'alerte, souffle Valli.

— Je veille sur lui. Ne t'en fais pas.

Esquissant un bref sourire, celle-ci bondit sur ses pieds, disparaît rapidement dans un couloir. À côté de moi, Nellio gémit sourdement.

*

Lorsque j'étais souffrante, tante Vania me veillait et s'occupait de moi jusqu'à ce que je sois guérie. Étant une sang-de-lune, je portais les Ténèbres en moi : la moindre fièvre pouvait en être une manifestation. Je n'avais pas le droit de quitter ma cellule et les portes de l'hospice solaire me demeuraient interdites.

Aussi, lorsque j'accompagne Nellio dans cette caverne oblongue où sont alités quatre autres malades, je me sens à la fois curieuse et coupable. Des spores fluorescentes éclairent la salle. Trois guérisseurs – deux hommes et la femme croisée à mon arrivée dans les Régions Libres – s'affairent auprès de leurs patients. Quand j'ai expliqué à Esma ce qui s'était passé, elle est devenue livide. Au pas de course, elle nous a installés ici avant d'ordonner que toutes les cuves provenant du Sagarion soient vidées et remplacées par l'eau saine. Après avoir glissé entre les lèvres de Nellio un jus épais et brun, afin de l'endormir, Esma l'a ausculté à l'aide d'une espèce de lumière blanche, presque aveuglante. Elle a terminé par l'examen de ses chairs tuméfiées. Au bout d'un long moment, elle a levé les yeux vers moi.

XVI

J'y ai lu de la tristesse, de l'impuissance également.

— Je ne peux rien pour votre ami, je le crains.

— Je croyais que les Mimes... qu'on avait été assez rapides...

— Je suis désolée, mais les symptômes ne trompent pas, répond-elle d'un ton doux. Quand un Mime pénètre dans sa victime, il libère des toxines qui provoquent en elle des nécroses et des vertiges. Je peux le soulager, vous donner des onguents pour atténuer sa souffrance, mais c'est tout.

Alors, je me rappelle brusquement le dard blanchâtre s'enfonçant dans les chairs de Nellio.

XVII

Ils vivent sous la lumière et pourtant sont aveugles.
Sur la paroi d'une galerie

— Je ne veux pas finir comme ça…

Que répondre ? Que tout ira bien, qu'il va s'en sortir, qu'on va trouver une solution pour éliminer les larves qui le dévorent et le guérir ? Nellio ne mérite pas ces mensonges. Alors, je me tais. Je me contente de rester à ses côtés et de le veiller en attendant le retour de Valli.

— Tomber en morceaux. Crever à petit feu, mais trop vite. C'est toujours comme ça, hein ? ricane-t-il avec amertume. On a beau savoir que ça sert à rien, on s'accroche. Paraît qu'à la fin on se souvient même plus de son nom. On n'est plus qu'un corps vide, poussé par la faim et l'envie de se reproduire.

À l'autre bout de la caverne, un patient crie derrière un paravent. Laissé pour mort par la Horde, après un affrontement qui a mal tourné du côté d'Alta. Après deux jours à se traîner dans les tunnels crasseux, sa plaie s'est infectée. Les soigneurs ont été obligés de l'amputer. L'un d'eux, un Nocte aux traits émaciés, se précipite vers lui avec un air soucieux.

— Tu m'en veux d'avoir été aussi minable ? grimace Nellio. T'aurais le droit. D'habitude, je ne suis pas aussi… C'est juste que… Il a fallu tout de suite t'accepter, et on venait d'avoir une de ces discussions, avec les autres, au sujet de l'avenir. Savoir s'il faut continuer à espérer un changement en douceur ou prendre les armes contre Alta. Tu sais, le genre : est-ce qu'il faut mettre le feu à la cité pour que les gens ouvrent enfin les yeux ? Quelque part, ta fuite, ton arrivée parmi nous, ça leur donnait raison. Mon père… Il était comme Ruben et Valli. Il croyait que des slogans suffiraient… J'étais là, quand ils les ont capturés, Marco et lui. C'était sur la grande passerelle de Nova. On n'était pas nombreux à les accompagner. Il y avait Valli, moi, deux autres qui sont morts pendant l'affrontement. Je venais de terminer de peindre une lettre. Un beau « A » bleu et luisant. On n'aurait jamais dû se faire attraper. À mon avis, on a été trahis, mais personne ne peut rien prouver évidemment. Marco et mon père se sont sacrifiés pour qu'on ait le temps de fuir. Vos soldats… les soldats d'Alta les ont traînés jusqu'à leur sanctuaire. Ils ont été jugés et pendus dès le lendemain. T'as remarqué ? Dans ces cas-là, y a toujours du monde pour regarder.

— La haine rassemble, dis-je, mais il ne m'entend pas.

— On a observé ça de loin, Valli et moi. On n'osait pas s'approcher. Enfin, moi j'aurais fait n'importe quoi, mais elle m'en a empêché. Je lui en ai voulu pour ça. Mais je sais bien qu'elle avait raison. Comme toujours… Voilà. Tu n'y es pour rien, Gia. Mais tu es tombée au mauvais moment. Parfois, j'ai envie d'exploser. Je me sens tellement frustré ! Tellement impuissant ! Et maintenant…

Il détourne la tête, se frotte rageusement les yeux. Le silence s'installe, à peine troublé par les respirations des autres patients. J'attends un moment, puis me lève. Besoin de me dégourdir les jambes, d'être seule un moment. Nellio attrape mon poignet, me retient.

XVII

— Gia…

— Tu veux que je reste, c’est ça ?

— J’ai la trouille.

— Je sais.

— Tu veux bien me raconter un truc ? N’importe quoi. J’ai besoin de… J’ai besoin d’entendre une voix. De ne pas penser à ce qui m’attend.

Sa demande me rappelle douloureusement les derniers instants d’Arienn. J’acquiesce, émue, ferme les yeux le temps de me libérer de l’étau qui comprime ma gorge et ma poitrine. Puis je commence.

— Ce que je préférais, petite, c’était quand les adultes nous envoyaient attraper des écrevisses. On se mélangeait, fils-du-soleil et sang-de-lune, garçons et filles si tu préfères, même si les plus vieux nous surveillaient. Lucian, mon frère aîné, ne perdait jamais une occasion pour nous séparer quand on était trop près les uns des autres. Avec Valli, on s’en moquait. Comme il n’aimait pas se baigner, nous passions notre temps à faire des ricochets. Évidemment, nous étions forcés de nous éloigner pour éviter d’affoler les silures et les crustacés. Un jour, nous avons décidé d’explorer les rochers qui se dressaient à l’extrémité de la crique et s’enfonçaient dans l’eau, formant une piscine luisante d’algues blanches. Valli était bien plus agile que moi, mais je m’accrochais. Une fois parvenus tout en haut des récifs, nous avons découvert une cavité, à peine assez grande pour nous abriter. Il nous a suffi d’un coup d’œil échangé pour en faire notre refuge secret.

— Vous étiez vraiment très proches, alors ?

— Oui.

Je comprends soudain qu’il existait une autre raison à son hostilité, même s’il l’a tue. Elle m’apparaît comme une évidence. Par ma seule présence, je lui vole l'attention de Valli. L'aime-t-elle ? Non. Elle ne se montrerait pas aussi fraternelle avec lui. Et ne serait pas exaspérée par son comportement. Avec un pincement de honte, je réalise que je suis soulagée.

— Tu savais que Valli était une fille ?

J'aurais dû m'attendre à cette question. Elle me prend par surprise, cependant – et avec elle, une bouffée de culpabilité.

— Non. Je l'ai découvert plus tard.

— T'as dû être secouée par ce qui s'est passé. Et celle qui l'a dénoncée…

— Sienn, dis-je, un peu trop vite.

— C'est ça. T'as pas eu envie de l'étrangler ?

— J'avais envie de l'étrangler bien avant, dis-je, camouflant mon malaise derrière une moue de dérision. Elle et moi, nous nous détestions. Nous nous battions régulièrement…

— Tu gagnais ?

— J'étais plus forte que Sienn, mais elle pleurait beaucoup mieux que moi.

Nellio rit. Heureuse de parvenir à le distraire, je m'apprête à poursuivre, quand je reconnais la voix de Ruben, à quelques mètres de l'alcôve. Il s'entretient quelques instants avec l'un des soigneurs, puis nous rejoint dans l'alcôve. À la vue de Nellio, ses traits s'altèrent. Il s'approche, bouleversé. Dans son regard clair se mêlent, pour la première fois depuis que je l'ai rencontré, peur et désarroi. À sa question muette, Nellio répond par un sourire résigné. Livide, Ruben tente de garder une contenance, mais il est sur le point de s'effondrer. Ils ont besoin de rester seuls, je le devine. Alors, je me lève et me dirige vers l'entrée. Perdue dans mes pensées, je heurte une épaule – Valli.

— J'ai donné l'alerte, c'est bon, chuchote-t-elle. Jien et

les siens sont partis enquêter sur la présence de voleurs de lumière, si près du Sagarion. Et sur l'origine du nid. Comment va Nellio ?

— Panique. Amertume. Trouille. Il s'accroche à la moindre phrase, à la moindre distraction…

Valli hoche tristement la tête.

— Et toi ? me demande-t-elle d'un ton soucieux. Tu tiens le coup ?

— Oui.

Surprise par la fermeté de ma voix, je me rends compte que je suis sincère. J'ignore si je suis ou non souillée par ces vers et je m'en moque. Ceux qui m'importent sont Nellio, que je suis déterminée à aider tant que cela m'est possible, puis Ruben et ma chère Valli.

Il est temps pour moi de lui avouer la vérité. Il suffit d'avoir le courage de me lancer.

Un râle étouffé interrompt mes réflexions. Le malheureux amputé gémit dans son sommeil fiévreux. Machinalement, je passe une main dans mes cheveux poisseux, les tortille en un vague chignon.

— Nous ne pouvons pas le laisser ici. Ce serait pire que tout.

Valli hésite. Nellio est son ami, mais également un danger pour nous tous. La fin peut survenir à tout moment. Dans une semaine, un mois ou demain. Entre deux, l'esprit grignoté par les larves des Mimes, le jeune Nocte disparaîtra, remplacé par une mécanique parasite et suffisamment vicieuse pour dissimuler son influence afin de berner des réceptacles potentiels – nous. Finalement, elle hoche la tête.

— Il est en état de se lever ?

— Avec de l'aide, ça ira.

Un quart d'heure plus tard, nous quittons la caverne des soigneurs. Dans le sac de toile, sur mon épaule, les onguents et les potions que nous a confiés Esma. Valli a passé son bras autour de la taille de Nellio. Il s'appuie sur elle, s'efforce de ne pas montrer qu'il souffre. Ruben, ouvre la marche, les traits ravagés par le chagrin. Moi, je reste en arrière, attentive même si nous traversons des tunnels fréquentés.

Une fois au bercail, Valli aide Nellio à prendre place sur les coussins, dans la salle commune illuminée par les lumignons. Ruben et moi préparons le repas. Quand nous les rejoignons, un parfum d'épices flotte dans l'atmosphère.

Du coin de l'œil, j'examine le livre posé sur le sol, au pied des étagères. C'est un ouvrage à la couverture fine, d'un beige rosé.

— Comment te sens-tu, Nellio ? interroge Ruben.

— À ton avis ? Tu crois que je me sens comment, avec cette saloperie qui me bouffe de l'intérieur ?

Se levant brutalement, il se précipite hors de la pièce. Un instant plus tard, la porte de sa chambre claque. Ruben s'affaisse, bras serrés contre sa poitrine. Valli le contemple quelques secondes en silence avant de poser la main sur son épaule. Le jeune homme redresse la tête, hagard.

— Il doit exister un remède ! Un moyen de le guérir…

En réponse, Valli l'attire contre elle et l'enlace avec gentillesse. Il se laisse aller, pantin sans force, sans volonté. Je m'éloigne, mal à l'aise. Tristesse. Colère. Ces sentiments m'étouffent. Je voudrais aider. Sauf que j'ignore comment. Et puis, je me sens une intruse. Je les connais mal. Je ne suis pas à ma place, ici. Avisant le livre près des coussins, je le ramasse, l'ouvre. Une façon comme une autre de me tenir à l'écart, de les laisser en paix.

XVII

Ce sont des fragments : certains ont été collés, d'autres copiés avec soin.

La vraie difficulté, c'est de faire une croix sur la lumière du soleil. On ne s'en rend pas compte, mais la chaleur et les couleurs sont ce qui manque le plus. Marrant. Quand j'étais gamin, je rêvais d'être un vampire. À présent que je suis confiné dans l'obscurité, je me dis que l'éternité doit être un calvaire dans ces conditions.

C'est quoi, un vampire ? Je passe quelques pages.

Au dernier recensement : la population de moutons à laine bleue a dépassé la race d'origine. C'est dû aux mousses dont ils se nourrissent. Combien de temps faudra-t-il avant que tout le cheptel mute définitivement ? Et nous ? Combien de temps avant que notre peau, nos organes, se fassent à l'obscurité ?

Je songe aux Noctes, capables de voir parfaitement dans le noir, bien mieux adaptés à la vie souterraine que nous. Je fronce les sourcils, poursuis. Un paragraphe, plus bas, attire mon attention.

Les ténèbres engendrent des monstres. Adriana et ses assistants ont été retrouvés dans la 23e galerie. Leurs membres présentaient des signes de nécrose et leurs fonctions neuronales étaient fortement endommagées. L'autopsie a révélé une forte présence de substances radioactives dans les tissus.

Ainsi, les Nécrosés auraient bien une origine humaine…

— Pourtant, on sait les détruire, s'écrie soudain Ruben, m'arrachant à ma lecture.

— Oui. Par le feu.

Je me rappelle ma conversation terrible avec Horian et mon père, après la lapidation de Dana. Selon eux, la souffrance permettait de mettre en échec la corruption et la combustion, de l'anéantir. J'essaie de me rappeler ce qui est écrit dans le *Livre du Soleil*. Car je suis désormais convaincue qu'il y a dans cet ouvrage que je hais une parcelle de vérité, même infime.

Le Soleil et la Lune ont sacrifié une part d'eux-mêmes pour vaincre le mal qui se répandait dans le monde et corrompait leurs enfants. C'est pour cela que l'astre saigne avant de disparaître et que sa rivale, chaque cycle, s'efface dans l'obscurité. La lumière et le feu pour repousser les Ténèbres. Cela serait-il également efficace contre les Mimes ?

Le cuivre possède des propriétés curatives. À Alta, il symbolise cette lutte et la victoire du jour contre la nuit. Se pourrait-il qu'il soit capable de détruire, ou du moins de contenir ces larves ?

J'hésite à exposer ma théorie ; Ruben et Valli sont ouverts, mais sans doute pas au point de s'inspirer de leurs ennemis pour le guérir. S'il existe du métal en quantité suffisante dans les Régions Libres, celles-ci sont plongées dans l'obscurité. Pour accéder à la lumière, nous devrions nous rendre à Alta ; or, même sur les hauteurs de la ville, près du sanctuaire, elle est trop pâle et je doute qu'elle suffise à éliminer les Mimes. Pour cela, il faut trouver la clef de cette prison afin de nous envoler enfin vers une vie nouvelle et libre. Mais comment ?

— Mange pendant que c'est chaud, me conseille Valli, poussant devant moi l'écuelle pleine d'une bouillie parfumée.

— Je n'ai pas faim, chuchote au même moment Ruben. je

suis désolé. Je crois que… J'ai besoin d'être seul.

Il s'enfuit hors de la pièce, essayant vainement de dissimuler ses larmes. Des trois, Ruben me paraissait le plus mature, mais je me rends compte qu'il est tout aussi jeune et vulnérable qu'eux. Plus, peut-être. Parce qu'il est amoureux, lui aussi.

Cela me décide à parler.

— Valli, j'ai réfléchi, dis-je après avoir mâché quelques morceaux au goût tellement piquant que j'ai l'impression de me brûler. Tu sais que mon tatouage symbolise la lutte du Soleil contre les Ténèbres. La perle, au centre de la spirale d'encre, est censée les contenir. Je me demande dans quelle mesure le cuivre ne permettrait pas de ralentir la progression de ces vers…

Valli plisse les yeux et m'observe avec attention.

— J'ignore comment procéder. Mais je suis persuadée que ça en vaut la peine. Et puis…

— Les onguents d'Esma sont faits à partir de ça, je crois... De la poudre, mélangée à d'autres substances. Je lui en toucherai deux mots.

— Tu te souviens de la genèse d'Alta ? poursuis-je, sentant monter un moi un mélange de crainte et d'excitation. Il est écrit, dans le *Livre du Soleil*, que la lumière des deux astres conjoints a vaincu les Ténèbres. Est-ce qu'il n'y a pas là un socle de vérité ? Je sais que le *Livre* est un tissu d'aberrations… humaines… mais…

Je hausse les épaules, attends sa réaction.

Comme moi, Valli répugne à admettre que l'ouvrage le plus sacré d'Alta puisse contenir d'autres éléments que des inepties et des mensonges destinés au seul asservissement des sang-de-lune et au règne d'une aristocratie toute-puissante.

Pourtant, cela me semble logique ; au commencement, il y a nécessairement eu des fléaux semblables à celui qui menace aujourd'hui les Régions Libres, et dont la réalité s'est perdue.

Pourquoi avoir tenu les femmes pour responsables de cela ? Avec le recul, j'imagine plusieurs explications : peur, parce que nous saignons chaque mois ; jalousie, parce que nous seules donnons la vie ; volonté de puissance, d'écraser. Il est plus facile d'obtenir le soutien d'un peuple lorsqu'on le ligue contre un ennemi commun, qu'il soit ou non innocent.

Peu importe.

Ce qui compte, c'est que Nellio n'est peut-être pas condamné, et que nous tenons une chance de soigner ceux qui sont contaminés.

—Si ce que tu dis est juste, déclare enfin mon amie, cela signifie…

— Bouger. Enfin !

Nous nous retournons. Appuyé contre la paroi grenue, Nellio nous contemple, bras croisés, plein de résolution, de défi en dépit de ses blessures.

— Ce n'est pas si simple. Il y a une réunion dans deux jours, et…

— Je sais ce que tu vas dire, Valli : il faudra trouver un terrain d'entente avec les autres, décider d'un plan. Ça ne va pas être évident. Et si la Horde est mise au courant, ça va être le chaos.

— Exactement ! Tamara et les siens n'attendent que ça, tu peux en être sûr.

— Valli, les enjeux sont trop importants ! plaide Nellio. Si Gia ne se trompe pas…

— C'est bien là le problème ! C'est une simple hypothèse fondée sur des traditions injustes et stupides. Qu'est-ce qu'on fera si on se bat, si on perd tout ce qu'on a et que ça sert à rien ? Si les nôtres se font torturer, tuer…

— Je suis prêt à prendre le risque.

— Et toi, Gia ? Tu en penses quoi ? demande-t-elle, se tournant vers moi.

Je réfléchis un moment. Je comprends les hésitations de Valli. Je les partage, d'une certaine façon – j'ai des amis ici, j'ai encore des attaches, là-haut. Tante Vania si elle est encore en vie, Rozenn, et même Cora. Elles vivent dans l'aveuglement, mais celui-ci n'est que la conséquence du conditionnement dans lequel on les a éduquées. Quant à mes parents, quant à Tobian que je hais, méritent-ils vraiment de mourir ?

Néanmoins, il m'apparaît très clairement que la guérilla est le seul moyen dont nous disposons pour sauver Nellio et ceux qui sont infectés par les Mimes. Et quand bien même cela ne servirait à rien, nous essaierons au moins de changer le monde et de briser les chaînes qui nous retiennent loin de la lumière du jour.

— Nellio a raison, dis-je avec un haussement d'épaules. À moins que certains des vôtres aient découvert un chemin menant au bord de cette immense étendue d'eau baignée par le soleil, je ne vois pas d'autre solution.

*

D'énormes conteneurs accrochés sur notre dos, Valli et moi descendons le long d'une ancienne coulée. En contrebas, une source pure – le cours d'eau que nous utilisons pour les ablutions n'est pas assez sûr.

En chemin, Valli m'a expliqué qu'il y a eu plusieurs expéditions, au fil du temps, pour découvrir les sources de l'Ereben et du Sagarion, et peut-être aussi le moyen de remonter vers la lumière. Ceux qui s'y sont aventurés n'en sont jamais revenus. Il existe de vieux carnets, journaux de bord en piètre état, retrouvés par les rares patrouilles parties à leur recherche. Aucun n'indique d'issue. Je me demande s'ils ont tous péri ou s'ils ont simplement renoncé à retourner chercher les leurs.

En bas de la déclivité, la roche est humide. Des mousses y prolifèrent, rendant glissant le sol et les parois. À leur parfum suave, je reconnais une variété agréable à consommer. J'en ramasse un peu, le temps que Valli remplisse son bidon de toile et de cuivre.

— Tu crois qu'on a une chance ? souffle-t-elle, levant brusquement vers moi ses beaux yeux dorés.

Je me mords les lèvres, troublée qu'elle se fie à mon jugement.

— Je crois que nous n'avons pas le choix. Pas si nous voulons sauver Nellio, pas si nous voulons être libres.

— Libres ? Nous le sommes déjà, ici.

— Non, Valli. Sinon, nous pourrions aller et venir dans les rues d'Alta sans être inquiétées. Nous pourrions vivre au soleil. Nous ne traînerions pas comme des chaînes attachées à nos âmes ces monceaux de peur, de colère, de regrets.

Valli baisse les paupières.

Là-haut, les femmes sont des esclaves. La violence et la haine se parent des oripeaux de la justice pour briser des vies.

Ici, les gens se contentent d'un quotidien timide de peur d'envisager un avenir différent. La maladie, la mort se dissimulent derrière chaque sourire.

Il est temps que cela change. Nous le savons toutes les deux.

XVIII

Joran l'infanticide comprit qu'il avait agi sous l'emprise des Ténèbres, qui avaient pour le séduire pris l'apparence de sa défunte épouse. Dès lors, il admit qu'il était corrompu et que la seule façon de se débarrasser de la souillure qui le rongeait était d'accepter le châtiment des flammes. Il fut brûlé vif. Ceux qui assistèrent à sa mort s'accordèrent tous pour dire qu'au moment où les ombres quittèrent son corps, dispersées par le feu du bûcher, une lumière blanche illumina l'esplanade, et qu'elle avait la forme de sa silhouette.

Procès et jugements, compte rendu anonyme

Avec ses stalagmites poreuses et ses cratères, la caverne me rappelle les bassins d'Alta. Il n'y a pas d'eau bien sûr. Et la pierre de la cuve principale ressemble un peu à une arène. Plusieurs braseros en éclairent les abords. Au centre, parmi sept ou huit autres personnes, Esma et Valli.

Assise entre Ruben et Nellio, j'observe avec attention les Noctes, les exilés, les métis réunis ici : jamais je n'avais vu tant de différences en un même lieu. Parmi eux, Leona et ses manœuvres, qui parlent avec animation. Plus loin, l'un des deux soigneurs, entouré des siens – deux fils et une gamine aux longues nattes couleur d'opale. Non loin de lui, je reconnais les deux disciples d'Esma. Le visage de la fille, ses cheveux raides et bruns, ses traits anguleux me sont décidément familiers.

— Qui est-ce ?

— Lina, répond Ruben. Esma l'a trouvée, malade, à demi-morte de faim, dans un camp de maraudeurs abandonné. Elle s'est aperçue très vite que la petite savait lire, écrire, dessiner. D'après ce que j'ai compris, son intelligence et son talent lui ont valu l'exil…

Un soupçon commence à naître en moi. Je plisse les yeux, l'observe avec attention. Un père accompagné de son enfant, venu s'entretenir avec le guérisseur, m'empêche de l'examiner plus avant.

« Les Mimes ont-ils vraiment contaminé l'eau du Sagarion ? » « Sommes-nous condamnés ? » « Et lui ? » Pas difficile de deviner ses questions. Depuis le début de la réunion, ce sont les mêmes sur toutes les lèvres, dans tous les regards.

À côté de moi, Nellio s'agite, se gratte nerveusement les avant-bras. Ruben lui lance un regard malheureux. Nellio sait-il l'amour qu'éprouve pour lui son ami ? Et Valli, qui connaît le sien et ne le partage pas ? Éprouve-t-elle des sentiments pour quelqu'un ? Ruben ? Situation absurde : Nellio aime Valli, qui aime Ruben, qui aime Nellio… Et moi, dans tout ça ?

— Là-bas, c'est Stepan, m'explique Nellio, interrompant mes réflexions incongrues et me désignant discrètement un Nocte aux bras couverts de lignes abstraites, non loin d'Esma.

Je réprime un mouvement de dégoût. Il ressemble aux fils-du-soleil d'Alta, dont il a le port fier et l'arrogance. Toisant les autres avec une moue critique, il jette de fréquents coups d'œil en direction d'une femme à la peau mate, aux formes généreuses. Elle aussi, je suis persuadée de l'avoir déjà vue.

Près d'elle, un Nocte au visage couvert d'impressionnants tatouages. Sa minuscule compagne porte une tunique tressée de filaments de cuivre et joue avec un poignard effilé.

— Rio et Delia, continue Nellio. Ils étaient proches de Marco, au début. Après sa mort, ils se sont vite ralliés à Stepan.

— Et elle ?

— Lorenn. Une exilée, intervient Ruben avec une moue désabusée.

— Tu ne l'aimes pas beaucoup, on dirait.

Ruben hausse les épaules.

— Marco et Stepan l'ont découverte non loin d'Alta. Rejetée par son mari, elle a profité d'une attaque des nôtres pour fuir le couvent où elle était cloîtrée. Au début, Lorenn ne parlait pas beaucoup. Elle vivait tête basse, passait son temps à s'excuser. Puis Stepan s'est intéressé à elle.

Une épouse recluse. Ces traits connus. Subitement, je me souviens. Je ne l'ai jamais rencontrée, Lorenn. Mais j'ai plusieurs fois croisé ses filles. Aux noces de Dana. Au jour de sa lapidation. Elles étaient là, oui. Pour lyncher celle qui remplaçait leur mère.

— Ma cousine est morte à cause de l'ordure qui l'a répudiée.

À mi-voix, je relate le renvoi de Lorenn, le mariage forcé de Dana, la brutalité de Tobian. J'évoque le caractère de ses enfants, leur méchanceté.

— C'est bien leur mère, pas de doute ! pointe Nellio. Une fois qu'elle a mis le grappin sur Stepan, elle n'a pas arrêté de critiquer Marco. Tu te souviens, Ruben ? Elle passait son temps à remettre en question ses actions, ses choix. Bon, elle n'a pas eu beaucoup d'efforts à faire pour que ça dégénère entre Stepan et lui…

— J'ignorais que les conflits avaient commencé avant la

mort de Marco, dis-je.

À cet instant, une patrouille, dont les ombres à la lueur des flammes sont immenses et difformes, passe le seuil de la grotte et gagne le centre de l'amphithéâtre. Lentement, le silence envahit la grotte. Visages graves. Corps tendus, prêts à bondir. Les soldats échangent quelques mots à voix basse, puis se mêlent aux autres, laissant s'exprimer leur porte-parole, un individu maigre et noueux, dont les traits minéraux m'évoquent ceux de Tobian. Par réflexe, je courbe l'échine, essayant de ne pas être remarquée.

— Jien, chuchote Ruben. L'un des plus anciens éclaireurs de notre communauté.

Valli m'a déjà parlé de cet homme : lui et les siens ont enquêté sur la présence de voleurs de lumière et de Mimes aux abords du Sagarion.

— Je ne vais pas passer par quatre chemins, déclare-t-il d'emblée. Ce qu'on a découvert, ça pue. Ça pue, parce que c'est pas normal. Enfin, *c'était* pas normal. Je vous rassure, on a cramé les derniers Mimes et, au passage, toutes les saloperies qui traînaient dans le coin. Je peux vous dire que c'est bien nettoyé. Bref. Le nid qu'ont détruit Valli et ses copains, il n'avait rien à faire là. On a tout passé au crible, je peux vous l'assurer. On n'a rien trouvé qui justifie sa présence en plein milieu du Sagarion, juste comme ça. Alors, on a remonté le cours de la rivière. On a fini par trouver les derniers possédés. Il y en avait cinq. Tous venus de là-haut. D'Alta, ouais. Tous bouffés de l'intérieur. Et deux d'entre eux avaient les jambes en bouillie. Alors, on a réfléchi. C'est comme ça qu'on s'est rendu compte que le hasard n'avait rien à voir avec ça. Que le nid, comme le reste, avait été créé de toutes pièces. Voilà. Vous connaissez le topo.

XVIII

Cris d'étonnement, de colère. Certains accusent les voleurs de lumière d'avoir fomenté le coup. D'autres, la Horde. Parmi les noms prononcés, celui de Tamara. Moi, je me rappelle brusquement que mon père a évoqué, à plusieurs reprises, des mesures radicales pour se débarrasser de l'engeance des Ténèbres.

—Depuis quand la rivière est contaminée ? Est-ce que mon fils est condamné ? Et nous ? lance l'homme qui s'entretenait avec le soigneur au début de la réunion.

— La bonne nouvelle, clame Jien, levant les bras pour apaiser le brouhaha, c'est que les larves ne peuvent pas survivre longtemps dans l'eau. Et puis, le Sagarion est pas mal agité en ce moment. À mon avis, elles n'ont pas fait long feu, avec le courant. Ça n'empêche qu'il faut faire attention pendant quelques jours et surtout croiser les doigts pour qu'il n'y ait pas d'autres dégâts. Pour le moment, seules les rares personnes qui ont été en contact avec des simulacres sont infectées. Pour le reste, tout ce qu'on peut vous dire pour le moment, c'est que si ceux d'Alta ont préparé le coup, ils étaient pas seuls. Ils auraient jamais pu se repérer, dans les tunnels. Surtout si loin de chez eux.

De nouveau la confusion. De nouveau l'indignation, les cris.

Puis le calme.

Une tristesse sourde se répand dans l'arène. Un sentiment d'abattement, de résignation que je connais bien, puisqu'il écrase le peuple d'Alta, brise la volonté des femmes et leur arrache tout espoir. Au centre, Stepan gonfle la poitrine, prêt à prendre la parole. Valli le devance, d'une seconde peut-être. Ruben esquisse un bref sourire. Lorenn se penche vers Delia et lui chuchote quelques mots. La fine guerrière hoche la tête. Je me détourne, me concentre sur mon amie. À la lueur des braseros, ses cheveux ébouriffés sont pareils à des flammèches ; le collier de perles de granite et de cuivre qu'elle porte autour du cou scintille légèrement.

— Peu importe qui est coupable, lance-t-elle. Peu importe comment. Ce qui compte…

— Ce qui compte, c'est qu'on trouve ceux qui ont fait ça et qu'ils paient ! crie Delia.

Murmures approbateurs. Lorenn sourit. Je fronce les sourcils, perturbée sans savoir pourquoi.

— Je suis d'accord avec toi, rétorque Valli. Les responsables sont des ordures. Leurs complices sont pires encore. Et, si le nid n'avait pas été détruit à temps, nous serions peut-être tous condamnés. Mais Nellio, et d'autres encore, sont infectés. Pour combien de temps en ont-ils, à ton avis ? À quoi ça servira de partir en guerre – et contre qui, surtout ? – , alors qu'ils se consument sous nos yeux ?

— On dirait que ça te dérange de chercher ces monstres ! Tu les connais, c'est ça ?

Lorenn s'est exprimée d'un ton doux, mais suffisamment clair pour être entendue. Je ne comprends pas son acharnement contre mon amie. Je suis trop loin pour lire l'expression de ses yeux, mais je ne peux me départir d'un sentiment de malaise.

— Il y a mieux à faire, poursuit Valli, l'ignorant ostensiblement, parce que nous devons chercher un remède. Parce qu'il existe *peut-être* un remède à cette lente agonie. Esma…

— Nous utilisons le cuivre pour freiner la progression des larves, explique cette dernière. Les écrits d'anciens soigneurs mentionnent depuis longtemps ses propriétés curatives. Le problème, c'est que pour se débarrasser définitivement des

Mimes, il faudrait l'ingérer en quantité mortelle. Ce que nous savons aussi, c'est que les voleurs de lumière utilisent ce métal pour éloigner le mal de celles qu'ils nomment sang-de-lune.

Plusieurs femmes portent machinalement la main à leur épaule, peut-être encore percée d'une épingle de cuivre. Impassible, Esma patiente, le temps que le calme revienne.

— Selon leurs traditions, la lumière du soleil peut détruire la souillure de la nuit. Attendez ! Attendez ! s'exclame-t-elle, essayant d'étouffer l'indignation qui gronde au sein de l'assemblée. Je ne prétends pas que cette infection, telle qu'ils l'imaginent, existe ! Mais si les Mimes sont détruits par les flammes…

— Comme nous tous ! s'écrie quelqu'un.

— Comme nous tous, c'est vrai. Mais si les Mimes sont détruits par les flammes, répète-elle, peut-être le seront-ils également par le soleil, sans que nous ayons besoin de tuer l'hôte contaminé.

— Depuis le temps que je dis qu'il faut agir ! éclate Stepan – et sa voix forte résonne dans la grotte. Moi, je crois que nous nous cachons depuis trop longtemps dans l'obscurité ! Pourquoi ? Parce que nous avons peur de déployer nos forces et d'arracher à ces voleurs ce qu'ils nous ont pris ! Esma pense que ça vaut le coup d'essayer. Eh bien, elle a raison ! Et ce qui se passe aujourd'hui est un signe de changement ! Moi, je suis pour qu'on unisse nos forces sous une même bannière et qu'on réclame notre part à ces tyrans !

Son intervention provoque un véritable tollé. Je n'aime pas cet homme, mais je dois reconnaître qu'il sait comment s'exprimer pour toucher ceux qui l'écoutent. Autour de moi, certains sont choqués par la violence de ses propos, d'autres parlent de vengeance. Une Nocte aux prunelles presque blanches évoque les valeurs de Rovina. Sa compagne propose d'envoyer une délégation. À l'opposé, un vieillard à la peau tavelée gifle celui qui doit être son petit-fils. Faut-il abandonner les valeurs de la faction ? S'allier à des barbares et à des criminels au risque de tout perdre ? Après tout, en dehors de Nellio et des deux malchanceux que les Mimes ont attaqués avant d'être détruits, nul ne montre des signes évidents de corruption.

Tranquille, très droit, Stepan contemple le chaos qu'il a provoqué. Quant à Lorenn, elle ne prend même pas la peine de dissimuler sa satisfaction. Goût amer dans ma bouche. Sentiment qu'elle a voulu cette situation, l'a provoquée. Les porte-parole se dispersent, rejoignent leur groupe. Se hissant sur les gradins, Valli s'accroupit près de nous.

— Qu'est-ce que vous en pensez ? interroge-t-elle aussitôt.

— C'est plutôt pas mal parti, dit Nellio.

— À part Stepan.

Valli me dévisage, surprise de mon commentaire. Je hausse les épaules ; j'hésite un peu à poursuivre, mais d'un signe elle m'y encourage.

— Il n'attendait que ça. Et Lorenn jubile. Regardez-les…

— Je ne l'ai jamais aimée, murmure Ruben.

— Tu la connais bien ?

— Elle fait régulièrement la lecture aux enfants. Elle arrive toujours avec des galettes. Elle essaie de se faire aimer d'eux. Et puis, elle a sa cour, ses préférés. Je trouve ça malsain. Avec nous, elle se montre faussement gentille. Des compliments qui n'en sont pas, des petites remarques mesquines. J'ai l'impression qu'elle cherche toujours à s'immiscer dans la vie des gens et à les monter les uns contre les autres.

— Beaucoup de femmes, à Alta, sont ainsi. Leur existence

est vide. Elles ne sont rien. Alors, elles tentent d'imiter leurs maîtres, manipulent, écrasent, se délectent de la moindre once de pouvoir ou d'admiration. L'ancien époux de Lorenn était une brute. J'imagine que cela l'a marquée et…

Je ne crois pas à mes propres paroles. Aurait-elle choisi un homme aussi dominateur pour le remplacer, sinon ? À sa manière, elle est aussi déterminée que ma mère et recherche le pouvoir. Cela ne m'étonnerait pas qu'elle soit liée à l'ascension de Stepan. Cela ne m'étonnerait pas non plus que le couple soit impliqué dans la pollution du Sagarion. De nouveau, les propos de mon père me reviennent en tête : « Bientôt, les efforts et les sacrifices déployés ces dernières années porteront leurs fruits. Alta sera enfin débarrassée de l'engeance des Ténèbres. » Et si l'incapacité de Lorenn à donner des fils à Tobian n'était qu'un prétexte ? Si, depuis cinq ans, elle jouait le rôle de la rescapée timide et mal dans sa peau afin d'espionner et de préparer le terrain pour ceux d'Alta ?

— Je ne sais pas comment ça va tourner, reprend Valli. J'ai peur que Stepan décide de rallier la Horde.

Nellio secoue la tête.

— Tu parles ! Pour ça, faudrait qu'il ait le cran de tenir tête à Jien et à tous ceux qui se battent pour qu'on reste libres de nos choix. Sans compter qu'on sait toujours pas si Tamara et les siens sont coupables de…

À cet instant, des murmures s'élèvent de l'assemblée. Puis c'est le silence. Au centre de l'arène, les porte-parole se sont figés. Jien saisit la massue qui pend à sa hanche. Valli, poings serrés, attend. Du haut des gradins, Tamara esquisse une révérence moqueuse, s'approche d'un pas lourd, à la fois tranquille et menaçant. Elle n'est pas seule : ses maraudeurs l'accompagnent, prêts à se battre, à verser le sang.

— Belle assemblée, siffle-t-elle d'un ton railleur.

— Qu'est-ce que tu fiches ici, Tamara ? grogne Jien.

—J'ai appris qu'on avait eu des problèmes communs, alors je suis venue voir de votre côté comment ça évoluait, et proposer un peu d'aide, aussi. Si vous décidez de vous en prendre à Alta, précise-t-elle avec une lenteur étudiée, vous ferez pas un pli sans nous.

— On n'a pas besoin de toi, crache Jien.

— Tu as un plan ? demande au même moment Stepan.

Les deux hommes échangent un regard furieux. Bras croisés, Tamara les toise, l'un après l'autre. Elle souhaitait semer le doute et la dissension, une façon perverse de s'arroger du pouvoir. Son but est atteint.

— Je vais vous laisser discuter entre vous, déclare-t-elle avec un sourire froid. Une fois que vous serez décidés, vous savez l'un comme l'autre où me trouver. Une dernière chose : on n'a rien à voir avec les saloperies qui polluent le Sagarion. L'eau est trop précieuse pour être gâchée. Mais si vous ne savez pas quoi faire de vos coupables, on sera ravis de s'en occuper.

Alors, tournant les talons, Tamara et ses guerriers s'enfoncent dans les ombres de l'immense caverne.

— Cela confirme ce que je pensais, dis-je enfin. Les maraudeurs de la Horde s'abreuvent aux mêmes sources que vous. Qu'ils veulent votre territoire, soit. Mais pourquoi risquer leur vie ?

— Pour toi, ce sont des voleurs de lumière ? demande Valli. Avec ce que cela implique, c'est-à-dire la trahison de l'un des nôtres…

— À moins qu'il ne s'agisse d'un espion ? dis-je, les yeux rivés sur Lorenn.

— Sauf si ce que veulent les coupables, c'est que nous

attaquions Alta, reprend Ruben, sourcils froncés. Ils savent que, seuls, nous n'y parviendrons pas, alors qu'en ralliant la Horde nous avons une chance de renverser ces tyrans.

— Stepan aurait monté le coup ?

— Il en serait bien capable. Vous le savez comme moi : peu lui importent les moyens, quand il s'agit d'obtenir ce qu'il veut. En l'occurrence, une alliance avec Tamara qu'il espère depuis longtemps.

— Quelque part, c'est bien pensé, souligne tristement Nellio. Dégâts minimum parce que le nid a été détruit à temps, panique générale, colère. Les conditions pour une alliance sont idéales…

— Valli !

L'apprenti d'Esma interrompt notre conciliabule.

— Jien et Esma veulent te parler. Ils t'attendent là-bas, ajoute-t-il en indiquant une stalagmite plongée dans la pénombre, à l'écart de l'amphithéâtre.

De nouveau, j'observe Lorenn. Mèches dissimulant partiellement son visage. Épaules voûtées. Isolée, puisque Rio et Delia discutent ensemble, si proches qu'ils pourraient s'embrasser.

Ai-je tort de la soupçonner ? C'est une femme seule, terrifiée, qui s'efforce comme elle peut d'exister. Mais alors, qui ?

À cet instant, Esma, Jien et Valli reviennent au centre de l'arène. Les porte-parole s'écartent et forment un cercle autour d'eux. Difficile, malgré ce calme, de saisir leurs échanges. Stepan est furieux. D'autres au contraire semblent soulagés – ou simplement inquiets. Au terme de longues palabres, la majorité l'emporte et Jien s'avance face à nous.

— On peut pas foncer tête baissée chez les voleurs de

lumière, déclare-t-il. Ils sont plus nombreux que nous, et ce serait de la folie. Contrairement à d'aucuns, je n'ai aucune envie de finir à la botte de Tamara... Et vu qu'on connaît pas l'identité des raclures qui tentent de nous exterminer, inutile de se précipiter. Autre chose : on sait pas si la lumière des puits va suffire à guérir ceux qui ont été infectés, mais le temps presse.

— Alors, vous proposez quoi ? lance Rio.

— De les envoyer, avec des volontaires, au plus proche de la lumière du jour, pour vérifier si le soleil détruit les larves et au passage, repérer les brèches dans la défense d'Alta.

De plus, si cela ne fonctionne pas, les possédés deviendront des armes efficaces contre ceux d'Alta. Il n'est pas difficile de deviner ce que dissimule son prétendu franc-parler. Pour Jien, Nellio et les autres sont des instruments avant tout.

— Et pendant ce temps ?

— Pendant ce temps, on continuera l'enquête. Et je vous jure qu'on trouvera les pourritures qui sont à l'origine de ça. Une fois leur cas réglé, on avisera.

Un silence accueille ses paroles. Murmures, chuchotements, exclamations étouffées. Puis Ruben se dresse et toise l'assemblée.

— Mon ami est infecté. Alors, je me porte volontaire pour l'escorter.

— J'ai vécu longtemps sur les hauteurs d'Alta et je connais bien ses dédales, dis-je en me levant.

Quand la réunion s'achève, nous sommes neuf. Parmi nous, Nellio, Flavia et Lumen, tous trois contaminés.

XIX

Felen a trouvé des squelettes empilés au fond d'un cul-de-sac. Une dizaine, encore habillés. Ils portaient des uniformes faits d'une seule pièce de toile grise et des bottes. Leurs coiffes, taillées dans une matière légère et résistante, avaient roulé sur le sol. Nous avons hésité à les emporter avec nous. Puis nous avons renoncé. En revanche, nous avons pris un faisceau qui fonctionnait encore…

Carnets abandonnés dans une galerie

Le patriarche s'avance. Dans ses mains, deux pierres de la taille d'un poing. Il prend son élan, vise. La première s'écrase sur une épaule, la seconde touche le ventre. La mère, ensuite. Les sœurs. Le frère aîné, droit vers le coude. La tenue immaculée se teinte de rouge. Des sillons écarlates roulent sur la peau.

À toi maintenant…

Le cauchemar me réveille en sursaut.

Je dois parler à Valli. Lui avouer la vérité avant que nous partions.

Demain. C'est demain que nous retrouvons les autres et prenons la direction d'Alta.

Je me frotte les yeux, m'étire avec une grimace. Mes muscles sont noués. Sensation d'avoir dormi sur un lit de cailloux. Je n'arriverai pas à me rendormir. Autant me préparer.

Je découvre la lampe posée près de ma paillasse. Aussitôt, une lueur claire se diffuse dans la pièce, en écho à l'oiseau venu d'ailleurs dessiné sur le mur. Je vérifie mon paquetage : une tenue de rechange ; une autre, d'un bleu profond, pour me fondre dans la population d'Alta.

Cela me semble étrange de remonter là-haut. Imprudent, aussi. Lorsque nous sommes rentrés au bercail, j'ai pris mon amie à part et lui ai exposé mes doutes. Nous risquons d'être capturés par les soldats avant même d'atteindre les hauteurs d'Alta. Même si nous nous contentons des puits de Nova ou de Tertia, nous ne sommes pas assez nombreux pour résister à des hommes entraînés. Valli a voulu me rassurer : il ne faudra pas longtemps à Jien pour trouver les traîtres et les confronter.

Je n'ai aucune confiance en lui, mais ne saurais expliquer pourquoi. Alors, je me suis contentée de hocher la tête, comme si j'étais convaincue.

« Gia, a-t-elle conclu, les jours de Nellio et des autres infectés sont comptés. Tu ne crois pas que ça vaut le coup de prendre des risques si on peut les sauver ? »

Que répondre à cela ? Elle a raison, je le sais bien. À vivre en esclave, invisible pour ceux que je servais, j'ai compris les rouages complexes de la politique, alors peut-être suis-je trop méfiante ? N'empêche. Ses explications ne parviennent pas à me convaincre. Il y a une faille dans ce raisonnement. Un piège que je n'arrive pas à identifier.

Une fois prête, je me rends dans la salle commune. Déserte, elle est plongée dans l'obscurité. Seules les braises de la flambée brillent encore un peu. Je prends deux pots grouillant de minuscules vers luminescents et les pose sur les étagères. Coup d'œil rapide aux cartes, que nous n'avons pas encore rangées. Je saisis plusieurs ouvrages : un exemplaire des *Discours* de Rovina, la copie manuscrite des carnets d'un Nocte dont le cadavre a été retrouvé voici plusieurs décennies, dans un cratère à quinze jours de marche d'ici. D'après ce qui m'a été raconté, c'était le seul survivant d'une expédition destinée à trouver une voie vers la surface. Il est mort en rebroussant chemin.

J'ouvre les deux. Me plonge dans une double lecture.

Je n'ai pas renoncé à découvrir la salle de Rovina ni les indices qui permettraient de nous mener au-delà d'Alta. Près de la lumière du soleil.

Cela fait cinq jours que nous avons quitté les Régions Libres. Nous nous rapprochons de Tertia : le martèlement du métal sur la pierre et les bruits constants du chantier nous indiquent la direction de cette enclave en construction. Nous avons décidé de camper à proximité du chantier pour fouiller, la nuit venue. Felen espère découvrir d'autres preuves de l'existence de la civilisation décrite par Rovina…

Je tourne une page.

En creusant, ils ont ouvert une brèche. À l'odeur métallique, nous avons vite compris qu'il s'agissait d'anciennes veines de cuivre. Nous y sommes descendus pendant que les ouvriers se reposaient. Effectivement, de nombreuses traces de métal étaient encore visibles sur les parois. Nous avons pris à gauche, laissant des marques discrètes pour retrouver notre chemin. Nous avons trouvé une nouvelle galerie, rectangulaire cette fois. Au sol, il y avait des rails et, dans un coin, des wagonnets remplis de particules vert-de-gris. En poursuivant, nous avons trouvé des câbles semblables à ceux qui courent le long de nos souterrains. Nous avons suivi ce chemin, rassurés par cette trace d'humanité. Il ne nous a pas fallu longtemps avant de tomber sur les vestiges que nous cherchions. Une pièce rectangulaire pleine de détritus parmi lesquels du mobilier, des papiers qui se sont effrités dès que nous les avons touchés et, encore punaisée au mur, disparaissant sous une couche de poussière, une carte que Felen a partiellement réussi à reproduire. J'ai également récupéré une pochette de cuir craquelé. À l'intérieur : l'image d'une femme brune aux lèvres très rouges (c'est ce qui ressortait le plus avec ses cheveux), des papiers avec des numéros, des rondelles brillantes que j'ai emportées. Nous sommes restés sur place le temps de manger et de nous reposer, puis nous sommes repartis en suivant les indications copiées par Felen.

Comment ceux d'Alta peuvent-ils être aussi aveugles ? Je refuse de croire qu'ils n'ont jamais trouvé de traces du passé. Les ont-ils aussitôt signalées aux Solaires ? Les ont-ils dissimulées ? Je cherche, dans les autres pages, une description plus précise du plan découvert par Felen. Je suis happée, malgré moi, par la description de leur fuite.

Ils nous ont poursuivis jusqu'à ce que nous grimpions le long de ce puits. Et encore, je pense que, si Felen n'avait pas eu la présence d'esprit de mettre le feu à ce tas répugnant de cadavres, ces rats seraient montés les uns sur les autres jusqu'à trouver le moyen de nous suivre...

Je frissonne, referme l'ouvrage et m'empare de celui de Rovina. Je le feuillette, jusqu'à ce que mon regard accroche quelques phrases.

Alta a été bâtie dans la concorde et non la peur. Alta a été bâtie par des hommes et des femmes, ensemble. Pourquoi ? Je n'ai pas encore réussi à le comprendre. J'en suis certaine, bientôt je découvrirai les explications que je cherche et je sais qu'elles n'auront rien à voir avec une malédiction lancée par le Soleil et la Lune.

Ces explications, Rovina les a trouvées avant d'être arrêtée. J'en suis sûre, la salle qu'elle a découverte contient la clef de notre liberté. Je la trouverai. Pour nous tous. Pour ma petite sœur à qui je l'ai promis. Pour Valli.

*

Voilà.

Nous attendons devant la salle de soins, où le rendez-vous a été convenu. Lumen vient de nous rejoindre, les lèvres serrées, les yeux hantés par la peur. Accord tacite, Nellio et lui se tiennent éloignés, s'esquivent. Leur proximité les renvoie à leur fragilité. Flavia n'est pas encore arrivée quand les trois derniers volontaires se joignent à nous : Messian, l'apprenti d'Esma, ainsi que Rio et Delia. À l'exception de Lumen, l'un des manœuvres chargés de la surveillance du générateur, tous deux sont les plus âgés de notre groupe. Ils demeurent à l'écart, silencieux, se contentant de nous observer. Avec les tatouages noirs qui lui mangent la moitié de son visage et ses piercings, sa taille de colosse et ses vêtements sombres, Rio ressemble aux barbares mangeurs de chair décrits dans les contes. Ce n'est pas cela qui m'effraie en lui, pourtant. C'est la façon dont il se tient. Le poids de son regard. Il me rappelle les fils-du-soleil. Les bourreaux d'Alta.

— Flavia devrait déjà être parmi nous, s'inquiète Valli, rompant le silence.

Lumen hausse les épaules.

— Elle vit près des tanneries. Ce n'est pas tout près…

Des tanneries ? J'ignorais qu'il y en avait, ici. C'est logique, cependant, qu'il en existe - ainsi que des tisserands, des épiciers, des copistes. Je n'ai rien vu des Régions Libres, en dehors des souterrains menant au Sagarion et des environs du quartier général. Je regrette de ne pas avoir eu la possibilité de m'imprégner plus avant de la vie parmi les Noctes. J'ai le sentiment d'en survoler des aspects, d'être condamnée à n'en avoir qu'une idée morcelée. Je ne sais rien de leur histoire ni de la naissance de leur société, fragile et pourtant bien plus juste que la nôtre ; j'ai à peine eu le temps de découvrir leur littérature, héritée d'un monde qui m'était jusqu'à présent interdit. Comme ce poème qui m'a fait rougir quand je l'ai lu.

Je picore ta peau
Je bois ton souffle
Et tes lèvres…

— Flavia ne viendra pas.

Je sursaute, ramenée à la réalité par la voix navrée de Lina.

— Elle est morte.

Froid soudain. Lumen réprime un haut-le-cœur. Instinctivement, Ruben et moi, nous nous rapprochons de Nellio.

XIX

— Comment ? demande Delia d'un ton rauque.

— Flavia s'est pendue. Elle sentait sa raison lui échapper – du moins, c'est ce qu'elle a déclaré dans le message qu'elle a laissé. Son corps sera brûlé dans la matinée.

— Depuis combien de temps était-elle infectée ? souffle Nellio, bouleversé.

— Des Mimes ont attaqué son équipe il y a une semaine, alors qu'elle travaillait sur le barrage, explique Lumen. C'était la seule survivante.

— Et toi ? interroge Delia.

— Deux jours plus tard.

— Donc, tu peux nous claquer entre les doigts ou nous sauter dessus à peu près n'importe quand.

— Vous connaissiez le risque, en acceptant de nous accompagner là-haut. Mais rassurez-vous, grimace-t-il, je tiens le coup, pour le moment. Si je crève, ce sera à cause du cuivre, pas de ces saloperies, je vous le garantis.

Delia croise les bras, sceptique. Lina, qui s'apprêtait à partir, revient sur ses pas, s'approche timidement de notre groupe et tire de son havresac un mince volume relié de laine fine.

— C'est quoi ? demande Valli.

— Des poèmes pour mon père. Il tenait une librairie, dans le 12e district, autrefois. Je ne sais pas si c'est encore le cas ni s'il est en vie, mais…

Je comprends pourquoi ses traits me sont familiers, à présent. Sans cet homme dont j'ignore même le nom, jamais je n'aurais réussi à échapper aux soldats. Je voudrais le lui dire, n'en ai pas le temps. Esma apparaît dans l'embrasure de la porte, affolée.

— Lina ! Vite ! j'ai besoin de toi !

Laissant tomber le recueil, la jeune fille se précipite à la suite de son mentor et disparaît dans la salle de soins. Délicatement, je m'en empare et le glisse dans mon paquetage.

*

Première halte, au bord d'une citerne à l'abandon.

Une fois franchies les limites du territoire, nous sommes restés dans des couloirs peu empruntés pour éviter les maraudeurs. Éclairés par des lanternes remplies de champignons phosphorescents, nous avons longé une faille abrupte, avant de descendre le long d'un étroit chemin creusé à même la roche, où se dessinait la trace d'anciens rails. Puis nous nous sommes enfoncés dans un tunnel, jusqu'à nous arrêter dans cette grotte aux parois lisses où se devinent des peintures : ici, une flèche qui a dû être noire un jour ; là, un conteneur éventré, mangé par la rouille et les restes d'un énorme tube lumineux.

Assise à côté de Lumen, je m'applique à mâcher ma ration de poisson séché, trop salé et piquant. Je demeure silencieuse, m'efforce d'être la plus discrète possible : mes cheveux dissimulent mon visage, me protègent de leurs regards. Messian. Lumen. Rio, surtout.

— Lorenn était comme Gia, au début, lance soudain Rio. Pire, même. Tu te souviens, Ruben ? C'était impossible de lui tirer deux mots sans qu'elle se mette à trembler.

— Elle s'est vite adaptée, répond ce dernier, gêné d'être ainsi interpellé par un homme qu'il n'apprécie pas.

— Façon de voir. Lorenn a fait des progrès, c'est sûr, mais n'est pas guérie. Enfin, je ne sais pas si c'est le bon terme, mais vous voyez ce que je veux dire. Elle continue à sursauter au moindre bruit, à s'excuser de tout. Et quand Stepan hausse le ton – pas à cause d'elle, hein ? Mais vous le connaissez, il part vite ! –, la pauvre se replie sur elle-même, terrorisée.

— Si je tenais l'ordure qui l'a rendue comme ça ! siffle Delia.

— L'ordure s'appelle Tobian. Il a tellement brutalisé ma cousine qu'elle a préféré étouffer sa fille que lui imposer une existence semblable à la sienne. Il m'aurait prise pour troisième épouse si je ne m'étais pas enfuie. Des Lorenn, vous en trouverez beaucoup, à Alta. Des filles qui ont peur, mais trouvent normal d'être traitées en esclaves. Des Tobian aussi, qui considèrent les sang-de-lune comme des ventres à remplir. Et personne, là-haut, n'ose se révolter. Personne n'y pense. Ceux qui ne supportent plus de vivre ainsi, quelle qu'en soit la raison, deviennent fous ou s'enfuient. Et une fois qu'ils sont de l'autre côté, parmi les vôtres… C'est long, vous savez, d'apprendre à penser en dehors des cadres. D'apprendre à exister.

Je me tais, gênée de sentir leur attention braquée sur moi.

— Je comprends pas comment on peut accepter ça ! éclate soudain Nellio. Pourquoi aucune femme n'a le courage de dire non, de rendre les coups, de…

— Parce que c'est impossible ! dis-je, osant enfin lever les yeux. Et ce n'est pas seulement la peur qui les empêche de se révolter ! C'est aussi l'éducation, la culpabilité. Tu ne peux imaginer ce que c'est, Nellio, de vivre depuis ta naissance avec le sentiment d'être toujours en faute, de porter en toi un mal terrifiant ! Lumen et toi, vous avez été infectés par des Mimes.

Vous êtes dangereux, parce que ce qui vous ronge risque à tout moment de prendre le contrôle et de nous attaquer pour trouver de nouveaux hôtes. Mais ça fait combien de temps ? Quelques jours ? À peine une semaine ? À Alta, ce sont les sang-de-lune qui sont contaminées. Cela, ta mère, ta famille, te l'assènent chaque jour, à coups de lois et de traditions, et si ça ne suffit pas, les Solaires sont là pour t'apprendre à vivre dans la honte de ce que tu es. Au point qu'avoir une pensée humaine, comme… vouloir sauver ta petite sœur rebelle du cloître ou de la mort, te semble… impie. *Dire non*, ça demande une volonté à toute épreuve ou un désespoir absolu. Alors, *rendre les coups…*

Je regrette de m'être montrée si franche, d'avoir blessé Nellio et Lumen en les renvoyant face à ce qui les guette si notre quête échoue. Valli, la première, rompt le silence.

— Ma mère a eu ce courage, autrefois. Elle en est morte. Ceux qui l'ont jugée ont décidé qu'elle était corrompue par les Ténèbres. Elle a été lapidée pour ça. Parce qu'à Alta c'est à la fois un châtiment et une expiation. Et on m'a forcée à participer. Je n'avais que huit ans, murmure-t-elle d'un ton mal assuré. Je ne voulais pas, mais c'est elle, je m'en souviens, qui m'a suppliée de lui jeter une pierre pour me protéger des Solaires. Pour me sauver la vie. Quant à la petite fille qui m'a dénoncée, je suis persuadée qu'elle ne voulait pas ça. Lorsqu'on est un enfant, on ne souhaite pas la mort des autres ni les priver de parents – même à Alta.

Ses paroles me bouleversent. Mêlées à mes souvenirs, les images de mon rêve jaillissent, me percutent de plein fouet.

Dans les mains du patriarche, deux pierres de la taille d'un poing. Il prend son élan, vise. La première s'écrase sur une épaule, la seconde touche le ventre.

— À toi maintenant...

La fillette pleure. Refuse d'obtempérer. Secoue la tête en tous sens. Hurle. Se débat. Crache comme une bête brûlante de fièvre et de folie.

— Obéis, supplie Lisa, sinon ils te feront subir la même chose qu'à moi ! Allez, sois courageuse, et souviens-toi que je t'aime...

Valli s'apaise. S'affaisse. Vaincue. Le caillou, trop gros pour le petit poing, percute la condamnée. La famille recule. Les exécuteurs désignés au hasard parmi la population s'avancent...

Je reviens à la réalité, les larmes aux yeux. Valli mérite de savoir. Et ce mensonge m'étouffe. Cette nuit. Cette nuit, je lui dirai.

XX

Natalia en profita pour subtiliser la petite clef de cuivre et se précipita vers l'endroit qu'elle craignait tant. Fébrile, la jeune mère inséra l'objet dans la serrure et tourna. La porte s'ouvrit avec un grincement. L'intérieur était sombre. Un parfum écœurant, qui souleva le cœur de Natalia, empestait l'atmosphère. Mais la sang-de-lune était décidée à percer le secret de la pièce interdite. Alors, elle leva sa chandelle et regarda.

La Clef de cuivre et autres contes d'Alta

Cette nuit, Lumen a été très malade.

Ce ne sont pas les larves qui ont failli emporter sa raison et sa vie, mais le cuivre dont est composé l'affreuse potion qu'il ingurgite pour ne pas succomber. Il a commencé par vomir, à jets répétés. Il se tordait de douleur, ne parvenait plus à se lever. Il avait de la fièvre. Une sueur bleu-vert perlait sur sa peau desséchée. Et dans ce qu'il crachait, se convulsaient des vers à l'agonie.

Ruben a emmené Nellio à l'écart. Valli a monté la garde, en compagnie de Rio et Delia. Moi, je suis restée à ses côtés ; j'ai aidé Messian du mieux que j'ai pu à le soulager. Au bout de quelques heures, la crise est passée. Lumen s'est endormi. Messian m'a assuré qu'il veillait et m'a envoyée me reposer un peu.

Je n'ai pas pu.

Je suis restée, les yeux grands ouverts, à écouter les respirations de mes compagnons, les pas discrets des veilleurs, les craquements des mousses jetées dans la flambée. J'ai songé à ma vie, là-haut. À ce nouveau départ, qui n'aurait jamais été possible sans le père de Lina. À ce que j'ai appris sur elle. Lina a été arrachée à sa famille parce que les Ténèbres étaient trop présentes en son cœur. Son père aurait dû lui interdire d'écrire librement, mais son épouse venait de mourir en mettant au monde un frêle nourrisson. Alors, il a laissé faire. Et les Solaires sont intervenus. Par miracle, ils ont choisi de la bannir, plutôt que de la tuer.

Sans réfléchir, j'ai tiré ses poèmes de mon sac. J'ai ouvert une page, au hasard.

Goutte à goutte, tombe la vie
Et les souvenirs s'enfuient
Ton visage et ton regard
S'effacent de ma mémoire

J'ai très vite refermé l'ouvrage. Ces mots me rappelaient Arienn. Sa mort. Le moment où ses traits ronds, encore enfantins, deviendraient flous. Où je ne me rappellerai plus l'éclat de ses prunelles ni le timbre de sa voix. J'ai commencé à suffoquer.

Alors, je suis revenue auprès de Lumen et je me suis assise à son chevet. Messian sommeillait, mais il était réveillé. Il m'a souri ; j'ai lu dans ses yeux une humanité qui m'a profondément émue. Je crois que, pour la première fois de mon existence, j'ai considéré un homme comme mon semblable, et non comme un potentiel bourreau.

Je n'ai pas prononcé un mot. J'ai épongé le front du malade avec un chiffon propre et lui ai pris la main.

La fatigue a fini par m'emporter dans une torpeur hantée par mes habituels cauchemars.

Les exécuteurs désignés au hasard parmi la population s'avancent. Hommes. Femmes. Tous indistincts.

Leurs bras se lèvent, les pierres volent, le corps de la condamnée s'affaisse lentement, meurtri, cassé, ruisselant de sang. Son cœur bat de plus en plus douloureusement. Elle chancelle.

Et dans l'agonie ses traits s'effacent, se métamorphosent, deviennent ceux d'une enfant, une enfant aux cheveux noirs et courts, une enfant que je connais bien, une enfant que j'ai trahie...

*

Les autres ravivent le feu quand j'émerge d'un sommeil chaotique.

Je me frotte les yeux. Je me sens sale, chiffonnée. Je passe les doigts dans ma chevelure sale, démêle tant bien que mal quelques nœuds. À côté de moi, Lumen dort encore. Sa peau cireuse accentue la sécheresse de ses traits. Effet secondaire de la poudre qui le tue à petit feu, une fine pellicule de sueur recouvre son front et l'ourlet de ses lèvres.

Accroupi, Nellio regarde fixement les flammes. Les Mimes les craignent ; c'est pour cette raison qu'il se force à demeurer à proximité de la flambée, avec un évident malaise. Combien de temps tiendra-t-il encore avant de lâcher prise ?

Flavia a préféré le suicide à cette lente dégénérescence du corps et de l'esprit. Nellio l'imitera, je le pressens.

J'avale rapidement une galette sans goût et quelques gorgées de bouillon.

Valli tente d'attirer mon attention. Je l'ignore, dissimulée derrière le rideau de mes cheveux. Pas envie de lui parler. Pas maintenant.

Messian s'occupe des blessures de Lumen et de Nellio ; il nettoie, racle les peaux mortes et les chairs noircies par l'infection, prépare de nouveaux cataplasmes. Je m'accroupis près de lui ; en dépit des risques et de ses protestations, je l'aide à bander les plaies. J'ignore ce qui me pousse à agir ainsi. Sentiment d'être protégée par mon glyphe ? Besoin de me mettre en danger ? D'expier ma lâcheté ?

Douce et voilée, la voix de Valli résonne dans le silence.

Des couleurs scintillantes
Tourbillonnent, tourbillonnent
Des couleurs scintillantes
Dansent devant tes yeux…

C'est une vieille berceuse d'Alta.

Nous repartons. Delia et Valli ouvrent la marche. Après un quart d'heure, nous descendons, les uns derrière les autres, le long d'un interminable réservoir suintant d'humidité. Une fois en bas, nous empruntons un boyau étroit, puis traversons une succession de cavernes hérissées de stalactites. À la lueur rougeoyante des champignons qui tapissent les parois, nos ombres s'étirent, prenant des formes inquiétantes. Nous accélérons. Lumen trébuche. Instinctivement, je demeure à ses côtés, l'empêche de tomber.

— Nous y arriverons, lui dis-je, passant mon bras sous le sien. Nous trouverons le moyen d'atteindre les puits solaires sans être repérés.

Il me sourit en retour. Un sourire vulnérable, désabusé. Un sourire de condamné.

— Tu y crois vraiment, Gia ?

— Je ne sais pas. Je me dis que nous n'avons pas le choix, que si nous commençons à douter, autant faire demi-tour et attendre…

— …que ce soit fini ?

Dans la pénombre, ses paroles se teintent de fatalité. Je me tais, consciente de l'absurdité de mon optimisme forcé. Lumen est en sursis. Son corps malade pèse terriblement lourd contre le mien. Il mourra avant que nous n'atteignions les hauteurs de mon ancienne cité. Et nous ? Que ferons-nous, une fois là-haut ? De nouveau, je doute de notre mission, de ses objectifs. Impression diffuse qu'on nous a jetés dans un piège. Mais pourquoi ?

Quand nous quittons les grottes, mon compagnon commence à trembler. Une sueur brûlante, nauséabonde, trempe ses vêtements. Un spasme violent le projette, malgré mon soutien, contre la pierre dure.

— Arrêtez-vous !

Aussitôt, mes compagnons s'immobilisent, rebroussent chemin. Messian ouvre précipitamment son paquetage. Recroquevillé sur lui-même, Lumen se tord en tous sens sur le sol. Un râle s'échappe de ses lèvres retroussées par la souffrance. Le soigneur tente, en vain, de glisser un bâton entre ses dents pour l'empêcher de se blesser. Le Nocte se débat, mord sa main comme s'il voulait la briser. Messian hurle. J'interviens aussitôt, m'efforce d'écarter ses mâchoires. Impossible. Rio se précipite, arrache tant bien que mal le soigneur à la prise de Lumen. À cet instant, un grondement sourd s'échappe de la gorge de Nellio. Une lueur meurtrière voile ses yeux. Les traits déformés par la folie, il se jette à la gorge de l'ancien manœuvre. Je m'interpose, parviens de justesse à dévier son attaque. Nous basculons. Sa tête heurte brutalement la pierre. Je m'écarte aussitôt, bondis hors de portée, cœur battant.

Nellio roule sur le côté. Demeure un moment allongé sur le sol. Se redresse, à quatre pattes, en grondant. Reprend son souffle. S'agenouille et se relève en tremblant de tous ses membres. Vacillant, il touche l'arrière de son crâne, contemple le sang qui macule le bout de ses doigts, effectue quelques pas sans oser nous regarder.

— Je… Je crois que je perds le contrôle, bredouille-t-il. J'ai la trouille… Non ! Ne m'approche pas, Ruben ! Ni aucun de vous… Vous ne comprenez pas ? C'est foutu, pour moi !

— Nellio…

— Vous devriez rentrer au bercail , renoncer à cette folie ! Lumen et moi, on va finir ici et vous, vous crèverez si vous continuez vers Alta ! Je ne veux pas être responsable de tout ça… Je ne veux pas…

Il s'interrompt, étouffe un sanglot, se détourne. Ruben s'élance, le rattrape, saisit son poignet.

— Nellio, ce n'est pas toi qui as mis le cadavre de ce Mime sur le quai du Sagarion. Ce n'est pas toi non plus qui as souillé la rivière. Personne, ici, ne t'abandonnera.

Nellio se fige, roide comme une statue. Se tourne, lentement, vers lui, pose une main blême sur son épaule. Trop tard pour intervenir, à moins de l'attaquer. Valli pâlit. Rio et Delia semblent désemparés.

— Nellio…

— Laisse-moi, Ruben, articule-t-il d'un ton sourd. S'il te plaît.

— Tu n'as pas le droit de renoncer. Pas maintenant.

— Si, j'ai le droit. C'est même le seul foutu droit qui me reste. Et tu le sais.

— Nellio…

— Moi aussi, j'aurais voulu arriver là-haut, coupe le jeune homme. Moi aussi, j'aurais voulu guérir ou mourir en mémoire de mon père, pour que nous puissions enfin vivre à la lumière du jour ! Sauf que c'est pas possible. Quand tu m'as touché, je ne t'ai pas reconnu. J'ai failli me jeter sur toi. Pour te tuer. Je suis en train de tomber en morceaux, Ruben.

— S'il te plaît, Nellio, tente Valli.

— Pas toi, crache-t-il, de nouveau menaçant. Ne raconte pas que tu veux que je reste, parce que je sais que tu mens, que tout que ce que t'éprouves pour moi, c'est de la pitié ! À moins que t'aies changé d'avis ? Ça m'aurait étonné, aussi, que tu te sois découvert un cœur. De toute façon, ce serait un peu tard pour m'aimer.

Valli baisse la tête, vaincue. Livide, Ruben lâche le poignet de celui qu'elle aime. Il ne savait pas, n'avait pas voulu voir la vérité. Cette méchanceté calculée l'oblige à continuer sans lui. À l'oublier, fabriquer ses propres ailes, vivre sa vie.

Nellio disparaît, avalé par l'obscurité.

Long flottement. Comme si le temps avait suspendu son cours. Comme si tout, autour de nous, était pétrifié. Finalement, Delia s'approche de Ruben, le ramène doucement vers nous. Valli se tourne vers Lumen. Appuyé contre une stalagmite, ce dernier serre convulsivement ses poings et semble sur le point de s'évanouir. À quelques pas de lui, Messian contemple sa main blessée, emprisonnée dans un épais bandage. Entendant le pas de mon amie, il lève la tête, répond par la négative à sa question muette. Nous n'irons pas plus loin, aujourd'hui .

*

La silhouette élancée de Valli se découpe à la lueur des flammes. Elle veille, calme et droite, les yeux tournés vers les ténèbres où a disparu notre ami. Aucun de nous n'a osé l'exprimer, mais tous nous avons songé à cette éventualité – une attaque, si les Mimes qui l'habitent ont eu raison de lui.

De l'autre côté de la flambée, Ruben s'est endormi. Delia le veille, avec une douceur insoupçonnée. Elle connaît Ruben depuis longtemps, mais je les pensais ennemis. Les liens qui les unissent sont certainement plus profonds que ce que je croyais. Rio somnole, un peu à l'écart, son arme à portée de main. Messian dort près de lui. Non loin, Lumen est allongé, enroulé dans sa couverture.

Je me lève sans un bruit et rejoins Valli.

— Tu devrais te reposer un peu, Gia.

— Je n'y arrive pas.

— Normal. Ce n'est pas juste, ce qui est arrivé, chuchote-t-elle avec un tremblement dans la voix. Nellio avait mon âge, tu te rends compte ? Non, c'est pas vrai. Il était plus jeune de quelques mois. Et pour Ruben, c'est terrible…

— Il l'aimait… Il l'aime toujours.

— Je sais.

— Nous n'aurions pas dû le laisser s'enfuir. Nous aurions dû…

— C'était son choix, Gia. C'était pas seulement parce qu'il perdait le contrôle, ajoute-t-elle plus doucement. C'était aussi pour nous.

Souvenirs arrachés. Pensées désagrégées. Conscience de disparaître, jusqu'à ce que les vers qui l'infestent l'anéantissent complètement. Je comprends qu'il soit parti. Il n'empêche. Je trouve cela difficile à accepter. Comme je trouve difficile de parler de lui au passé. Et puis, j'ai le sentiment de l'avoir laissé tomber. Même si ce n'est pas vrai. Même si ce n'est pas à cause de lui que j'ai le tournis, la soudaine impression de me noyer. Mes mensonges m'étouffent. Me tourmentent. Je dois lui avouer. Ce n'est peut-être pas le moment, mais cela ne le sera jamais – et je n'en peux plus d'attendre, de me cacher.

— Valli, je dois te parler. Je…

Je m'interromps, la poitrine écrasée par un poids invisible. Je sens son regard sur moi. Je me replie dans les ombres, incapable de le supporter.

— C'est ma faute. C'est à cause de moi que ta mère… Voilà, ce n'est pas Sienn qui t'a dénoncée, c'est moi, dis-je très vite, les joues brûlantes. J'étais furieuse contre toi. On s'était disputées. Tu m'avais plantée au bord de l'eau, tu m'avais dit que Sienn était plus gentille que moi. Et après, je t'ai surprise avec elle. Tu lui tenais la main. Tu m'as vue arriver, tu m'as jeté ce regard… et tu l'as embrassée. Je me suis enfuie en pleurant. J'avais mal, tu ne peux imaginer. Et elle, qui se pavanait en racontant partout que tu allais l'épouser et que je finirais dans un couvent lunaire ! J'en étais malade… Je t'ai suivie. Je voulais te parler, me disputer, me battre, je n'en sais rien…

Et puis je t'ai vue, accroupie, faire pipi. Exactement comme nous, pas comme les fils-du-soleil. Sur le coup, je m'en fichais. C'est après que j'ai réalisé… Alors, j'ai fini par en parler à la maison. Je voulais te faire du mal, qu'on se moque de toi, mais pas ça… Après…

Ma voix se brise.

Dans l'obscurité, le bruit régulier de gouttes d'eau s'écrasant sur la roche. La respiration rauque de Lumen. L'écho lointain de l'Ereben.

Courant d'air glacé, où se disperse son parfum mêlé de sueur. Valli s'est s'éloignée de moi. Malgré la distance, je ressens sa présence. Prégnante, et pourtant lointaine. Désespérément, j'ai besoin de créer, recréer, réparer, le lien qui existait entre nous, jadis. Impossible. Les mots sont jugulés dans ma gorge. Ma langue, mes lèvres, sont de plomb.

Finalement, c'est elle qui rompt la gêne qui s'est installée entre nous.

— Je suis au courant.

Je lève vers elle mes yeux brouillés de larmes. Je comprends mieux sa réserve, à présent.

— Mais tu as raconté à Nellio…

— Il t'aurait jamais acceptée, sinon.

— Co… Comment…

— Par les prêtres qui m'ont questionnée, après l'arrestation de maman.

— J'ai…

— Pendant des années, j'ai rêvé de me venger, interrompt-elle. J'ai envisagé toutes sortes de possibilités, l'enlèvement, la dénonciation, j'ai même pensé à me faufiler dans la demeure de ton père et te tuer. Avec le temps, j'ai compris que tu n'étais qu'une petite fille jalouse et malheureuse…

XX

— J'aurais dû savoir.

— À sept ans ? Ne sois pas idiote, Gia. Je ne pensais pas te revoir un jour, poursuit-elle. Je m'interrogeais, parfois. Je me demandais ce que tu étais devenue, si tu étais mariée, à quoi tu ressemblais. Quand on était à Alta, j'imaginais parfois que je tombais sur toi : tu me surprenais alors que j'étais en train d'écrire sur le mur d'un sanctuaire, tu te faisais agresser par un membre de la Horde au moment même où on passait dans le coin… Je crois que tu as toujours été présente dans un coin de mon esprit. Et finalement, c'est toi qui m'as retrouvée.

Bouleversée, je tremble, incapable de répondre. De grosses larmes roulent sur mes joues, se dispersent sur mes lèvres avec un goût de sel. Mes sentiments pour Valli resurgissent, intacts, aussi profonds qu'autrefois. En quelques secondes, les dix années durant lesquelles nous avons été séparées sont abolies. Je me rends compte que je l'ai guettée, moi aussi – visage dans la foule, silhouette trouble disparaissant dans l'obscurité d'un tunnel. Curieusement, cependant, je n'ai pas songé à elle en fuyant Alta.

Parce qu'il y avait Arienn, et la liberté au bout du chemin.

Nous restons longtemps face à face, silencieuses, perdues dans un labyrinthe né de souvenirs et d'émotions immédiates. Enfin, Valli détache sa main de la mienne, s'écarte.

— La journée sera longue, demain. Tu devrais aller te reposer.

J'obéis tristement – comme si je devinais que, par ces quelques mots, elle m'avait rejetée.

XXI

De retour dans l'obscurité, l'homme ne distingua d'abord qu'un amas d'ombres chaotiques et floues. Quand sa vision s'habitua de nouveau aux ténèbres, il s'aperçut que tout, autour de lui, n'était qu'ombres et illusions, que ce qu'il tenait pour vrai autrefois n'était que mensonge. Alors, il décida d'ouvrir les yeux de ses anciens compagnons, qui vivaient enchaînés au fond de la caverne tout en croyant être libres. Il évoqua les couleurs et les merveilles qu'il avait vues, là-haut. Mais ceux-ci refusèrent de le croire et, le prenant pour un fou corrompu par le mal, tentèrent de le tuer. C'est ainsi que nous serons accueillis, si nous tentons de changer brutalement les mentalités, à Alta.

Discours, de Rovina

Lumen ne tremble plus. Ses iris sont veinés de bleu ; sa peau a pris une teinte jaunâtre, maladive, mais il se tient seul debout et insiste pour poursuivre sans attendre notre ascension vers Alta. Au moment de quitter les cavernes, Ruben se retourne une dernière fois. Delia le pousse dans le boyau obscur où Rio et Valli se sont engouffrés.

Nellio se doutait-il de la profondeur de son amour ? Peut-être est-ce pour cette raison qu'il s'est enfui de manière si abrupte. Il voulait lui épargner l'horreur de le voir se désagréger sous ses yeux sans rien pouvoir y changer. Quant à Valli, j'imagine que son attitude impatiente et froide a fini par altérer ses sentiments. La détestait-il, à la fin ? Du moins était-il assez en colère pour la blesser.

Nous allons les uns derrière les autres, nous arrêtant régulièrement pour permettre à Lumen de reprendre son souffle. Le tunnel s'élève en pente douce ; notre progression, dans la pénombre, est régulière et monotone. Mon esprit vagabonde, troublé par des sentiments confus, des pensées parasites, où se mêlent images d'un paradis impossible et souvenirs vagues d'un hier de deuils, de peurs et de ténèbres. Pour les chasser de mon esprit, je me concentre sur notre but : les puits, le sanctuaire, l'espoir que la lumière du jour parvienne à guérir Lumen et la certitude qu'il est déjà trop tard. Même si nous parvenons là-haut, les potions qu'il avale pour repousser les Mimes l'auront empoisonné. Mes compagnons, comme moi, savent que cette partie de notre mission est vaine.

Quant au reste…

Mais je crois que chacun de nous espère, à sa façon, se libérer des chaînes qui l'empêchent de respirer, d'exister. Et tant pis s'il n'y a que la mort au bout du compte.

Je songe au chemin parcouru. À l'existence d'un autre monde, ensoleillé, heureux. À l'aveuglement de mes pairs.

Je me remémore l'une de mes discussions avec Valli au sujet de Rovina, ainsi que mes propres déductions : même si elle avait eu en sa possession les preuves d'un passé différent de celui que décrivent les textes fondateurs d'Alta, ses bourreaux auraient préféré les détruire plutôt qu'en admettre la réalité. Mais s'ils savaient ? S'ils avaient toujours su ? Et si ses découvertes n'en étaient pas pour eux ?

XXI

Et si la salle de Rovina se trouvait au cœur de la cité des Solaires ?

L'évidence me frappe. Alta a été bâtie par des êtres humains. La carte d'Arienn indique des puits et des vieilles routes, des bâtiments aujourd'hui disparus, remplacés par d'autres constructions – un sanctuaire, des bâtiments, des citernes et des cavernes artificielles. Le système reliant les différents éclairages d'Alta est né avec la ville, j'en suis sûre. Pourtant, les fils de cuivre qui le composent sont régulièrement remplacés, comme le contenu des tubes luminescents. D'où viennent ces techniques ? Qu'il s'agisse d'antiques traditions, de secrets transmis de maître à disciple, je l'accepte. Sauf qu'à l'origine de ces savoirs il n'y a ni hasard ni miracle, mais une science acquise depuis longtemps – j'en suis convaincue.

Reste à déterminer l'emplacement de la pièce sur une carte et trouver le moyen d'y pénétrer.

Gémissement. Cri étranglé. Lumen perd l'équilibre. Messian le rattrape avant qu'il ne bascule. Je l'accompagne du mieux que je peux. Saisi de convulsions, le Nocte griffe la pierre, vomit de longs jets de bile bleue. Une fois les spasmes apaisés, le soigneur et moi parvenons à l'allonger sur le dos, jambes maladroitement repliées. Respiration rauque et sifflante, iris dilatés par la souffrance, presque entièrement noirs, il me saisit soudain l'épaule.

—... chev... moi... je... prie, murmure-t-il avant de retomber, sans force, sur la pierre.

Ses paroles étaient inaudibles, pourtant je les ai comprises. Je le dévisage un moment, les larmes aux yeux.

— Lumen a dit quoi ?

Messian connaît déjà ma réponse, je le devine au timbre de sa voix. Mais nos compagnons ont besoin de l'entendre. C'est pour eux qu'il m'interroge.

— Il en a assez.

— Qu'est-ce qu'on fait ? demande Ruben d'un ton étouffé.

— Je m'occupe de lui, répond le soigneur.

Désemparé, mon ami passe une main sur son visage.

— Tu crois vraiment…

— Qui sommes-nous pour décider que Lumen doit continuer alors qu'il ne le veut plus ?

Ses paroles, tranquilles et résignées, mettent un terme à la conversation. Grimaçant à cause de sa main bandée, Messian fouille dans ses affaires, en tire un tuyau de cuivre étroit. Je demeure accroupie, à proximité de lui – juste au cas où. Lumen a fermé les yeux. Respiration lourde, saccadée, qui m'en rappelle une autre. Je me mords le poing pour éviter de pleurer. Messian glisse le tube dans sa bouche.

Quelques instants plus tard, Lumen entrouvre ses prunelles assombries par le poison, accroche mon regard, me sourit.

Les battements de son cœur s'espacent.

Son souffle ralentit. S'arrête.

Voilà. C'est fini.

Nous avons mis le feu à sa dépouille. Nous l'avons regardé se consumer. Valli a chanté un air triste.

Tous, nous avons pleuré.

Sa mort nous en rappelait d'autres. À moi, celle de Dana, celle d'Arienn surtout, abandonnée sans sépulture à la merci des soldats.

À Valli, celle de sa mère, et sa lapidation.

À Ruben, demeuré près de moi pendant que le corps brûlait, la disparition de Nellio.

Quand de Lumen il n'est resté qu'un squelette calciné et

des cendres, nous avons repris notre chemin vers Alta. Nous avons traversé l'Ereben sur la barge dissimulée par nos soins, une éternité plus tôt. Nous nous sommes arrêtés dans le refuge où ils m'ont emmenée, la première fois. Nous nous y sommes entassés, parlant peu, évitant de nous regarder, de peur de lire en l'autre la même tristesse, les mêmes regrets, la même peur aussi.

Je ne sais comment, nous avons fini par sombrer.

*

Galettes épaisses au goût de silure, infusion brûlante – nous déjeunons, pressés de repartir. Ici, nous sommes encore trop près du bûcher de Lumen. Et puis, si nous marchons suffisamment vite, nous atteindrons Alta avant notre prochaine halte.

— Gia, tu veux bien venir ? me demande Messian, désignant son bandage crasseux.

Parce que je l'ai aidé, parce que je n'ai montré ni crainte ni dégoût, il a implicitement fait de moi son assistante.

Je le rejoins dans la pièce attenante. Je déroule l'étoffe qui enserre sa main et j'expose la morsure : les bords de la plaie ont enflé, mais ne présentent aucun signe d'infection. Soulagée, je l'aide à nettoyer la blessure et coupe un pansement neuf dans un pan de tissu.

Depuis l'autre côté du mur me viennent des bribes de discussion – Rio et Ruben, qui s'efforcent de recoller les morceaux épars de leur relation ; Valli et Delia qui s'appliquent à établir un itinéraire jusqu'au principal sanctuaire d'Alta.

Messian et moi, nous ne parlons pas. En dehors de son nom, j'ignore tout de lui. Est-ce un ancien esclave ? A-t-il grandi parmi les autres clans ? Comment est-il devenu soigneur ? Qui a-t-il aimé ? Qui a-t-il perdu ?

— Gia ?

— Désolée, dis-je en sursautant, confuse. Je réfléchissais…

— Merci d'être là, murmure-t-il.

Je hausse les épaules, gênée.

— C'est tellement difficile. Pas ça, précise-t-il en montrant sa main. Tout le reste. D'abord, Nellio. Hier, Lumen. Le pire, c'est que je ne me faisais aucune illusion. Je me préparais depuis plusieurs jours à… ça. Les perdre. Cette mission…

— … n'a aucune chance d'aboutir ?

— Pas pour eux, en tout cas.

— Lumen et Nellio en étaient conscients.

— Ça ne change rien à l'angoisse, au sentiment d'impuissance, à l'envie que ça finisse et à la culpabilité. Tu sais, je me suis senti soulagé quand Nellio a quitté le groupe. Et cette morsure…

— Un juste châtiment pour avoir eu de mauvaises pensées ?

Il hoche la tête, à la fois surpris et terriblement gêné.

— Je sais ce que c'est. À Alta, nous, les sang-de-lune, vivions perpétuellement avec ce poids sur la poitrine. Tu détestes ce père qui parle de toi comme d'une marchandise et tu te brûles en retirant le ragoût du feu ; tu t'insurges, même en pensée, contre une décision des Solaires, et tu trébuches brutalement sur la pierre : tu te dis que ce sont des punitions méritées. Tu n'as pas à te reprocher cette ambivalence, Messian. Et, si ça peut te rassurer, Nellio était décidé de toute façon à en finir avant de perdre l'esprit.

— Merci, murmure Messian.

XXI

Je termine rapidement les soins. Quelques minutes plus tôt, je m'inquiétais de ne rien connaître de lui. Ses confidences m'ont prise par surprise. Je suis heureuse qu'il se soit un peu livré.

Ensemble, nous regagnons la salle commune où patientent nos compagnons. Devant eux, les cartes d'Alta. C'est le moment, je le comprends, de partager ma théorie et de changer nos plans. J'hésite quelques instants. Je n'ai confiance ni en Rio ni en Delia. Sauf que l'éclaireuse était sincère en évoquant le martyre de Lorenn et sa colère contre son tortionnaire. Cela suffit à me décider.

— Attends ! dis-je à Ruben, qui s'apprête à replier le dessin des souterrains. Ça vaut peut-être la peine de le comparer encore une fois avec le mien. Je crois…

Rio croise les bras sur sa poitrine. Dans la lueur des spores phosphorescentes, les tatouages qui mangent la moitié de son visage semblent doués d'une vie propre. Je frémis et détourne la tête.

Malgré sa lassitude et sa tristesse, Ruben m'observe avec curiosité. Delia se décale pour que je prenne place à ses côtés. En face, Valli se tait. Mes aveux ont creusé une faille entre nous. Comme si mes mots avaient rendu ma trahison réelle. Peut-être est-ce simplement parce que j'ai attendu trop longtemps. Cela me noue la gorge, mais je ne peux rien y faire. Seul le temps, peut-être, nous rapprochera de nouveau.

— Lorsque Rovina a été capturée et interrogée, elle a décrit les couleurs sur les images qu'elle avait vues. Elle a également défini Alta comme une construction de main d'homme. Cela, vous le savez. En lisant les comptes rendus de son procès, j'ai d'abord cru que les juges et les Solaires ignoraient l'existence de ces preuves, ou qu'ils les avaient détruites en supposant qu'ils les avaient récupérées. Puis j'ai réfléchi. À ce dont vous m'avez parlé, au sujet de vos découvertes du côté de Tertia. Au fonctionnement des lumières d'Alta. À différents détails, comme la présence de ces rails, un peu partout dans les galeries, et de ces wagonnets abandonnés.

Ruben m'encourage d'un signe de tête. Rio se penche en avant, attentif à mes paroles. Je réprime un mouvement de recul instinctif avant de poursuivre.

— À la manière dont sont fabriquées les lampes. Un secret qui se transmet de maître à disciple. Les dirigeants d'Alta prétendent que les fondateurs de la ville ont reçu cet enseignement du Soleil lui-même. Ils mentent, bien sûr. Et ils mentent encore en affirmant que ces techniques, ces matériaux, sont des dons des astres. Ce que j'essaie d'expliquer, dis-je, tirant de mon paquetage le plan épais et jauni, c'est que les miens… Enfin, les Sept et les Solaires connaissent la vérité sur Alta et la dissimulent sciemment. Je suis également convaincue que la salle de Rovina se trouve sous le plus grand sanctuaire de notre cité. La carte d'Arienn ne permet peut-être pas d'y accéder, mais…

— Si on sait ce qu'on cherche, termine Ruben, il suffira de comparer nos plans pour avoir une idée de son emplacement. Il me faut juste quelques heures…

Pour le moment, l'excitation de la découverte a chassé sa tristesse. Delia et Rio échangent un regard avant d'acquiescer. Valli se lève.

— Je ne serai d'aucune utilité, explique-t-elle avec un haussement d'épaules. Je vais faire un tour.

— Je t'accompagne.

Rio se déplie lentement. Son ombre, un instant projetée sur les feuilles étalées devant nous, paraît immense. Il émane de lui une aura dangereuse, brutale, qui m'effraie, même si j'essaie de le cacher.

— Il ne te fera pas de mal, Gia, dit doucement Delia, une fois la porte refermée sur son compagnon et sur Valli.

— Désolée.

— Ne t'en fais pas. Lorenn était pareil, au début.

Delia me l'a déjà dit. Cette fois, cependant, je songe à ce que m'ont confié Ruben et Nellio, à son propos. Être la préférée. Critiquer. Diviser pour mieux régner. Diviser pour affaiblir. Tobian a-t-il sacrifié sa première épouse afin qu'elle infiltre les Régions Libres ? J'en suis convaincue. Mais à quoi bon évoquer mes soupçons, à présent ? Cela ne servirait qu'à ranimer les différends entre Rio, Delia et nous.

— Là ! s'exclame soudain Ruben. Je tiens peut-être une piste !

Il s'est appliqué à copier les anciennes voies et à reporter les données qu'il a déchiffrées : ici, une réserve de nourriture, là le projet d'une nouvelle galerie – qui n'apparaît ni sur sa carte ni sur la mienne. Selon ses calculs, la croix désigne une ancienne citerne, désormais intégrée à des habitations troglodytes. Il ignore sa raison d'être. Moi, je me demande s'il ne s'agit pas de l'un des nids tant redoutés par les Solaires. Ou, simplement, d'un repaire où se réunissent les rares rebelles d'Alta.

— Vous voyez ce tracé ? demande-t-il, suivant du bout des doigts une ligne fine, aux trois-quarts effacée. Je ne l'avais jamais remarqué, avant. C'est une galerie abandonnée, qui longe une ancienne veine de cuivre. Elle a été bouchée : c'est ce qu'on peut voir sur mon plan. Mais si on revient à celui de Gia, on constate qu'elle mène vers les hauteurs. Ici, il n'y a plus rien, mais les données que j'ai reportées sur la feuille… Eh bien, elles m'indiquent un accès.

— Viable ? demande Messian, perplexe.

— Ça, je n'en sais rien. Même s'il existe, ce passage n'a pas été utilisé depuis très longtemps.

— Et tu crois qu'il nous mènerait à la salle de Rovina ? s'enquiert Delia.

— Si les hypothèses de Gia sont justes, c'est possible. En empruntant ce boyau, on arriverait à peu près là…

— Gia ? Tu en penses quoi ?

Sourcils froncés, j'examine attentivement les croquis, m'efforce de me remémorer la géographie complexe de mon ancienne cité. L'esquisse des principales passerelles me permet de m'orienter et, lentement, les différentes strates s'emboîtent. Au niveau du périmètre indiqué par Ruben, je reconnais les champignonnières.

Je me recule légèrement afin d'avoir une vue d'ensemble. Sur les deux plans, les plateaux éclairés par les puits de lumière se découpent parfaitement. Le premier district, taillé dans la paroi rocheuse, n'est pas le plus ancien. À l'époque où a été dessinée la carte d'Arienn, seuls existaient les autres : le deuxième ne comportait que des galeries et des grottes inhabitées qui s'enfonçaient vers les Régions Libres. C'est le troisième, là où siège actuellement le conseil des Sept, qui est le plus vieux de la cité.

Mais les cavernes profondes et basses situées au milieu d'Alta se trouvent sous le plateau du 2e district, aujourd'hui le quartier le plus peuplé et le plus important – puisque la plupart des réflecteurs solaires, qui nourrissent en énergie la ville, sont situés en son faîte.

J'essaie de me rappeler le plus précisément possible la disposition des cavités et leur aspect : longues, presque rectangulaires, elles ne sont pas entièrement naturelles et se terminent par un énorme mur couvert de bulbes.

Ce dernier dissimule-t-il l'entrée de la galerie évoquée par Ruben ? Un passage vers le véritable cœur d'Alta – et le secret de ses origines ?

— Ça vaut le coup d'essayer, dis-je enfin. Nous n'avons rien à perdre…

Plus rien, aurait été l'expression exacte. Puisque Nellio a disparu. Puisque Lumen est mort. Ce mot qui n'a pas été prononcé demeure pourtant en suspens entre nous – jusqu'à ce que Rio et Valli pénètrent dans la pièce, claquant brutalement la porte derrière eux.

— Qu'est-ce qui se passe ? demande aussitôt Ruben, bondissant sur ses pieds.

Rio crispe ses mâchoires.

— Les voleurs de lumière. Ils sont là.

XXII

Jolia parlait moins, mais nous avons pensé que c'était normal, au vu de la gravité de ses blessures. Felen a trouvé des mousses pour préparer des cataplasmes et désinfecter les plaies. Au début, ça l'a soulagée. Mais très vite, elle s'est de nouveau plainte de douleurs et de démangeaisons. Nous nous sommes arrêtés après une longue marche. Alcio s'est éloigné pour soulager un besoin naturel. Personne n'a vu que Jolia le suivait. Il y a eu un cri, des coups échangés. Quand nous sommes arrivés, Jolia gisait, inconsciente, sur le sol. Alcio a dit qu'elle l'avait attaqué...

Carnets abandonnés dans une galerie

Qui ? Quand ? Que s'est-il passé ? Les questions fusent. Peur, indignation, chaos, personne ne comprend rien. Au bout d'un moment, le calme revient. Suffisamment, du moins, pour obtenir des explications.

— Ils sont là, grogne Rio. Près de l'Ereben. Ils s'apprêtent à passer.

— Ils sont organisés, ajoute Valli. Comme s'ils étaient préparés.

— Jien avait raison. Le nid était là pour nous affaiblir. On a été trahis.

— Qui ?

— Lorenn.

Le nom m'a échappé avant que je puisse le retenir. À présent, tous les yeux sont rivés sur moi. Suspicieux. Perplexes. Je fronce les sourcils, décidée à les affronter cette fois. Parce que je ne suis plus une sang-de-lune amoindrie par la crainte. Parce que je suis des leurs.

— J'ai beaucoup réfléchi à cela, ces derniers temps. Je me suis rappelé qu'il y a cinq ans, quand Tobian l'a répudiée, mon père, ou peut-être mon oncle, a dit qu'il avait pour mission d'envoyer des espions chez vous. Je ne me souviens plus exactement des termes, mais…

— C'est un peu facile, remarque Delia. Pourquoi elle, et pas toi ?

— J'ai fui Alta pour que ma sœur et moi, nous puissions enfin être libres. Libres de vivre loin des lois et des traditions. Libre de créer notre avenir au lieu de le subir. Libres de nous envoler. Je n'ai rien de plus pour me justifier. Et puis, Arienn est morte, alors…

J'inspire plusieurs fois, le temps d'endiguer le flot de mes émotions. Je poursuis, d'une voix plus enrouée que je le souhaite.

— Peu de temps avant notre départ, j'ai surpris une autre conversation entre mon père et ses invités hommes. Il a été beaucoup plus clair. Il a parlé de mesures radicales pour se débarrasser définitivement de vous. Avec tout ce qui s'est passé, je n'avais pas vraiment fait le lien avec la contamination du Sagarion et la présence de traîtres parmi vous. Et puis, il y a eu la réunion. Lorenn. Ce que vous m'en avez dit. La sensation bizarre que notre expédition ne servait à rien, qu'on nous envoyait droit dans un piège…

— C'est pas elle qui a eu l'idée, riposte Delia.

— Non, réplique Valli. Ce sont Jien et Esma.

Un malaise lourd de tension et d'incertitude suit ses paroles. Le plus respecté des patrouilleurs. Une soigneuse. Cela semble impossible. Messian, le premier, sort du mutisme où nos sombres réflexions nous ont tous plongés.

— Quand on voue son existence à guérir les autres, souffle-t-il, on ne peut tuer. Vous savez, c'est tellement difficile, déjà, d'assister à l'agonie d'un blessé sans rien pouvoir faire d'autre que de le soulager… Esma, je l'ai vue s'asseoir au chevet d'une gamine qu'elle essayait de sauver, rester jusqu'à la fin et pleurer… Alors, la soupçonner d'avoir été mêlée à… ça… d'avoir empoisonné le Sagarion… prévenu les voleurs de lumière… Non. Non, c'est impossible.

— Lorenn a toujours tenté de nous diviser, déclare Ruben.

Rio croise les bras, mais n'intervient pas. Je me demande dans quelle mesure il ne commence pas, également, à la croire coupable.

— Reste Jien. Il assure la sécurité des Régions Libres depuis des années. Pourquoi nous aurait-il trahis ?

Mes compagnons ont peine à croire qu'il ait pu agir ainsi. Moi, si.

— A-t-il toujours été des vôtres ?

Rio fronce les sourcils, échange un coup d'œil avec Delia avant de prendre la parole de cette voix rocailleuse qui m'effraie encore un peu.

— Jien s'est pointé un jour chez nous, en sale état même s'il ne le montrait pas, avec sa connaissance des Régions Libres et l'envie d'en découdre avec tout ce qui pouvait se mettre en travers de sa route. On a appris qu'il venait de la Horde. Une prise de pouvoir qui a mal tourné. Sa femme et ses gosses massacrés. Lui, laissé pour mort. Avec le temps, ses blessures ont cicatrisé. Il s'est plus ou moins intégré à notre communauté…

— En tout cas, il est respecté pour ses compétences.

— Et s'il avait décidé d'utiliser les voleurs de lumière pour se débarrasser de la Horde ? dit soudain Delia. Ce sont Tamara et les autres, ses véritables ennemis. Pas eux.

Elle a raison, bien sûr. C'est la meilleure explication possible. Rio, cependant, se rembrunit. Je l'interromps avant qu'il n'amorce une objection.

— Et s'il avait décidé que vous ne valiez pas la peine d'être protégés ? S'il était persuadé que, de toute façon, vous finiriez par être dévorés par ceux qui ont détruit sa vie ? Même s'il ne pensait pas vous trahir, au début, Lorenn a sans doute profité de cette faille pour l'y pousser. Son but étant de se venger, il n'a pas dû hésiter longtemps. Je suis désolée… Je ne suis pas depuis longtemps parmi vous, alors je ne devrais peut-être pas parler ainsi… Si Lorenn est une espionne, poursuis-je, encouragée par le regard de Messian, elle a eu cinq ans pour observer et préparer le terrain. Valli, Ruben, vous vous demandiez qui avait trahi Marco et le père de Nellio ? À mon avis, c'est elle.

— Lorenn n'était pas avec nous quand ils ont été arrêtés, remarque ce dernier.

— Ça n'était ni Stepan ni aucun de nous, intervient Delia. Je dis ça, histoire de crever une bonne fois l'abcès. C'est vrai que Marco et lui ne s'entendaient pas, mais jamais il aurait fait ça. Et nous non plus. Quant à elle…

— On se fiche du coupable ! éclate soudain Valli. Les soldats d'Alta sont en train d'envahir les nôtres et on ne peut prévenir personne !

— On peut les prendre à revers, tente Delia.

— Impossible. Ils sont dix fois plus nombreux que nous !

— Là-dedans, il y a de quoi faire cramer quelques tunnels, déclare Rio en tapotant son paquetage. Assez pour en éliminer quelques-uns et semer la panique.

— Et si on continuait ? coupe Ruben. C'est pour ça qu'on est venus jusqu'ici, non ? Si on retourne de l'autre côté de l'Ereben, ça signifie qu'on aura fait tout ça pour rien. Je ne connaissais pas bien Lumen, mais je… Je crois que Nellio n'aurait pas voulu ça.

— Il a raison, dis-je. Nous devons poursuivre, trouver cette salle, d'une manière ou d'une autre, faire éclater la vérité et libérer Alta, nous débarasser enfin de cette gangue de ténébreuse qui nous retient prisonniers.

— Et si on est capturés ?

Je tourne la tête vers Valli. J'ose, pour la première fois depuis mon aveu, plonger mon regard dans l'or de ses yeux.

— Nous mourrons peut-être. Mais nous aurons essayé.

*

Valli et Rio sont retournés aux abords de l'Ereben. Restait une unité de soldats, postée de chaque côté d'une passerelle amovible de corde et de métal. Pas difficile à contourner. À peine plus, selon lui, à éliminer. Nous avons hésité. Même moi. Mais nous ne sommes pas les maraudeurs de la Horde. Alors, nous avons renoncé. Nous n'attaquerons que si nous sommes en danger. Si c'est nécessaire. Nous avons quitté le refuge en silence, conscients de fouler, peut-être pour la dernière fois, le sol des Régions Libres. Nous avons esquivé les fils-du-soleil.

Nous avons franchi la rivière et nous nous sommes enfoncés dans les sous-sols d'Alta.

Tunnels familiers, et pourtant étrangers. Relents de métal et d'humidité. Parois rêches, boursouflures verdâtres de cuivre corrodé. Spores phosphorescentes aux relents acides. Nous avançons en silence, nous arrêtant régulièrement pour écouter les bruits des souterrains, inspecter les alentours. À plusieurs reprises, j'ai le sentiment d'entendre l'écho de pas derrière nous ; pourtant, Rio, qui ferme la marche, se retourne régulièrement pour vérifier que nous ne sommes pas suivis. Nous traversons un modeste plateau où gisent les restes d'un campement récent. Ici, un cercle de cendres et de suie. Là, une cabane de toile fendue. Des rongeurs vont et viennent sur les détritus. Leurs silhouettes grises me rassurent : cela signifie qu'il n'y a pas de rats des abysses, dans le coin. Quittant l'esplanade, nous longeons le bord d'un précipice ; au fond, des profondeurs poisseuses, inquiétantes. Le chemin est irrégulier. Une rampe de corde, fixée le long de la paroi, permet de se retenir en cas de perte d'équilibre. De loin en loin nous parvient le martèlement des outils contre la roche. Des mineurs, qui heurtent la pierre pour en extraire le métal. Le sentier continue à flanc de falaise. Je suis inquiète à l'idée que nous croisions des ouvriers, mais mes compagnons semblent confiants.

Au terme d'une longue marche, nous parvenons à l'entrée d'un tunnel. Nous nous y enfonçons. Deux lumignons bleuâtres nous éclairent ; je porte le premier, Messian le second.

Nous allons, lentement, vers la lumière.

Bercée par le rythme monotone de notre marche, je

me perds dans une rêverie étrange, où se mêlent souvenirs mélancoliques et tableaux nés d'improbables assemblements de mon imagination, Arienn courant au bord de l'eau, le doux parfum de ses cheveux, l'essor d'un oiseau, les chauves-souris s'envolant à tire-d'aile vers la nuit étoilée.

Une main me tire en arrière, m'arrache brutalement à ce songe éveillé.

Huit soldats nous font face. Aux trois bandes noires qui strient le haut de leur plastron, je reconnais des hommes de Tertia. Sur un signe de leur officier, ils resserrent les rangs, donnent l'assaut. Avec un rugissement, Rio fond sur eux. Deux d'entre eux, les plus jeunes, reculent avec effroi devant le colosse au visage tatoué. Un troisième entaille son bras. Fracas du métal contre le métal. Ruben entre dans la bataille. Valli tourbillonne, si rapide que je peine à suivre ses mouvements. L'un de nos adversaires arme son bras, prêt à la transpercer de son épieu. Elle ne l'a pas vu. Instinct. Je lance mon couteau. La lame s'enfonce avec un sifflement dans son cou. Il tressaute, s'effondre sans un bruit. Plus que cinq. Delia et Valli en achèvent un. Ruben se débarrasse du sien au prix de plusieurs blessures. Plus que trois. Rio saisit l'un de nos assaillants à la gorge, le soulève, l'étrangle lentement. Le malheureux se débat. J'ai, l'espace d'un instant, pitié de lui – puis je me rappelle Arienn et Dana. De ma besace, je tire un galet rond et plat. Je vise soigneusement. Delia se débarrasse du dernier opposant. Voilà. C'est fini.

Messian accourt vers Rio et Ruben. Le colosse, avisant sa main bandée, esquisse un mouvement de recul. Le soigneur soupire, me lance un coup d'œil discret. Je le rejoins, évitant les cadavres que Delia et Valli dépouillent de leurs lames et de leurs armures.

Une fois près de Rio, je réalise que je n'éprouve aucun remords pour mon acte, aucun dégoût.

— Merci, Gia. Je ne suis pas certain que ma main soit assez guérie pour m'occuper de ça…

— Je ne suis pas soigneuse, dis-je doucement.

— Je sais, mais je t'aiderai.

Nettoyer le sang et les bords de la plaie. La désinfecter, en y appliquant une liqueur translucide au parfum piquant qui arrache un gémissement au géant. Rapprocher les bords de la peau. La percer de plusieurs fils de cuivre et nouer. Je suis en sueur, tellement concentrée que le monde autour de moi disparaît. Il n'y a plus que les chairs à vif, le filament brillant et la voix de Messian qui me guide tout le long de l'opération. Quand j'ai terminé, je suis épuisée. Je n'ai pas le choix, cependant et m'occupe des entailles, moins profondes, de Ruben et de Valli.

Mes mains tremblent au contact de sa peau. Le souffle me manque. J'inspire plusieurs fois, afin de me calmer. Messian glisse dans ma bouche une gomme au goût amer ; pour lui, j'ai seulement besoin d'un remontant. Valli se laisse recoudre, indifférente. Quand j'ai terminé, elle se lève et s'en va sans un mot.

— Vous vous êtes disputées ? s'enquiert Messian, surpris.

— Plus ou moins.

Je m'éloigne également. Je me sens triste et n'ai aucune envie de me confier.

Nous repartons après avoir mangé une galette et quelques champignons séchés. Dissimulés par l'obscurité, nous passons près d'une excavation où travaillent des ouvriers loqueteux, prêts à crever pour un peu de nourriture et un toit décent. Je les observe un moment. Leurs yeux sont vides. Leurs traits, figés par la résignation et l'épuisement. Ce sont les victimes silencieuses et anonymes d'Alta, trop faibles pour se rebeller.

Nous les dépassons sans éveiller l'attention, poursuivons notre ascension vers la cité qui m'a vue naître.

— Par ici, souffle soudain Ruben, désignant une faille sur la droite.

Nous obéissons. Quelques mètres, dans une noirceur malodorante, et nous débouchons au pied d'une citerne vide dont le centre est encore spongieux. Levant les yeux, je distingue les barreaux d'une échelle et, sur le côté, des numéros peints à intervalles réguliers. Je lis : *15. 30. 50.* À côté de ce dernier nombre, une étroite plateforme menant à une porte d'acier.

— Si je ne me suis pas trompé, la galerie murée se trouve de l'autre côté.

L'ascension est rapide : Valli passe la première, suivie de Rio. Ce dernier triture la serrure, pousse, tire, manque de tomber. Réussit finalement à forcer l'ouverture du vantail métallique. Une poussière épaisse s'en échappe.

Nous les rejoignons quelques minutes plus tard dans un sas entièrement vide. À son extrémité, une autre porte.

— Je m'en occupe, déclare Delia.

Nul besoin de lumière pour la Nocte : ses pupilles sont parfaitement adaptées à la nuit. Elle tire quelques fins instruments de sa ceinture, les enfonce dans l'orifice et tourne jusqu'à ce que le mécanisme cède avec un bruit mat. De l'autre côté, pas un bruit. Une noirceur poisseuse. Valli prépare une torche, s'y engouffre la première. Nous suivons avec prudence. Ruben prend la peine de fixer un repère à l'aide d'une glu scintillante. Puis nous fait signe d'avancer.

Rectangulaire, la galerie est bordée de câbles sur lesquels

grouillent des milliers d'insectes à la chitine blanchâtre. L'air est sec, irritant ; sur les parois grises, apparaissent de très vieilles traces de peinture phosphorescente. Le sol, dur, est couvert d'une poussière fine qui se soulève à chacun de nos pas. Circonspects au départ, nous avançons de plus en plus vite en dépit de l'élévation du terrain. Nous passons plusieurs croisements – des tunnels menant à la veine de cuivre abandonnée.

Malgré leurs blessures, Rio et Valli rechignent à s'arrêter. Il faut l'insistance de Messian et mon propre aveu de faiblesse pour qu'ils consentent à s'arrêter.

Je profite de cette pause pour m'éloigner un peu de notre groupe ; pas loin, je ne suis pas stupide, mais j'ai besoin de m'isoler. Pour réfléchir à nos prochains mouvements, à ce qu'ils impliquent. Lorsqu'Arienn et moi avons quitté Alta, nous n'envisagions pas d'y revenir un jour. Aujourd'hui, j'y retourne – seule. Avec le sentiment d'avoir été amputée d'une partie de moi-même. Et, dans la gorge, une boule d'appréhension et de tristesse. Percevant un bruits de pas, je sursaute, lève les yeux vers Valli. Elle s'est arrêtée à quelques pas de moi. Sa silhouette mince se découpe dans la faible clarté de ma lanterne.

— Je peux m'asseoir ?

Désignant les environs avec un haussement d'épaules, j'effraie deux cafards qui détalent et se fondent dans l'obscurité. Valli fronce le nez puis s'installe, en tailleur, face à moi. Passe la main dans ses cheveux épais. Me scrute.

— Je… J'ai quelque chose à te dire.

Le cœur battant, je me concentre sur le ballet des cloportes sur les fils. Je suis terrifiée. Et pourtant, je ne puis m'empêcher d'espérer.

XXIII

Nouvelle vague d'arrivants. Heureusement, nous avons réussi à les parquer dans la zone E-14. La dernière fois, il y avait des malades parmi eux et le conseil a payé cher sa solidarité. Le muriobacillus *mute à vitesse grand V. Nous devons absolument garder le contrôle et éliminer les sujets infectés.*

Journal de P. Solar

Valli fait craquer les jointures de ses mains. Inspire longuement. Se lance.

— Avant que tu ne craches le morceau, ça restait abstrait, pour moi. Je savais que tu hésitais. Moi, j'attendais ce moment, histoire qu'on puisse passer à autre chose. Sauf que c'est devenu beaucoup plus compliqué. Est-ce que c'est parce que tu as traîné ? je sais pas. Je pensais t'avoir pardonné, mais je crois que c'est pas le cas. Ces derniers temps, dès que je ferme les yeux, j'ai l'impression d'être aspirée dans le passé, d'assister une fois encore à la mort de maman. J'entends le grondement de la foule, je me rappelle la solennité imbécile de ces ordures de juges, et surtout… Surtout, je revois ses yeux brûlants, sa voix qui me supplie de prendre une pierre dans la charrette et de la jeter sur elle.

Je retiens un frisson. Ces mêmes images hantent mes nuits depuis dix ans.

— Je ne t'ai jamais oubliée, Gia. Tu étais dans mes rêves, mes pensées. Je t'ai haïe, aimée, espérée. Jusqu'à ce que je me prenne en pleine face la réalité de ce que tu avais fait. Et cette réalité est beaucoup trop dure à encaisser. Je suis heureuse de t'avoir retrouvée. C'est ça le pire. Et chaque fois que je te regarde, j'ai l'impression de trahir son souvenir…

— Je… Je suis désolée, Valli, dis-je d'un ton étranglé – et des larmes brûlantes roulent sur mes joues.

— Si on survit à tout ça, je veux que tu t'en ailles. Je me fiche de savoir où ; tu peux rejoindre Rio et Delia, vivre avec les soigneurs, partir je ne sais où. Tout ce que je te demande, c'est de rester loin de moi.

— Loin de…

De douleur, les mots s'étranglent dans ma gorge.

— Gigi… Quand tout sera terminé, si tu m'as aimée, si tu tiens encore à moi, va-t'en.

*

J'ai avancé. Un pas après l'autre. Les yeux rivés sur Messian. Concentrée sur le moment présent, sur notre objectif, sur la morsure de la perle de cuivre dans mes chairs irritées. Régulièrement, je l'ai touchée. Je me suis nourrie de cette douleur sourde. J'en avais besoin. Elle me réconfortait, comme autrefois. Elle empêchait une autre souffrance de me submerger – la morsure, insoutenable, des derniers mots de Valli.

Nous avons fait demi-tour. Un énorme éboulis, des roches impossibles à déplacer.

XXIII

Ruben a consulté les cartes et déterminé un autre accès, plus bas. Il me l'a montré, mais je n'ai pas pu l'identifier. Je connais mal le deuxième district d'Alta, même si je me rendais régulièrement dans les champignonnières de son moyeu. Il n'y a qu'à la mort d'Arienn que je m'y suis enfoncée.

Je me demande si nous passerons par la boutique du libraire, cette fois. Je l'espère. Ainsi, je pourrai lui donner les poèmes de sa fille et l'assurer que celle-ci est en vie. Acceptera-t-il de nous cacher, si nous sommes repérés ?

Cela n'arrivera peut-être pas.

Les plastrons et les armes volés sur nos adversaires ne suffiront pas à nous métamorphoser en soldats. Mais dans l'obscurité, nous parviendrons sans doute à tromper les imprudents qui se risquent dehors la nuit venue ou les patrouilles demeurées en ville.

Nous avons patienté jusqu'à l'extinction des lampes.

Attente interminable.

Oppressante.

Valli, partout.

Valli, indifférente.

Valli, loin de moi.

À force de triturer mon glyphe, de tirer sur le métal et de le presser jusqu'à éprouver sa pointe contre mon os, parce que cette peine lancinante était pour moi le seul moyen de respirer, je l'ai arraché. J'ai senti la peau se déchirer et le sang sourdre de mon épaule meurtrie. Ça ne suffisait pas. J'aurais voulu continuer, pour broyer toute cette souffrance, l'écraser définitivement. Messian m'en a empêchée, m'a entraînée un peu à l'écart, m'a soignée sans poser de question. Et puis, dans la pénombre, la voix de Valli s'est élevée, cadencée par le rythme de percussions improvisées.

Des mondes dansent dans nos yeux
Nos yeux captifs du jeu des ombres
Des ombres d'un noir désespoir
Désespoir d'un jour être libres
Libres de rire et de courir
De courir dans un jour doré
Un jour doré par le soleil
Le soleil de notre avenir
Notre avenir dans les couleurs
Les couleurs rêvées de l'espoir

Remplie de sa voix, de sa lumière, j'ai pleuré sans un bruit. Et j'ai pensé qu'Arienn aurait aimé sa chanson.

Nos pas résonnent à peine dans le tunnel désert. Je ne me suis jamais rendue dans cette partie d'Alta. Elle me semble familière, pourtant. L'atmosphère, peut-être. Les parfums. Cette odeur d'épices grillées, qui me rappelle les croquettes de tante Vania. Elle me manque. Regrets irrationnels. Mon ventre est noué par l'émotion, les souvenirs, les images qui se télescopent, voix, rires, chaleur, et ce dernier sacrifice, qui n'a servi à rien, puisqu'Arienn est morte et que je suis ici.

— Tout va bien, Gia ?

Messian s'est arrêté près de moi et me dévisage, inquiet.

— Ne t'inquiète pas. Ça passera. Seulement, cela me semble étrange de revenir ici.

Avec un timide sourire, il m'entraîne gentiment à la suite du groupe.

Nous progressons un moment dans un dédale silencieux. Aux abords d'une vaste caverne, nous esquivons une unité de soldats. Retenant notre souffle, nous nous dissimulons derrière une stalagmite brisée, quittons notre cachette une fois le danger passé. À l'extrémité de la vaste grotte, une construction dont la seule vue me glace le sang. Un mur percé de minuscules orifices. Une porte massive, devant laquelle campent deux fils-du-soleil aux plastrons martelés à l'effigie d'un croissant de lune. C'est un couvent. Un tombeau dans lequel se meurent jour après jour celles dont on ne veut plus. Arienn aurait dû y être enfermée. Valli y a échappé de peu. Elle ralentit. Ruben s'approche, la prend par le bras.

— Toutes ces femmes prisonnières. Emmurées…

— Pas maintenant, Valli.

Elle résiste un moment, renonce avec un soupir.

Nous continuons à monter. Enfin, nous atteignons le carrefour où le libraire m'a laissée. Le moment est peut-être venu de lui rendre visite. À cet instant, je perçois de nouveau un bruit de pas dans mon dos. Je me retourne – à temps pour esquiver le Nocte aux yeux de ténèbres qui me fonce dessus.

Nellio ! Je le croyais mort, enfin délivré des larves qui le consommaient. Je me trompais. Nous nous trompions tous. Pourquoi nous a-t-il suivis ? Car c'est lui, j'en suis sûre, qui s'est glissé dans nos pas. Sauf que ce n'est plus notre ami. C'est un Mime qui a pris sa place. Un simulacre sans âme. Je perds l'équilibre. Messian me rattrape, horrifié par la créature obscène qui s'est jetée sur nous. Rio, surpris, le repousse le plus loin qu'il peut. Valli recule, livide. Ruben semble paralysé par l'apparition. Moi, je me rappelle les mots de Nellio, lorsqu'il a compris : « Je ne veux pas finir comme ça. Tomber en morceaux. Crever à petit feu, mais trop vite… » C'est injuste. Il n'aura même pas eu le temps d'avoir une fin digne. Rio l'attaque, lame au clair. Je sais que cela ne suffira pas. Au même moment, je perçois des bruits tout autour de nous. Je tourne la tête : des portes s'ouvrent, des cris d'alarme résonnent dans la pénombre. Le corps transpercé de part en part, Nellio charge de nouveau. Delia brandit devant elle un tube de cuivre – une flamme froide en jaillit, embrase d'un seul coup celui qui fut Nellio. Bouleversé, Ruben se rue vers la silhouette en flammes. Je me jette sur lui, le retiens. Il se débat ; Valli me rejoint, m'aide à l'entraîner loin du Mime.

Du coin de l'œil, j'aperçois une troupe de soldats.

— Tirons-nous d'ici ! gronde Rio, qui l'a vu en même temps que moi.

Mes compagnons hésitent ; moi, je sais où aller. Le moyeu d'Alta. Les champignonnières. Et, peut-être, le passage vers la salle de Rovina.

— Suivez-moi !

Je m'élance, bouscule un artisan en tunique de nuit, tourne dans une première galerie. Des lumières grésillent, de chaque côté du tunnel. Je cligne des yeux. L'alerte est générale, à présent. Les gardes sont sur nos traces. J'allonge mes foulées. Derrière moi, le souffle de mes compagnons, le bruit de leur course sur la pierre. Je bifurque dans un passage étroit, remarque les fresques solaires sur les murs et, au sol, d'anciens rails. De l'autre côté, un carrefour. Deux galeries. Laquelle mène vers les grottes ? Je perçois un fracas de bottes, droit devant nous ! Impossible de rebrousser chemin : nos ennemis sont proches. Jaillissant du premier tunnel, une unité fond sur nous.

À sa tête, Lucian.

Le temps se fige ; nos regards se croisent ; dans le sien, je discerne un bref étonnement puis, plus rien. Un voile s'abat sur ses traits. Un voile d'indifférence et de détermination. Il s'élance. J'avais espéré que nos liens familiaux retiendraient son bras. Quelle naïveté ! À ses yeux, je suis morte le jour où je me suis enfuie. Désormais, je suis une criminelle corrompue qu'il faut abattre à tout prix. Delia enflamme l'un de nos ennemis. Rio pare une attaque, riposte brutalement ; son mouvement, trop brusque, rouvre sa blessure. Ruben et Valli combattent, dos à dos. Messian tente maladroitement de me protéger. Mon frère s'en aperçoit. Donne un ordre bref. L'un de ses hommes attaque. Je me jette sur lui, dévie son assaut. Il me repousse avec une telle brutalité que ma tête heurte la roche. Quand je reprends mes esprits, trois hommes sont tombés. Mais ceux qui nous poursuivaient arrivent en renfort. Je me redresse. Armé d'un glaive volé sur l'un des soldats, Ruben s'interpose entre nos opposants et moi. Delia gît au milieu des cadavres, un épieu dans le ventre. Rio se bat, une lueur de folie dans les yeux. Masque de haine, son visage tatoué, couvert de sang, effraie ses assaillants. Lucian et Valli se jettent l'un contre l'autre. Leurs armes s'entrechoquent. L'a-t-elle reconnu ? Je l'ignore, mais il est plus entraîné : elle ne pourra tenir très longtemps. Autour de moi, c'est le chaos. Nous sommes débordés. Je dois agir avant qu'il ne soit trop tard. Avisant Messian, je désigne le paquetage de Delia.

— Le feu ! C'est la seule solution !

Il me dévisage, interdit. Hoche la tête. Obéit, mécaniquement.

Je saisis fermement mon poignard, vise Lucian. J'hésite, un instant de trop. Son glaive s'enfonce dans le flanc de Valli. Je me précipite vers elle avec un cri réprimé. Crépitement. Hurlement d'agonie. Je profite de cette diversion pour traîner mon amie à l'écart. Dans mon dos, un soldat s'embrase. Des flammes dévorent les cadavres. Une fumée grasse, nauséabonde, se répand alentour. Mon frère marche sur nous. Pas d'émotion, pas de compassion. Seulement la volonté d'achever la blessée et de m'éliminer.

— Va-t'en, Lucian. Laisse-nous.

Ma voix est un croassement ; au frémissement imperceptible de ses paupières, je sais qu'il m'a entendue. Il s'en moque. Nous veut mortes. Parce que nous sommes corrompues. Parce que c'est son devoir. Il raffermit sa prise sur la poignée de son arme. Se concentre. Vacille, les yeux écarquillés, et bascule en arrière, la lame de mon couteau plantée dans sa gorge. J'ai agi si vite qu'il me faut quelques secondes avant de réaliser que je l'ai tué.

Autour de nous, des morts, un brasier. Abandonnant la dépouille de Delia, nous fuyons la scène du combat. Tous, nous sommes blessés ; Rio et Valli plus gravement. Par chance, nul ne nous poursuit. Nous parvenons tant bien que mal au bord d'un bassin qu'éclairent des grappes lactescentes. Un peu plus loin, un boyau étroit menant, je le devine, aux champignonnières ; de l'autre côté, paisibles, une dizaine de moutons bleus nous contemplent avec curiosité.

— Est-ce que l'endroit est sûr ? demande Ruben.

— Pour le moment, oui. Le temps qu'ils éteignent l'incendie…

Ce fléau, l'un des plus redoutés d'Alta, les occupera assez longtemps pour nous permettre de soigner les blessés. Messian prépare des cataplasmes, des bandages pour laver les plaies et empêcher le sang de couler. Je le rejoins dans une espèce de brouillard, m'occupe de recoudre les plaies de Rio. Le colosse serre les dents. Aucune plainte ne s'échappe de ses lèvres. Il regarde fixement le vide et des sillons humides maculent ses joues. J'aimerais trouver des paroles de réconfort, même si je les sais vaines, mais j'en suis incapable. Alors, je me tais. Une fois ma tâche effectuée, je m'approche de Valli, découvre avec un vertige la gravité de l'entaille et le rouge profond qui s'en écoule lentement. Ma vue se trouble. Je vacille, glacée.

— Tu t'es battue, pas moi. Tu devrais te reposer, Gia, me conseille Messian.

Je m'écroule au bord de l'eau. Autour de moi, le monde vacille. Passé et présent se mêlent. Ricochets d'hier, six, sept, huit ; mots de Valli ; le corps de Delia, le corps d'Arienn, tous deux transpercés ; les flammes, le visage calciné de Nellio ; et mon frère… Je l'ai tué. Cela semble impossible. On ne poignarde pas ceux de son propre sang, n'est-ce pas ? Et pourtant. Lui, l'aurait fait. Sans état d'âme. Parce qu'il a été éduqué, dressé ainsi. Par ma mère et mon père. Par cette société que j'exècre, qui détruit tout ce qui est beau et emporte tour à tour ceux qui me sont chers.

À quel moment la colère a-t-elle étouffé ma tristesse ? Je ne sais, mais quand je me lève et rejoins les autres, une rage fiévreuse et froide brûle en moi. Je suis décidée à en finir une bonne fois pour toutes avec cette prison de mensonges, quel qu'en soit le prix.

— Rio, tu as toujours tes explosifs ?

Arraché à son deuil, le colosse me scrute sans ciller. Pour la première fois depuis que je le connais, je lui rends son regard. Et je demeure calme. Et je ne tremble pas. Les dernières chaînes qui me retenaient au passé sont tombées. Reste à ouvrir une brèche dans l'obscurité et trouver le moyen de voler.

— Oui, répond-il enfin. Pourquoi ?

— Une fois aux champignonnières, on en aura besoin. Pour créer une diversion, le temps de trouver la galerie abandonnée…

— Et faire sauter l'entrée, termine Valli.

Je tourne la tête vers mon amie. Elle est pâle ; ses traits sont creusés par la souffrance. Pourtant, elle esquisse un sourire. Une boule dans la gorge, je le lui souris aussi, timidement.

— Merci, Gia, murmure-t-elle. Sans toi, je serais morte.

— Je suis désolée. J'aurais dû être plus rapide.

— C'était ton frère…

Je hausse les épaules, baisse la tête. Une mèche tombe devant mon visage. Tant mieux. Je ne veux pas qu'elle me voie pleurer.

— Bon, on y va ? demande-t-elle d'une voix plus claire.

— Valli, tu n'es pas en état de te déplacer, proteste Messian.

— Mais si, ne t'en fais pas. J'ai vu pire, tu sais. Ruben, tu me donnes un coup de main ?

Quelques minutes plus tard, nous quittons l'abri de la crique. Je suis en tête. Messian derrière moi, si proche que je sens son souffle dans mes cheveux.

— À ton avis, pourquoi Nellio nous a suivis ? demande-t-il dans un souffle.

— Peut-être qu'il espérait nous aider. Tu sais, veiller sur nous à distance, le plus longtemps possible, tant qu'il le pouvait.

— J'ai envie de croire ça, moi aussi.

— Mais ?

— Je me dis aussi qu'il était bien plus touché qu'on ne le pensait, lorsqu'il s'est enfui. Et que nous sommes très vite devenus des proies, pour lui.

Je ne réponds rien. Sa version est plus plausible que la mienne, mais plus triste.

Nous avançons. Seuls les grognements de Rio et la respiration sifflante de Valli troublent le silence. Elle souffre. Cela me serre le cœur. Mais je continue à marcher. Enfin, nous atteignons le seuil des champignonnières, éclairées par des brasillements bleuâtres, jaunes et blancs. À l'intérieur, deux hommes montent la garde. J'échange un bref regard avec Rio. Il tire son poignard de sa ceinture et me le tend. En dépit de ses blessures, il est prêt à se battre si j'échoue. Je lance mon premier couteau. Au fond de mon esprit, une voix hurle, horrifiée par mon geste. Je l'ignore, la repousse le plus loin possible. Le second touche également sa cible. Rio se précipite, l'achève d'un coup sec sur la nuque.

— Allons-y.

Nous traversons les cavernes. Au fond, un mur droit, couvert de bulbes. Une frontière bâtie de main d'homme.

— Et maintenant ? interroge Rio.

— Maintenant, on fait tout exploser.

XXIV

Au-delà de vos mensonges, au-delà de vos ténèbres,
il y a la vie.
Sur le mur d'un sanctuaire

Accroupie à bonne distance de la paroi, j'éprouve dans chacun de mes os le souffle de l'explosion. Impression qu'un pan de mon passé a disparu, avalé par la déflagration. Je me déplie lentement, cligne des yeux. Je regarde autour de moi : partout, des tourbillons de scories, des parfums âcres de poussière et de champignons, des effluves secs de fumée aussi. Chancelante, j'avance vers la béance d'où s'échappent d'épaisses volutes. Je tousse, me protège le bas du visage avec un morceau de tissu. Au passage, je ramasse une lanterne remplie de spores luminescentes. Arrivée devant l'énorme cavité, je ralentis. J'ai peur de ce que je trouverai de l'autre côté. L'espace d'un instant, j'ai la sensation d'une présence à mes côtés, d'un parfum doux et sucré. Arienn ? Non, ce n'est qu'une illusion, mais cela me donne la force de poursuivre : quoi qu'il y ait de l'autre côté des gravats, notre existence à tous en sera changée, définitivement.

J'enjambe les débris.

De l'autre côté, l'éclat scintillant du cuivre dans la lumière des spores, les vestiges de l'ancienne galerie ; celle-ci se termine quelques mètres plus loin par une salle circulaire aux murs de granite poli. L'escalier, qui court le long des parois, mène à une porte métallique couverte d'une peinture verte à peine écaillée.

Ma gorge est sèche. Mon cœur bat plus vite.

Le temps presse, j'en suis consciente. Bientôt, les soldats feront irruption dans les champignonnières pour nous arrêter. Notre seule chance, c'est que la déflagration ait attiré suffisamment de curieux pour les ralentir. Et, si nous révélons les secrets d'Alta, les contrer.

Derrière moi, des pas. Je me retourne. Rio apparaît, soutenu par Ruben. Derrière lui, Messian et Valli. Appuyée sur l'épaule du soigneur, mon amie semble sur le point de s'effondrer. Coup d'œil rapide à son bandage : il est teinté de brun.

— Ça va, Gigi, murmure-t-elle, surprenant mon regard. Ne t'en fais pas…

J'acquiesce, incapable de répondre. Parce que je perçois dans sa voix une tendresse nouvelle, une tendresse qui éloigne de moi le spectre de notre dernier tête-à-tête. Parce que je devine à ses traits tendus par l'effort et l'épuisement, à ses prunelles voilées, qu'elle se vide de son sang.

Poussée par un sentiment d'urgence, je grimpe les marches. Le vantail est fermé et le mécanisme trop complexe pour être fracturé.

— Rio, il te reste des explosifs ?

S'appuyant contre la pierre, ce dernier grimpe en claudiquant jusqu'à nous. Ruben, lui, patiente au pied des marches.

— Vous feriez mieux d'attendre avec les autres dans le tunnel, grimace le colosse. On sait jamais.

XXIV

Nous obéissons, quittons le cul-de-sac. Quelques minutes plus tard, Ruben et lui nous rejoignent dans la pénombre. Détonation. Ronflement des éclats de granite dévalant la paroi. Dans mon dos, Valli gémit sourdement. Je me retourne. À bout de force, elle s'est affaissée contre Messian. Quand elle rouvre les paupières, son regard terne est celui d'une étrangère – ou d'une morte. Je recule, suffocante.

— Allons-y, décide Rio au même instant.

À la place de la porte, une fente aux bords déchiquetés. Arrachées par le souffle, les dernières marches pendent dans le vide. Il faudra des cordes pour nous rendre là-haut. Et trouver le moyen d'y hisser Rio et Valli. À l'aide d'une couverture, nous fabriquons rapidement une espèce de siège, sur lequel pourront s'asseoir les deux blessés.

Enfin, nous sommes saufs, de l'autre côté. Pas le temps de nous reposer : des bruits de pas nous parviennent en contrebas. Nos poursuivants nous ont rattrapés.

— Il me reste à peine de quoi faire péter une autre porte, soupire Rio. C'est Delia qui avait le reste et…

— On y va, grince Valli.

Elle a raison. Nous n'avons pas d'autre choix que de continuer – en espérant que ce que nous cherchons existe réellement. Sans cela, ce sera la fin. Fin du voyage, fin de notre existence. Nous marchons encore quelques mètres, arrivons dans une espèce de sas dont la seule issue, une plaque d'acier, ne possède aucune serrure apparente. Ruben se concentre, examine rapidement les cartes.

— Nous sommes à peu près ici, explique-t-il, désignant un point sur le plan. Le problème, c'est qu'il n'y a rien de plus.

— Et là ? souffle soudain Valli, désignant d'un doigt mal assuré un renfoncement dans le mur.

Je m'approche, yeux plissés. Encastré dans la roche, un levier. J'hésite, me tourne vers mes compagnons.

— On n'a rien à perdre, m'encourage Ruben.

Inspiration. J'assure ma prise sur le manche d'acier. Expiration. Je l'abaisse doucement. D'abord, rien. Ensuite, un grincement sourd. Puis la plaque coulisse, dévoilant lentement une pièce plongée dans l'obscurité.

Je risque un premier pas à l'intérieur. Un deuxième. Et encore un.

Grésillements.

Éclats blancs, intermittents.

L'un après l'autre, des tubes s'allument, baignant la salle d'une lumière crue.

Je me frotte les paupières. Cligne des yeux. Chancelle, saisie de vertige.

Elle est là. Devant nous. Immense.

La salle de Rovina.

Retenant notre souffle, nous contemplons en silence les étagères remplies de livres, les tables couvertes d'objets étranges, les plans, les images accrochées aux murs. Autant de traces de la fondation d'Alta. Autant de portes ouvertes sur l'avenir.

Je m'avance, hypnotisée. Je ramasse le portrait d'un homme tombé sur le sol. Ses yeux sont noirs, sa peau brune et ses cheveux bouclés ; sur son épaule, une petite bête poilue aux mains semblables à celle d'un enfant ; en arrière-plan, un ciel bleu. Étrangement émue, je le contemple un moment, avant de le poser sur une commode encombrée de papiers. J'en saisis un. Il s'effrite partiellement sous mes doigts. Je parviens cependant à déchiffrer des bribes d'informations.

XXIV

... opérationnelle d'ici la fin de l'année. Les analyses des nappes phréatiques n'ont révélé aucune présence de muriobacillus ni d'ailleurs d'aucune bactérie. Ainsi, les premiers volontaires pourront être transférés dans les délais prévus...

Je ne comprends pas la moitié des phrases. Avec un soupir, je repose le feuillet, découvre un autre visage, enfermé dans un cadre blanc : une vieille femme assise contre la façade ocre d'une maison écrasée de soleil. Chignon épais, tunique flamboyante, longue jupe à fleurs, sourire édenté. Près d'elle, une jarre sur laquelle s'épanouissent des corolles multicolores. Je retourne l'épais papier. Quelques phrases y sont inscrites, d'une couleur passée.

Paysages magnifiques. Gens authentiques. Vacances presque parfaites, parce que tu n'es pas là.
Tu nous manques.
Fiona

Vacances ? Perplexe, j'examine une troisième reproduction : une série de cônes immaculés, pareils à d'énormes stalagmites, ouverts sur un ciel bleu pâle. Je la retourne.

Voyage de noces en bleu et blanc
Poudreuse et sauna, comme prévu...
Viva la montana !
Nero & Lee

Je me tourne vers les autres. Peut-être ont-ils déjà vu de tels paysages ?

Rio s'est accroupi près d'un curieux caisson : un bourdonnement sourd s'en échappe et des boutons rouges et bleus clignotent sur son couvercle sur lequel je discerne le début d'une inscription : V6 - 55... Je n'ai pas souvenir de l'avoir entendu en pénétrant dans la pièce ; sans doute son mécanisme s'est-il enclenché quand les lampes se sont allumées. Assis sur un bureau, Ruben est absorbé par sa lecture. Concentré, il laisse tomber des feuillets au fil de sa progression. Je le rejoins. Un grand livre attire mon attention. Un registre. Sa couverture est en toile noire et son titre, en lettres dorées. À l'intérieur, des colonnes entières de noms. Des nombres. Des commentaires, aussi.

Anna Salva. Médecine générale. Célibataire (fertile, intéressée par PMA), n° d'entrée : PHE - 157 - 21092078 ; Tobias Cerrutti. Instituteur. Marié (cf. Lina Cerrutti, Gemma Cerrutti, Teo Cerrutti), n° d'entrée : PHE - 158 - 21092078. Adriana Franco. Bio-généticienne. En couple (cf. Tania Gravi, ménopausée), n° d'entrée : PHE - 159 - 21092078...

Un gémissement de douleur interrompt ma lecture. Valli ! Messian l'a aidée à s'installer sur un énorme siège noir et s'affaire à renouveler ses bandages. Un tas pourpre, trempé, est posé non loin d'eux.

Lui, reste précis, rapide, mais au tremblement imperceptible de ses mains je réalise qu'il commence à paniquer.

— Messian, je peux t'aider ?

— Elle fait une hémorragie, souffle-t-il. Et je ne sais pas comment l'arrêter.

— Ça y est, je crois que j'ai trouvé quelque chose, s'écrie Ruben, brandissant un gros carnet.

XXIV

Une bouffée de colère monte soudain en moi. Ne se rend-il pas compte que Valli est à l'agonie ? Je serre les poings, furieuse. Sursaute, en sentant sur ma peau la main glacée de mon amie.

— Laisse-le, Gia. Ruben a besoin de ça, pour oublier Nellio. Il a besoin… d'espoir… de vie…

Je hoche la tête, incapable de répondre, la gorge broyée par un étau. Doucement, je m'accroupis près d'elle. Tenant toujours mon bras, elle me sourit faiblement.

— Tu veux bien rester ?

Pas toi, Valli. Ne me laisse pas.

— Écoutez ça, poursuit Ruben, qui n'a encore rien remarqué. « *Depuis plusieurs jours, d'énormes secousses ébranlent notre base. Il est impossible de communiquer avec l'extérieur : tous les réseaux sont coupés. Pour le moment, les systèmes de surveillance restent opérationnels, mais pour combien de temps ? Il faut nous préparer, si la situation vient à dégénérer…* » Ce que j'ai déchiffré confirme les thèses de Rovina et les nôtres : Alta est le résultat d'une expérience sociale et écologique, le projet Hollow Earth. Des volontaires, hommes et femmes, se sont installés ici dans le but de créer une société différente, fondée sur le partage et l'entraide. Seulement, les guerres, les cataclysmes ont changé la donne et transformé Hollow Earth en bastion de survie pour l'humanité dévastée.

Rio se redresse, se gratte le front, perplexe.

— Je crois que ce truc est un genre d'explosif.

— « *Nous avons réussi à réparer le système informatique* », continue Ruben. « *Les nouvelles qui nous parviennent sont alarmantes. Le gouvernement a fermé les frontières. Comme si cela pouvait arrêter l'épidémie ! Les réfugiés arrivent en masse, s'entassent, meurent dans d'effroyables conditions. Et pendant ce temps, des séismes sans précédent secouent notre pays...* » Ils se sont retrouvés complètement isolés... Il est aussi question d'un raz-de-marée, mais je ne sais pas trop ce que c'est et, dans les dernières pages, de conflits entre les différents groupes qui se sont installés ici. Ensuite, le carnet s'achève brutalement.

Je ne comprends pas tous les termes employés, mais je saisis l'essentiel. À côté de moi, Valli s'affaisse, à bout de force. Ruben se précipite vers nous, livide.

— Que...

— Hémorragie, murmure Messian. Je crains que...

Des voix, des bruits de pas, venant de l'extérieur, l'interrompent. Ruben se retourne, tire son glaive. Bourdonnement. Secousse. Un mécanisme s'est enclenché. Rio se redresse en chancelant, main crispée sur le couvercle du caisson.

— J'ai déclenché un compte à rebours, grogne-t-il. Je crois que tout va péter...

Premier visage : une figure ronde, presque enfantine, qui s'engouffre dans la pièce en écarquillant les yeux. Un autre vissage, familier celui-ci : le libraire qui m'a sauvée, le père de Lina. Il me reconnaît, s'avance vers moi, incertain.

— C'est...

— La salle de Rovina.

Il sourit, émerveillé. À cet instant, un soldat franchit le seuil et s'arrête, ébahi. Sa stupeur ne dure que quelques secondes : un officier le bouscule, pénètre d'un pas lourd dans la salle. À sa suite, deux gardes et un Solaire aux prunelles exorbitées.

— Tuez-les ! glapit-il, hystérique.

Une vague de haine me submerge. Je me redresse, poings

serrés, prête à bondir.

— Gigi…

La tension qui m'avait envahie retombe aussitôt. Je m'accroupis près de Valli, emprisonne ses doigts glacés dans les miens. Elle est faible, respire avec difficulté. Coup d'œil rapide à Messian. Il secoue la tête, navré. « Reste avec elle, me suggère-t-il sans un mot. Je ferai mon possible pour vous protéger. »

Ne m'abandonne pas, Valli. Je t'en supplie.

— Gia… Tu veux bien m'aider à m'allonger ?

Je me penche vers elle, la soulève avec précaution. Ensemble, nous basculons sur le côté. Je la pose avec délicatesse sur le sol, au pied du bureau. Grelottante, elle se blottit contre moi. De nouveau, elle cherche mes mains, s'y agrippe avec un gémissement. Autour de nous, le décor, les bruits de combat, s'effacent. Il n'y a plus que nous deux.

— Tu te souviens du jour où on s'est rencontrées ? chuchote-t-elle. Le soir même, j'ai raconté à maman que toi et moi, on allait se marier…

— Qu'a-t-elle répondu ?

— Que certains vœux étaient compliqués à exaucer… Elle avait raison… Tu penses qu'on aurait pu, si…

— Si je ne t'avais pas dénoncée ? dis-je d'une voix étouffée par le chagrin. Je voudrais te dire oui, Valli, mais je n'en sais rien. Tout aurait été différent, mon éducation, ma vie. Je serais devenue comme Sienn ou Cora, une marionnette passive. J'aurais découvert ton secret durant notre première nuit. Et si je l'avais accepté, tu aurais été obligée de me répudier après deux ans sans héritier…

— Tu as raison. C'était stupide d'espérer. Gia, je…

Elle s'interrompt, secouée par un long frémissement. Je la

serre contre moi, à peine consciente des larmes qui inondent mon visage, se perdent dans le creux de mon cou.

— Je ne vois plus rien. J'ai froid. Gigi, j'ai peur…

— Je suis là.

— Ne me laisse pas…

J'embrasse ses cheveux, ses joues, ses lèvres blêmes. Je l'enveloppe de ma chaleur, la berce jusqu'à ce que son corps s'alourdisse, inerte, dans mes bras. Et lentement, je reviens à la vie. De nouveau, je perçois le fracas et les cris. Je m'agenouille, cligne des yeux. Le Solaire gît, couvert de sang, à quelques pas du caisson. Deux sang-de-lune sont entrées dans la pièce et s'acharnent sur lui.

Le grondement s'accentue. Les parois tremblent autour de nous.

BIP. BIP. BIP.

Sur le caisson, les lumières rouges clignotent de plus en plus vite.

Le libraire s'effondre à quelques pas de moi. Une fleur rouge s'épanouit sur sa tunique. Blessé, il tente de ramper à l'écart du chaos. Je le rejoins aussi vite que possible, le traîne sous un meuble, à l'abri.

Une mousse rose perle à la commissure de ses lèvres. Ses yeux deviennent vitreux. Je serre les dents, retiens un sanglot, de rage, de chagrin. Aveugle, déjà, il lève une main tremblante vers mon visage. Je la saisis.

— Polina vit dans les Régions Libres, dis-je d'un ton étranglé. Elle n'a jamais cessé d'écrire ni de t'aimer.

À son dernier sourire, à son dernier soupir, je devine qu'il a compris.

Messian esquive une attaque. Je le tire vers moi, à l'abri.

BIP. BIP. BIP. BIP. BIIIP.

XXIV

Un vrombissement terrible gagne la pièce. Le sol tremble. Les murs se fissurent. Un énorme cylindre jaillit du caisson. Flamme éblouissante. Explosion. Puis, plus rien.

*

J'ouvre les yeux. Une nuit trouée de milliers de points lumineux s'étend au-dessus de moi. À l'infini. Désorientée, je secoue la tête, contemple de nouveau le ciel. Et soudain, je réalise. Le dôme d'Alta, les puits ont disparu.

Nous avons réussi.

Nous avons brisé les chaînes de notre prison.

Chancelante, je regarde autour de moi. Découvre Messian, encore inconscient, dans les décombres de la salle. Plus loin, Ruben, se relève en chancelant.

Parmi les débris, je distingue la longue jupe bleue d'une femme. Tout près, la dépouille de Rio, à demi consumée par la déflagration. Je fais quelques pas, me retourne. Où est Valli ? Je la cherche vivante, me rappelle brutalement qu'elle ne verra jamais la nuit semée d'étoiles ni le soleil rouge sur l'océan.

Elle est morte avant de prendre son envol.

Comme Arienn.

Mais cette fois, je ne pleure pas. Je demeure immobile, le visage tourné vers la voûte nocturne. À mes côtés, je sens la présence de Ruben et de Messian. Ensemble, nous attendons l'aurore rose et bleu, les premières lueurs du jour, la caresse du soleil sur notre peau.

La promesse d'une vie nouvelle. Libre. Loin des mensonges et de l'obscurité.

ÉPILOGUE

Le souffle du vent sur la mer
Froisse d'écume son bleu-gris
Tu humes le parfum amer
Des embruns piquants et souris.
Le Goût du rêve, anonyme, trouvé dans un vieux cahier et recopié

J'ai longuement hésité avant de me lancer dans ce journal, Arienn. Je n'osais pas. Timidité. Trouille. Je l'ignore. Mais ce soir, sous ce ciel encombré d'énormes nuages chargés de pluie, j'ai taillé le crayon que je traîne depuis notre départ dans un coin de mon paquetage et j'ai décidé de me lancer. L'orage éclatera avant la nuit ; d'ici là je serai à l'abri et j'aurai terminé de noircir les premières pages de ce carnet trouvé dans la salle de Rovina. Au-dessus de moi tournoient d'énormes oiseaux gris et blanc. Leurs cris moqueurs vrillent mon cœur ; lorsque je les contemple, je songe à toi. Tu aurais tant aimé les voir voler !

Tu me manques, petite sœur ! Chaque jour est une découverte et chaque jour une souffrance, puisque tu n'es pas là pour partager avec moi les nuances changeantes du ciel et l'écume sur l'océan, le crissement du sable sous les pieds et le goût trop salé des algues vertes et brunes ramassées près de l'eau.

Trois mois. Trois mois se sont écoulés depuis l'explosion d'Alta.

C'est peu. C'est une éternité, pourtant. Mon enfance, ma vie dans les ténèbres, dans le mensonge, me semblent un cauchemar. Seuls ton souvenir – ton visage, ta voix, ton rire, le parfum de tes cheveux – et celui de Valli m'assurent que je n'ai rien rêvé.

J'aimerais t'écrire que tout a changé, là-bas. J'aimerais t'écrire que je suis retournée là-bas et t'inventer une histoire de famille heureuse, de pardon, de retrouvailles émues. Mais ce n'est pas le cas. Quand les citoyens d'Alta ont découvert la vérité, ils sont devenus fous : des siècles de mensonge, de violence, d'esclavage consenti leur ont explosé au visage, leur dévoilant une vérité crue. Certains se sont retournés contre les tyrans – et il y a eu des massacres, des Solaires dépecés et des soldats piétinés par une foule en colère. D'autres, incapables d'accepter cette nouvelle réalité, ont cherché de nouveaux maîtres, de nouvelles autorités auxquelles se soumettre entièrement. Et puis, Tamara et sa Horde ont émergé des ténèbres. Derrière eux, les rescapés des Régions Libres, déterminés à en finir une bonne fois avec les voleurs de lumière. Quant à Jien, je ne m'étais pas trompée, puisqu'il a rejoint les nouvelles forces d'Alta, aux côtés de Lorenn et de Tobian.

Voilà, Arienn. C'est la guerre, et je ne redescendrai jamais là-bas. Combien sommes-nous à avoir définitivement quitté le cratère et les ruines d'Alta ? Deux cents, peut-être, hommes, femmes, enfants, vieillards, adolescents, Noctes ou non. Au début, nous ne nous déplacions qu'avant l'aube et à la tombée du jour. Le soleil nous aveuglait, brûlait notre peau au point de provoquer délire et cloques purulentes. Plusieurs d'entre nous sont morts, terrassés par la fièvre. Parmi eux, Stepan, dont les brûlures se sont infectées. Messian aussi a failli succomber, mais Lina l'a sauvé.

Lentement, nous nous adaptons.

Notre peau se teinte d'un léger hâle. Nous passons de plus en plus de temps à la lumière du jour.

Nous avons marché longtemps, découvrant un monde dont nous ignorions tout. Un monde brun et jaune, balayé par des vents terribles. Un monde que toute humanité semblait avoir déserté. Nous avons continué, malgré la faim et l'épuisement, nous nourrissant d'insectes et de lézards, de racines gorgées d'eau. Enfin, de l'autre côté d'un col escarpé, nous avons découvert une vallée, tableau vert, bleu et roux où nous nous sommes installés.

C'est ainsi que s'est constituée la Communauté. Un rassemblement né d'une même volonté de paix et de liberté. J'imagine que j'aurais pu demeurer là-bas, apprendre le métier de soigneuse aux côté d'Esma, de Lina et de Messian. Mais j'étouffais, de nouveau. J'avais besoin de solitude, de découverte, d'ailleurs. Pourtant, je ne parvenais pas à me décider.

C'est Ruben, qui m'a donné la force de les quitter. Il m'a rejointe, un jour, tout excité d'avoir aperçu l'oiseau gris et blanc de son tatouage prendre son envol et filer vers le nord. « Si je décide de le suivre, tu viendras ? »

J'ai accepté.

J'ai compris qu'il partait pour les mêmes raisons que moi.

Longeant la côte, nous progressons vers le nord. D'un côté, l'immensité brumeuse de l'océan dont les teintes se fondent avec l'horizon. De l'autre, des sentiers à flanc de falaise, des plages immenses et grises, semées de récifs, et la ligne vert sombre d'une immense forêt, pleine de bruissements, d'appels et de rugissements. Elle m'attire, m'effraie en même temps. Elle me suffit. Ruben, lui, rêve d'humanité. Lorsque nous découvrons une maison envahie par la végétation, ses yeux bleus brillent d'un éclat plus vif, il accélère, au point parfois d'oublier la plus élémentaire prudence. La semaine dernière, une sorte de salamandre privée de pattes a jailli d'une de ces ruines et l'a attaqué. Sans la protection de ses bottes, elle l'aurait blessé. Il m'a parlé plusieurs fois d'anciennes cités, de tours immenses, peut-être encore peuplées. Quand nous les atteindrons, il choisira sans doute de rejoindre ceux qui s'y sont réfugiés à la fin du monde, de leur ancien monde auquel nos ancêtres ont voulu échapper.

Moi, non. Après une vie d'esclave, je préfère la solitude aux chaînes.

Tu vois, Arienn, j'ai tenu ma promesse.

Je me suis fabriqué des ailes pour voler. Je les ai fabriquées pour toi, pour moi, pour Valli aussi.

Je ne laisserai personne nous les arracher.

GLOSSAIRE

Fils-du-Soleil
À Alta, nom donné aux personnes de sexe masculin.

Sang-de-lune
À Alta, nom donné aux personnes de sexe féminin.

Nocte
Nom des premiers habitants des profondeurs d'Alta, parfaitement adaptés à la vie dans les ténèbres.

La Horde
Nom des criminels des Régions Libres. À la tête de ces maraudeurs, des chefs de guerre qui s'entretuent au nom du pouvoir. Les hordes, quant à elles, désignent de manière générale les réprouvés et les ennemis d'Alta.

Régions Libres
Nom des territoires occupés par les Noctes et les exilés d'Alta.

Sept

Conseil des sept dirigeants d'Alta, garants des lois et de leur application.

Solaire

Gardien des traditions d'Alta et juge spirituel, capable de discerner la nature profonde d'une personne.

Nécrosé

Charognard vivant en meute, d'apparence humanoïde, et dont l'origine remonterait à la fondation d'Alta.

Mime

Nom désignant à la fois l'espèce de scolopendre parasite dont les larves se nourrissent d'hôtes vivants, les privant peu à peu de leur raison et les malheureuses victimes possédées par ces insectes.

Livre du Soleil

Ouvrage relatant la création d'Alta et justifiant les fondements de ses traditions, en particulier la nature inférieure et impure des femmes.

Lois d'Alta

Ensemble de textes et de décrets visant à maintenir la société telle qu'elle est, en déterminant les droits et devoirs de chacun en son sein, ainsi que les châtiments auxquels s'exposent ceux qui enfreignent les lois, par négligence ou malignité.

REMERCIEMENTS

Ce roman, je l'ai écrit en grande partie hors de chez moi. Alors, merci au CC café, qui m'a accueillie durant de longs après-midi d'écriture. Merci également à Fabien pour sa relecture attentive – et parce qu'il est là – ainsi qu'à mes parents, Bernard et Nelly.

Merci à Fabien (encore), à mes amis TomTom, Adrien, Jean-Christophe, Lionel, Laurent, Gabriel, Sylvain, Jean-Pierre, Jean-Philippe, et j'en oublie, ainsi qu'à Yal qui s'en est allé rejoindre les étoiles au moment où je terminais mon histoire, d'être si différents des fils-du-soleil d'Alta.

Merci enfin, à mon éditrice Paola ainsi qu'à Nadia. Merci à Angela, Jérôme, Stéphanie, Bérénice, Tiphaine pour leur confiance, les plumes d'anges et le reste.

L'AUTEUR

À l'aise dans des genres aussi différents que le polar historique, le récit intimiste, le thriller ou la fantasy, scénariste de bande-dessinées, Charlotte Bousquet a écrit une quarantaine d'ouvrages, souvent primés. Ses romans, engagés, féministes, ne laissent jamais indifférent. Après *Là où tombent les anges*, fresque historique saluée par la critique, *Sang-de-Lune* est sa deuxième incursion dans la collection Électrogène… et certainement pas la dernière !

LÀ OÙ TOMBENT LES ANGES
Charlotte Bousquet
ÉLECTROGÈNE
HISTORIQUE
Gulf stream éditeur

DU MÊME AUTEUR

Solange, dix-sept ans, court les bals parisiens en compagnie de Clémence et Lili. Naïve, la tête pleine de rêve, elle se laisse séduire par Robert Maximilien et accepte de l'épouser. Mais son prince est un tyran jaloux, qui ne la sort que pour l'exhiber lors de dîners mondains. Coincée entre Robert et Emma, sa vieille tante aigrie, Solange étouffe à petit feu. Heureusement, Lili la délurée et la douce Clémence sont là pour la soutenir. Quand la Première Guerre mondiale éclate, Robert est envoyé au front. C'est l'occasion pour Solange de s'affranchir de la domination de son mari et de commencer enfin à vivre, dans une ville où les femmes s'organisent peu à peu sans les hommes…

Amitié. Loyauté. Liberté.

Le destin de trois femmes de la fin de la Belle Époque au début des Années folles.

Jérôme Noirez
BRAIN
LESS
ÉLECTROGÈNE
FANTASTIQUE
Gulf
stream
éditeur

BRAINLESS,
Jérôme Noirez

Jason, adolescent médiocre surnommé Brainless, habite Vermillion, petite ville du Dakota du Sud où la jeunesse s'ennuie. Tous les jours, Brainless se fait une injection de formol, pour ne pas pourrir. Depuis qu'il est mort, étouffé par une ingestion massive de maïs, les deux hémisphères de son cerveau peinent à communiquer. Son estomac ne digère que de la viande crue. Il a cessé de dormir et de respirer. En dehors de cela, son quotidien n'a pas beaucoup changé depuis qu'il est atteint du SCJH – le syndrome de coma homéostasique juvénile, une nouvelle maladie touchant les adolescents, de plus en plus répandue aux États-Unis – depuis qu'il est un zombie, autrement dit… Il lui arrive seulement, de temps à autres, de se demander quel goût a le cerveau humain.

Mais parmi ses camarades de classe, certains ont des projets bien plus macabres.

Entre horreur teintée de gothique et réalisme cru, un texte intelligent, grinçant et pertinent.

Emma Lanero
L'ŒIL DE CHAAC
ÉLECTROGÈNE
FANTASTIQUE
Gulf stream éditeur

L'ŒIL DE CHAAC,
Emma Lanero

Fin du IXe siècle. Une sphère mystérieuse envoyée par Chaac, le dieu de la Pluie, déclenche des cataclysmes qui mettent fin à la civilisation maya et à ses sacrifices sanguinaires.

2005. Keith, un délinquant irlandais exilé au Venezuela, part à la recherche de cette sphère avant qu'elle ne tombe entre de mauvaises mains : celles de Gabriel Keane, un collectionneur véreux et narcissique, susceptible de déclencher une nouvelle fois la puissance destructrice de Chaac. Guidé par un ancien chamane, Keith voyage jusqu'au Guatemala en compagnie de l'intuitive et énigmatique Kaya, dans une quête initiatique dont les enjeux le dépassent. Une quête qui lui ouvre peu à peu les yeux sur les forces mystiques régissant la Nature.

Une écriture foisonnante et fascinante.
Une aventure haletante et hypnotique.

Cindy Van Wilder
MEMOREX
ÉLECTROGÈNE
THRILLER
Gulf
stream
éditeur

MEMOREX,
Cindy Van Wilder

2022. Cela fait un an que la vie de Réha a basculé. Un an que sa mère est morte dans un attentat contre sa fondation, Breathe, qui promeut un art contemporain et engagé. Un an que son père, un scientifique de génie, ne quitte plus Star Island, l'île familiale. Un an qu'Aiki, son frère jumeau, son complice de toujours, s'est muré dans une indifférence qui la fait souffrir. Le jour de ce sinistre anniversaire, la famille est réunie sur l'île : c'est le moment de lever les mystères, les tabous, les rancœurs que Réha ressasse depuis un an. Au cœur de l'énigme : Memorex, la multinationale pharmaceutique de son père, ainsi que ses expérimentations sur la mémoire. Des expérimentations qui attisent les convoitises de personnages puissants et sans scrupules, prêts à tout pour accomplir leurs rêves les plus fous.

Par l'auteur de la trilogie « Les Outrepasseurs ».

Reproduit et achevé d'imprimer en mars 2016
par CPI Books GmbH, Allemagne
pour le compte de Gulf Stream Éditeur, Nantes
www.gulfstream.fr
Dépôt légal 1re édition : août 2016